# La tueuse

GUY DES CARS

| | |
|---|---|
| L'officier sans nom | *J'ai lu* 331/G |
| L'impure | *J'ai lu* 173/I |
| La demoiselle d'opéra | *J'ai lu* 246/I |
| La dame du cirque | *J'ai lu* 295/G |
| Le château de la juive | *J'ai lu* 97/I |
| La brute | *J'ai lu* 47/G |
| La corruptrice | *J'ai lu* 229/G |
| Les filles de joie | *J'ai lu* 265/G |
| La tricheuse | *J'ai lu* 125/G |
| Amour de ma vie | *J'ai lu* 516/G |
| L'amour s'en va-t-en guerre | *J'ai lu* 765/E |
| Cette étrange tendresse | *J'ai lu* 303/G |
| La maudite | *J'ai lu* 361/G |
| La cathédrale de haine | *J'ai lu* 322/I |
| Les reines de cœur | *J'ai lu* 1783/G |
| Le boulevard des illusions | *J'ai lu* 1710/G |
| Les sept femmes | *J'ai lu* 347/I |
| Le grand monde | *J'ai lu* 2840/M |
| Sang d'Afrique | *J'ai lu* 2291/J |
| De cape et de plume-1 | *J'ai lu* 926/G |
| De cape et de plume-2 | *J'ai lu* 927/G |
| Le faussaire (de toutes les couleurs) | *J'ai lu* 548/J |
| L'habitude d'amour | *J'ai lu* 376/G |
| La vie secrète de Dorothée Gindt | *J'ai lu* 1236/B |
| La révoltée | *J'ai lu* 492/I |
| La vipère | *J'ai lu* 615/I |
| Le train du père Noël | |
| L'entremetteuse | *J'ai lu* 639/I |
| Une certaine dame | *J'ai lu* 696/J |
| L'insolence de sa beauté | *J'ai lu* 736/G |
| Le donneur | *J'ai lu* 809/G |
| J'ose | *J'ai lu* 858/G |
| Le château du clown | *J'ai lu* 1357/I |
| La justicière | *J'ai lu* 1163/E |
| Le mage et la boule de cristal | *J'ai lu* 841/B |
| Le mage et le pendule | *J'ai lu* 990/B |
| Le mage et les lignes de la main... et la bonne aventure... et la graphologie | *J'ai lu* 1094/I |
| La femme qui en savait trop | *J'ai lu* 1293/G |
| Le coupable | *J'ai lu* 1880/G |
| La femme sans frontières | *J'ai lu* 1518/G |
| La vengeresse | *J'ai lu* 2253/G |
| Le faiseur de morts | *J'ai lu* 2063/G |
| L'envoûteuse | *J'ai lu* 2016/J |
| La mère porteuse | *J'ai lu* 2885/I |
| L'homme au double visage | *J'ai lu* 2992/I |
| Le crime de Mathilde | *J'ai lu* 2375/I |
| La femme-objet | *J'ai lu* 3517/G |
| La voleuse | *J'ai lu* 2660/I |
| La femme d'argent | |
| L'amoureuse | *J'ai lu* 3192/I |
| Je t'aimerai éternellement | *J'ai lu* 3462/I |
| La tueuse | *J'ai lu* 3320/I |
| L'amant imaginaire | *J'ai lu* 3694/K |
| La visiteuse | *J'ai lu* 3939/G |

Guy des Cars

# La tueuse

Éditions J'ai lu

# L'étrange testament

J'avoue avoir été quelque peu surpris par l'appel téléphonique d'un notaire, Maître Bourdier, qui me demandait de passer le plus tôt possible à son étude, rue de Castiglione, pour y prendre connaissance d'une disposition me concernant personnellement dans le testament d'une certaine Mme Sabine Kelmann, décédée une dizaine de jours plus tôt à Cannes... Une personne dont je n'avais jamais entendu parler ! Par contre le nom de l'étude du notaire, l'une des plus importantes de Paris, ne m'était pas inconnu.

Le rendez-vous ayant été pris avec l'officier ministériel, je me trouvai le surlendemain en présence d'un homme entre deux âges dont l'apparence physique un peu austère correspondait exactement à celle que l'on est en droit d'attendre de quelqu'un exerçant sa profession.

— Si je me suis permis, commença-t-il d'emblée, de vous téléphoner, c'est parce que je me trouve dans une curieuse situation que je n'ai encore jamais connue depuis vingt-cinq années que je dirige cette étude... Mais je suis également enchanté que celle-ci m'offre l'occasion de faire votre connaissance, ayant déjà eu le plaisir de lire plusieurs de vos ouvrages. Le nom de Mme Sabine Kelmann vous dit-il quelque chose ?

— Absolument rien !

— Je m'en doutais. Cette personne n'a jamais dû fréquenter les milieux littéraires... et cependant ! Lors de sa dernière visite, il y a environ un mois, elle m'a dit énormément apprécier votre œuvre. Vous allez pouvoir vous en rendre compte quand je vous aurai lu la clause testamentaire qui vous est destinée dans ses dernières volontés. Mais, avant cette lecture, il me paraît indispensable de vous informer que Mme Kelmann est décédée relativement jeune, à l'âge de quarante-quatre ans, en ne laissant aucun parent proche, ni héritier direct.

— Qui hérite d'elle alors ?

— Une œuvre assez spéciale et vous...

— Moi ?

— A titre moins important que l'œuvre qui reçoit tout l'argent, alors que vous n'avez droit qu'à un manuscrit.

— Quel manuscrit ? C'est une plaisanterie.

— Je ne le pense pas. J'ai au contraire la conviction qu'en vous léguant des pages écrites de sa main Mme Kelmann était persuadée de vous faire un très beau cadeau.

— Ça, mon cher Maître, c'est l'opinion de tous ceux qui croient avoir enfanté un chef-d'œuvre et qui ne sont jamais parvenus à le faire éditer ! Sans doute cette dame s'est-elle dit qu'elle aurait plus de chances d'être publiée à titre posthume si un homme de métier consentait à s'en occuper... Puis-je savoir de quoi est mort cet écrivain méconnu ? De maladie sans doute ?

— Même pas ! Elle m'a paru être en excellente santé quand elle est venue m'apporter ce fameux manuscrit, en me priant de le joindre à son testament. Je peux également vous assurer que Sabine Kelmann était encore une très belle femme, possédant tous les atouts de l'intelligence, du charme et de l'élégance. Et riche de l'immense fortune laissée par son époux, Joseph Kelmann, décédé déjà depuis une vingtaine d'années.

— Si je m'en réfère à votre description, c'était donc une veuve plutôt séduisante... Joyeuse, peut-être même ?

— J'ai l'impression qu'elle ne détestait pas les joies de l'existence.

— Alors de quoi est-elle morte en fin de compte ? Un accident de voiture ?

— Elle s'est suicidée.

— Ah ! Évidemment c'est là une tout autre façon de disparaître.

— Un geste qui s'explique mal si l'on tient compte de son âge, de sa beauté, de son état de santé et de sa fortune.

— N'aurait-elle pas connu un grand chagrin d'amour ?

— Elle ne m'a jamais donné l'impression d'être une sentimentale... Mais peut-être découvrirez-vous la vraie raison de son suicide quand vous aurez pris connaissance du manuscrit que vous êtes la seule personne au monde habilitée à ouvrir et à lire. Ceci est formellement spécifié de la main même de Mme Kelmann sur l'enveloppe cachetée qui contient les feuillets.

— Quel honneur m'est fait ! Mais vous-même, Maître, n'avez-vous pas eu la curiosité de découvrir ce qu'il y a dans ces mystérieuses pages ?

— Je ne me le serais pas permis ! Qui, plus qu'un notaire, se doit de respecter les dernières volontés d'une défunte ?

— Mais moi ? Si je refusais de jeter ne serait-ce même qu'un regard sur ces écrits, qu'arriverait-il ?

— C'est prévu dans la clause testamentaire vous concernant. Désirez-vous que je vous la lise ?

— Tout cela me paraît bien étrange... Enfin, puisque vous avez réussi à me faire venir jusqu'ici, allons jusqu'au bout ! Je vous écoute.

— Je vous fais grâce des autres dispositions ne vous concernant pas pour en venir tout de suite à la seule qui soit susceptible de vous intéresser.

Le notaire commença sa lecture sur le ton solennel et monocorde qui doit être de rigueur en de telles circonstances :

*« Je lègue à l'écrivain Guy des Cars, que je ne connais pas personnellement mais en qui j'ai une grande confiance, ayant lu beaucoup de ses romans, le manuscrit de mes souvenirs que j'ai rédigé seule pendant l'année qui vient de s'écouler. Je sais que la forme est loin d'être parfaite, que l'orthographe en est parfois défaillante, mais j'espère que le professionnel auquel je m'adresse me pardonnera ces lacunes quand il saura que j'ai mis tout mon cœur dans cette confession ultime. Bien entendu, je laisse à celui que je considère déjà comme étant mon correcteur l'entière liberté de supprimer les passages qui lui paraîtraient manquer d'intérêt pour le grand public, tout en le suppliant de maintenir l'essentiel qui me fera connaître de ceux qui m'ont jugée superficiellement sans même se douter de la véritable femme que j'ai pu être.*

*« Au cas où M. Guy des Cars estimerait, après mûre réflexion, que l'ensemble ne mérite pas d'être édité, je lui demande de brûler ce manuscrit en présence de Maître Bourdier, tout en ayant la grande probité de ne confier à quiconque les révélations qu'il contient. Si, au contraire, le légataire de ce manuscrit prend la décision de le faire publier, je l'informe avoir laissé à un compte spécial dont Maître Bourdier lui communiquera les coordonnées une somme d'argent destinée à payer l'impression et les frais de lancement de l'ouvrage. S'il n'y avait pas de publication, et donc pas d'utilisation de ce capital, je me fie au bon jugement de l'auteur, pour qu'il l'affecte à la création d'un prix dont le revenu permettra de récompenser chaque année le premier ouvrage d'un jeune écrivain racontant une aventure vécue, ceci en souvenir de l'aventurière que j'ai moi-même été. »*

Cette lecture terminée, je demandai :

— Serait-ce indiscret de ma part de connaître l'œuvre, assez spéciale m'avez-vous dit, qui hérite la fortune de cette dame ?

— Une œuvre créée avec beaucoup de discrétion il y a quelques années et dont la mission est d'apporter une aide immédiate aux anciennes femmes détenues qui se trouvent dans le besoin le jour de leur libération. Elles reçoivent une petite somme d'argent qui leur permet de refaire surface dans la société... Mais seules peuvent bénéficier de cette aide celles qui ont été condamnées pour un crime passionnel, qu'elles aient été mariées, amantes ou maîtresses !

— En somme c'est une sorte d'assurance-espoir pour anciennes criminelles ? Je reconnais que c'est une œuvre aussi originale que surprenante... Et j'en arrive à me demander si, en léguant délibérément sa fortune à une telle organisation, votre Mme Kelmann n'aurait pas quelque crime impuni sur la conscience ? Ne serait-ce pas une façon comme une autre de payer à retardement sa dette à la société ?

— Je retrouve là, cher monsieur, l'imagination fertile du romancier mais je ne pense pas que ce soit possible... Avec l'existence mondaine que Mme Kelmann menait sur la Côte d'Azur, cela aurait fini tôt ou tard par se savoir. Plus on est connu et plus ce doit être difficile de dissimuler un crime ! Mais enfin, sait-on jamais... Peut-être a-t-elle quand même été hantée par une sorte de remords, pour disposer de sa fortune d'une aussi étrange façon. Ce même remords qui l'aurait poussée à se suicider... Consentez-vous à prendre connaissance du manuscrit ?

— Avant de me plonger dans sa lecture, j'aurais aimé connaître le visage de l'auteur. N'auriez-vous pas, par hasard, une photographie d'elle, qui me permettrait de me faire au moins une petite idée plus précise de sa personnalité ?

Le notaire ouvrit un tiroir de son bureau pour en extraire une coupure de presse qu'il me présenta :

— Prévoyant que vous me poseriez presque certainement une pareille question, j'ai pris mes précautions en découpant dans un numéro de *Nice-Matin*, que m'a fait parvenir un confrère cannois, cet article relatant l'inhumation de Mme Kelmann au cimetière de Cannes. Un article des plus succincts, présentant cependant l'intérêt d'être illustré par une récente photographie de la disparue, prise alors qu'elle allait sans doute descendre de sa voiture pour se rendre à une réception. La voici donc dans toute son élégance un peu tapageuse...

Ce n'était qu'une photographie de journal, mais je dois reconnaître que même sur un mauvais papier la dame paraissait très séduisante. Hélas, on ne pouvait voir ni la couleur, ni la forme de ses yeux, car ils étaient cachés par une paire de lunettes teintées, de ces lunettes très à la mode qui répandent sur un visage féminin un mystère tellement fascinant que celles qui les portent peuvent donner l'impression d'être presque belles alors que le plus souvent elles ne sont que médiocrement jolies.

Vêtue d'un tailleur blanc classique, dont la jupe courte découvrait de longues jambes gainées de soie noire, Sabine Kelmann incarnait assez bien la femme fatale. Des cheveux blonds à la Marilyn s'échappant d'un canotier noir à large bord, ainsi qu'une poitrine avantageuse soulignée encore par une veste largement échancrée lui donnaient une silhouette qui passait difficilement inaperçue. Tout en elle, y compris le collier de perles noires destiné à attirer l'attention sur son décolleté audacieux et l'énorme brillant qu'elle portait à l'annulaire gauche, semblait conçu et prévu sinon pour séduire, du moins pour étonner.

— Qu'en pensez-vous ? questionna Maître Bourdier.

— Pour le moment, pas encore grand-chose, sinon que c'est là une créature peu ordinaire. Je me demande ce qu'elle a bien pu raconter dans ses souvenirs.

— Voici le manuscrit...

Il avait sorti d'un autre tiroir une immense enveloppe beige soigneusement fermée et cachetée — rappelant celles qui contiennent les dossiers d'État les plus secrets — qu'il posa sur son bureau pour que je puisse voir les quelques mots calligraphiés dessus par la main de la disparue. L'écriture était large, aérée, voluptueuse et généreuse comme savent l'être celles des femmes qui veulent ignorer les économies, et particulièrement celles de papier ! Je pus lire : « *Cette enveloppe ne doit être décachetée et ouverte, en présence de Maître Bourdier, mon exécuteur testamentaire, que par M. Guy des Cars. A défaut, elle restera telle qu'elle est dans le coffre de l'étude.* » C'était signé majestueusement *Sabine Kelmann.*

N'était-ce pas plus qu'une dernière volonté ? Presque une sorte d'appel à l'aide venu de l'au-delà !

Et comme je restais silencieux et perplexe devant l'étrange envoi que je n'osais même pas toucher, le notaire me demanda :

— Quelle est votre décision ? Si vous acceptez de lire ce manuscrit, vous l'emporterez après avoir signé le petit texte de décharge que j'ai préparé et vous ne me le rapporterez, après avoir pris le temps nécessaire à la réflexion, que si vous renoncez à le publier. Dans ce cas, nous le brûlerons ici même, dans la cheminée de ce bureau qui n'a pas servi depuis des années mais qui ne demandera qu'à se ranimer pour une circonstance aussi exceptionnelle... Si vous refusez d'en prendre connaissance, je garderai l'enveloppe et je l'enfermerai dans le coffre de mon bureau, qui contient beaucoup d'autres secrets très surprenants dont quelques-uns m'ont été transmis religieusement par mon prédécesseur quand j'ai pris sa succession à la tête de cette étude. Secrets qui ne seront jamais divulgués, le devoir professionnel me l'interdisant.

— Dans cette seconde hypothèse, personne ne connaîtrait donc jamais les révélations de votre belle aventurière ?

— Personne !

— Peut-être est-ce un peu regrettable, étant donné tout le mal qu'elle a dû se donner pour écrire sa confession... Cela me pose presque un cas de conscience :

après la confiance dont elle semble avoir fait preuve de son vivant à mon égard, ne va-t-elle pas être horriblement déçue dans cet autre monde, où elle se trouve aujourd'hui, si elle apprend que je n'ai pas même daigné lire sa prose ? Mais tout cela c'est un peu votre faute, mon bon Maître ! Si vous ne m'aviez pas téléphoné, je serais resté bien tranquille chez moi sans même me douter de l'existence de Sabine Kelmann !

— J'aurais manqué à l'une des obligations les plus impératives de ma charge si je ne vous avais pas informé d'une disposition testamentaire qui vous concernait.

— C'est exact... Bon. Eh bien, tant pis, je vais me risquer dans l'aventure ! Après tout, ce ne sera peut-être pas inintéressant ? Donnez-moi votre papier de décharge pour que je le signe.

Pendant que je m'exécutais, il me dit en souriant :

— Je n'en attendais pas moins de vous.

— Pourquoi cela ?

— Étant un de vos lecteurs, je sais très bien que vous avez toujours été attiré par les situations étranges... Dans vos romans, l'imprévu et la difficulté sont souvent de règle...

— André Gide n'a-t-il pas dit : « *On ne fait pas de bonne littérature avec de bons sentiments* » ? Je pense qu'il n'avait pas tort... J'emporte donc ce chef-d'œuvre encore méconnu et je vous quitte en vous assurant, moi aussi, que j'ai été ravi de vous rencontrer. De toute façon il faudra bien nous revoir pour la décision finale. Si nous publions Sabine Kelmann, vous vous occuperez avec moi des questions matérielles. Et si nous y renonçons, votre cheminée consumera les souvenirs d'une jolie femme trop tôt disparue, ce qui est assez triste.

Au moment même où j'allais sortir du bureau, une dernière question me vint à l'esprit :

— J'ai complètement oublié de vous demander si ma consœur — pourquoi ne l'appellerais-je pas ainsi ? —

vous a confié le titre qu'elle envisageait pour son livre ?

— Elle ne m'a rien dit à ce sujet.

— J'espère qu'elle y a pensé et qu'elle l'a mentionné, ou tout au moins suggéré, au début de son manuscrit, ce qui faciliterait les choses s'il est publié. Sinon, il faudra bien que j'en choisisse un ! C'est déjà difficile de trouver un bon titre quand on est soi-même l'auteur, mais alors là...

— Pourquoi pas tout simplement « *Mémoires de madame Kelmann* » ?

— « Mémoires » ça fait suranné et « madame Kelmann », j'ai bien peur que ce ne soit là un nom ne disant pas grand-chose au lecteur... Enfin, nous verrons bien ! Peut-être l'inspiration me viendra-t-elle en lisant ?

Rentré chez moi je commençai ma lecture le soir même. Le manuscrit était entièrement écrit à la main, ce qui laissait supposer qu'il n'existait pas de double et que le texte n'avait pas été enregistré au magnétophone, comme cela se produit si souvent dans l'édition aujourd'hui. C'était un travail d'artisan fait comme je l'aime et prouvant que, pendant les heures qu'il a nécessitées, il s'est passé entre l'auteur et la feuille de papier cet étonnant mariage d'amour qui permet, par l'intermédiaire de la main toujours un peu hésitante, de transcrire le jaillissement de la pensée intime. Peut-on rêver plus belle virginité que celle de la feuille blanche qui espère être fécondée par l'encre ?

Comme l'avait annoncé le testament, le texte était souvent mal écrit et truffé de fautes mais, après tout, peu importait ! Ce qui comptait, c'était le récit. Et, phénomène assez curieux que j'ai souvent pu remarquer, au lieu d'être quasi illisible et surchargée de corrections comme l'est le plus souvent l'écriture d'un auteur professionnel, celle de Sabine Kelmann se révélait insolente de clarté et ne nécessitait aucun effort pour être déchiffrée, ce dont je lui fus très reconnaissant. Il n'existe rien de plus fatigant qu'une mauvaise écriture ! Quand on a le malheur de tomber sur ce genre de manuscrit il est bien rare que l'on ait le courage d'aller jusqu'au bout ! Plaignons les lecteurs appointés des maisons d'éditions qui se trouvent dans l'obligation de subir quotidiennement un tel supplice.

Non seulement l'écriture de la belle dame blonde était agréable à contempler, mais elle ne manquait pas non plus d'une certaine désinvolture : une écriture déliée, symétrique et nette pour l'œil. Je regrette de n'avoir pas eu auprès de moi un graphologue expérimenté dont les observations pertinentes m'auraient permis de découvrir plus aisément le véritable caractère de celle qui avait voulu devenir pour la postérité l'héroïne diabolique d'une stupéfiante aventure.

Enfin, dernier mérite, et non des moindres, le récit de Mme Kelmann était tout sauf ennuyeux. Par « tout », j'entends qu'il allait, sans aucune retenue ni la moindre pudeur, de la sensiblerie la plus puérile à la cruauté la plus morbide, de l'enthousiasme immodéré à la plus franche désillusion.

Je lus pendant toute la nuit, sans éprouver aucune fatigue ni lassitude. Quand, le petit jour venu, je tournai le dernier feuillet, je m'endormis soûlé des désirs insatisfaits, des amours calculées et même des crimes prémédités d'une milliardaire assez exceptionnelle... Une femme véritablement tuante, cette Sabine ! Mais le voilà, le titre qu'elle avait omis de placer au début de son manuscrit : *La Tueuse...*

Il n'en existait pas de plus approprié pour brosser d'un seul trait son inquiétante personnalité. Et j'imaginais que cela n'aurait pas été pour lui déplaire. Peut-être souriait-elle en me voyant d'où elle était désormais : qui sait si elle ne me surveillait pas dans ma lecture...

Mais d'où aurait-elle pu m'observer ? Du ciel ou de l'enfer ? Certainement pas du Purgatoire ! C'était une femme trop entière et trop déterminée pour se contenter d'une solution équivoque. Finalement, seul, l'enfer...

Le lendemain j'appelai le notaire en lui annonçant que je prenais la décision d'engager les corrections indispensables pour donner au manuscrit une physionomie accomplie.

« — L'auriez-vous donc déjà lu en entier ? me demanda-t-il sur un ton où la surprise se mêlait à l'incrédulité.

« — J'ai tout lu d'une seule traite, et mon intérêt n'a pas faibli une seconde. Évidemment, il y a beaucoup à élaguer et à resserrer, mais je crois sincèrement que le résultat final pourrait être très curieux. Décidément, cette Sabine Kelmann fut un personnage hors du commun, qui n'a pas craint de se raconter dans ses écrits avec un cynisme frisant l'inconscience. La photo du journal convenait admirablement à la façon dont elle se décrit elle-même. C'est-à-dire affichant une sorte d'autosatisfaction qui est la marque de toutes les femmes s'étant crues supérieures aux autres, et ayant toujours eu la conviction que rien ni personne au monde ne pourrait leur résister si elles savaient se servir habilement de leur physique, de leur nom et de leur fortune pour satisfaire leurs ambitions illimitées. Et cela, sans tenir le moindre compte du respect de la vie d'autrui.

« — En résumé, une femme parfaitement égoïste ?

« — Ô combien ! Mais elle en est morte...

« — Combien de temps estimez-vous nécessaire pour mener à bien votre tâche ?

« — Je suis incapable de vous le dire. Des semaines ou des mois ! L'essentiel du récit est déjà raconté, mais la mise au point sera délicate. Quand j'estimerai en avoir terminé, je vous ferai signe. Nous nous concerterons alors pour le choix de l'éditeur et les modalités de publication. Jusque-là vous n'entendrez plus parler de moi.

« — Nous renonçons donc définitivement à l'utilisation de ma cheminée ?

« — Certainement ! De toute façon, maintenant que l'auteur n'est plus de ce monde, elle doit se moquer éperdument de tout ce que l'on pourra bien penser sur son compte après avoir pris connaissance de ses aveux posthumes. Ça devrait même beaucoup l'amuser dans l'au-delà de faire scandale rétrospectivement ! Mon cher Maître, il ne me reste qu'à vous dire "A bientôt", mais un bientôt qui se fera peut-être attendre... »

Je n'avais plus qu'à me mettre au travail, après avoir lu plusieurs fois les aventures de celle qui prenait peu à peu dans mon esprit les dimensions d'une héroïne hors série. Il me fallut remanier profondément le manuscrit, mais je ne touchai pas à la structure même de la narration, effectuée toute à la première personne. Je sais bien que le « moi » est haïssable, mais cette femme avait une telle personnalité qu'il me parut insensé de vouloir me substituer à elle pour la faire parler. Ç'aurait été une véritable trahison de ne pas la laisser se raconter elle-même. Il était préférable que je disparaisse complètement derrière son ombre maléfique en lui laissant ses propres mots, ses phrases, sa tournure d'esprit et sa façon très spéciale de voir les êtres et les choses.

Ayant déjà trouvé le titre de l'ouvrage, il me fallait aussi en inventer d'autres pour les différents chapitres. Mais là encore les choses semblèrent s'imposer d'elles-mêmes : tous les hommes qui avaient eu le malheur de se trouver sur le chemin de cette femme infernale n'avaient été pour elle que des proies. Pourquoi, alors, au fur et à mesure du déroulement de son récit, n'irions-nous pas, en son inquiétante compagnie et pendant une bonne vingtaine d'années, de proie en proie jusqu'au dénouement final ? Maintenant, taisons-nous et écoutons-la...

# La proie qui rapportait gros

J'ai choisi de commencer mon histoire le jour de l'enterrement de mon mari, inhumé selon sa volonté dans le cimetière de Cannes où il avait acheté quelques mois plus tôt une concession parce que, disait-il, c'était « le plus bel endroit du monde pour un repos définitif » ! La concession contient deux places : une pour Joseph et l'autre pour moi, qui m'attend à sa droite.

Il y eut foule à ses obsèques, car, à défaut d'avoir été très aimé par des gens ayant toujours jalousé sa prodigieuse réussite financière, Joseph était célèbre pour l'existence fastueuse qu'il menait et pour les libéralités insensées qu'il prodiguait, moins par esprit de charité que poussé par un besoin irrésistible de se faire des amis à tout prix ! C'était un homme qui ne pouvait pas vivre sans être entouré en permanence de parasites serviles et flatteurs. La vérité est qu'il avait beaucoup trop d'argent pour trouver des amis sincères.

Après un discours ridicule, prononcé par un élu cannois venu saluer les mérites d'un défunt qui avait su se montrer plus que généreux à l'égard des œuvres sociales, il y eut l'interminable défilé des condoléances. Je dus serrer les mains d'inconnus et me laisser embrasser par des femmes qui me détestaient ! Et tout ceci au bord de la tombe grande ouverte où s'amoncelaient sur le cercueil des fleurs jetées au passage de chacun et parmi lesquelles je remarquai beaucoup de roses rouges. Le plus étonnant c'était que, de son vivant, mon époux ne s'était guère montré attiré par les fleurs. Il ne m'en avait jamais offert, préférant me couvrir de bijoux, ce qui me convenait tout à fait.

La corvée — à laquelle il m'avait été impossible d'échapper — terminée, je me retrouvai une demi-heure plus tard en compagnie de Paco qui avait su se montrer pour moi le plus attentionné des soutiens au cours de la rude épreuve que je venais de subir. Débarrassés des importuns, nous nous retrouvâmes tous deux sur la terrasse ensoleillée des *Lilas Blancs*, cette magnifique propriété qu'avait achetée, le lendemain de notre mariage, mon mari à un prince arabe, et d'où l'on avait une vue imprenable sur la féerique baie de Cannes, parfois brumeuse le jour mais scintillant de mille feux la nuit. Beaucoup de monde nous enviait cette résidence de rêve, sertie dans un immense parc ceinturé de murs qui nous protégeaient des importuns et nantie d'une splendide piscine dont l'eau était chauffée en permanence.

Sans doute me serais-je sentie tout à fait perdue dans un tel luxe, après la tristesse du cimetière, si mon cher protecteur n'avait pas été là, à mes côtés. Il avait eu l'excellente idée d'ordonner à Otto, le valet de chambre — qui me tenait lieu aussi de chauffeur —, de nous servir sur la terrasse une bouteille millésimée de Veuve Clicquot rosé (dont l'appellation était tout à fait de circonstance !) qui nous aiderait à reprendre goût aux plaisirs de la vie.

Qui était Paco ? Au regard de mon entourage, il avait toujours passé pour être le fidèle régisseur en qui aussi bien mon époux que moi-même avions porté toute notre confiance. En réalité, Paco se trouvait être mon demi-frère. Mon mari le savait, mais il n'avait jamais voulu que ce secret familial fût révélé à qui que ce fût, et cela pour parer aux médisances.

Officiellement, Paco resta donc le régisseur doublé de l'exécuteur très discret de nos caprices dès que nous en avions, Joseph et moi. Je dois dire qu'il savait très bien s'acquitter des tâches parfois assez délicates que je lui confiais. C'était un garçon réservé, sage et peu bavard, s'estimant comblé par la situation confortable que lui avait apportée le mariage inespéré de sa demi-sœur avec un milliardaire !

De son vrai nom, il ne s'appelait pas Paco, mais Frantz. C'était moi, alors que je n'étais encore qu'une très jeune fille, qui l'avais paré de ce faux prénom, préférable à celui de sa naissance, qui évoquait trop l'Europe centrale. Du reste, Paco convenait à son physique méditerranéen. Il était né à Budapest d'une aventure de jeunesse de ma mère. Elle avait dû l'élever seule, son amant ayant disparu le jour où il avait appris qu'elle était enceinte. Ce n'avait été que dix ans plus tard qu'elle avait rencontré celui qui serait mon père, Ladislas Homir, qui eut l'élégance de reconnaître le garçon le jour de leur mariage. Je vins au monde l'année suivante, également à Budapest, ce qui fait que Frantz et moi devînmes demi-frère et sœur. Notre nom de famille à tous les deux est donc Homir. Mon prénom de naissance était Nadia, mais je l'ai toujours détesté et, de même que j'avais décidé d'appeler mon demi-frère Paco, de même je changeai de prénom après la mort de nos parents, alors qu'ayant abandonné la Hongrie, nous nous trouvions en Autriche. Il n'y eut donc plus de Frantz ni de Nadia Homir, mais un Paco et une Sabine Homir. Pourquoi Sabine ? Simplement parce que cela me plaisait. Je n'ai jamais pu résister à un caprice !

Nos parents moururent à Vienne, emportés par la terrible épidémie de choléra qui ravagea cette ville au lendemain de la dernière guerre. Nous nous retrouvâmes orphelins : Paco avait vingt-huit ans et j'approchais des dix-huit. Que faire ? Rester à Vienne, où la reconstruction prenait du temps et où, contrairement à ce que l'on pense généralement de l'ancien Empire austro-hongrois, les gens nés à Budapest ne sont guère populaires ? Paco était intelligent et j'étais déjà très jolie. Pourquoi alors ne pas nous expatrier et tenter notre chance à l'Ouest ? L'idée de l'Italie était assez plaisante mais c'était surtout la France qui nous attirait. Nous parlions hongrois, allemand et très bien français grâce à mon père qui avait travaillé à Paris avant 1940 comme interprète dans une agence de voyages. Nous étions persuadés que la France, refuge de tous les exilés, nous attendait...

Comment Paco se débrouilla-t-il ? Ce serait trop long et fastidieux à raconter ici. La seule chose que je puisse affirmer c'est que, lorsqu'on est hongrois, ambitieux, désargenté, et jeune de surcroît, rien ne vous résiste !

Ce ne fut pas à Paris, dont mon père nous avait maintes fois vanté les mérites, que nous atterrîmes, mais à Nice. Le voyage s'était déroulé sans histoire, grâce à la complicité d'un ami de Paco qui travaillait comme steward à bord d'un avion reliant directement Vienne à Nice. Ayant été signalés à notre arrivée comme passagers clandestins, nous ne voulûmes pas rester dans cette ville où nous risquions d'être très vite repérés et, avec le peu d'argent qui nous restait, nous nous installâmes dans un petit hôtel de Cagnes-sur-Mer où le gérant se montrait peu soucieux de la nationalité de ses pensionnaires, à condition que ceux-ci paient leur chambre. On nous prenait d'ailleurs pour un jeune couple de touristes étrangers que l'on trouvait très sympathique et très beau ! Seulement nous ne pouvions pas nous éterniser là...

Où aller ? A Paris ? C'était exclu, nos moyens financiers étant des plus limités. Et pourquoi ne pas nous risquer à Monte-Carlo, ce mirage pour tous ceux qui rêvent de côtoyer le vrai luxe, ou tout au moins essayer de nous rapprocher de ses tentations ? Ce fut ainsi que nous nous retrouvâmes dans un garni sordide de Beausoleil, dans lequel grouillaient toutes sortes d'individus louches et où nous séjournâmes le moins longtemps possible. De Beausoleil, il suffit de traverser une rue pour pénétrer dans la Principauté bénie ! Ce que nous fîmes, et très vite. C'était l'époque où l'on recrutait du personnel hôtelier pour la saison de printemps qui allait débuter. Étant parfaitement bilingues l'un et l'autre, en français et en allemand, le hongrois ne nous servant pas à grand-chose pour le moment, nous ne fûmes pas longs à être engagés : Paco comme commis de restaurant dans un grand hôtel et moi en qualité de femme de chambre dans un autre de moindre classe. N'était-ce pas déjà un premier pas qui nous permettait de débuter ? Aussi ne perdîmes-nous pas de temps ! Nous avions faim de tout et nous étions fermement décidés à mordre à pleines dents dans la vie... Grâce à un camarade de Paco qui travaillait dans le même palace que lui, nous eûmes l'adresse, toujours à Beausoleil, d'un petit meublé à louer — deux pièces-cuisine — où nous nous installâmes avec la conviction absolue que ce n'était là pour nous qu'une étape provisoire puisque nous ne nous sentions pas faits pour stagner dans la médiocrité !

Nous avions raison.

Par ce même ami qui nous avait indiqué l'appartement, nous apprîmes que la S.B.M. ou Société des Bains de Mer — appellation officielle de la société qui gère à Monte-Carlo les casinos d'hiver et d'été, les principaux hôtels, l'Opéra, les cabarets et la majorité des lieux de distraction de la Principauté — recherchait aussi du personnel. Comme nous n'étions guère satisfaits, l'un et l'autre, des emplois de dépannage immédiat que nous avions trouvés pour nous tirer d'affaire, nous profitâmes de ce tuyau. Une semaine plus tard Paco était passé commis au Sporting d'Été, où se donnaient les plus prestigieux galas, et moi j'étais devenue femme de chambre à l'Hôtel de Paris qui est, sans aucun doute, l'un des palaces les plus réputés du monde entier. Mes charmes, qui s'affirmaient de jour en jour, avaient grandement favorisé mon embauche. Il m'avait suffi de me présenter à l'Hôtel de Paris : ma féminité et le fait que je parlais l'allemand avaient fait le reste. On m'avait immédiatement engagée.

La clientèle de ce temple du luxe était d'un tout autre niveau que celle de l'hôtel précédent ! Venue d'Italie, d'Allemagne ou encore d'autres pays d'Europe, c'était exactement cette clientèle riche et élégante, cosmopolite, à laquelle je rêvais d'appartenir quand je n'étais encore qu'une toute jeune fille se morfondant dans sa Vienne natale.

Si nous nous y étions beaucoup ennuyés, Paco et moi, je dois cependant à l'honnêteté de reconnaître que nous n'y avions jamais connu une misère désespérée.

La franchise, dont j'ai décidé une fois pour toutes de faire preuve dans ces souvenirs, me contraint à révéler maintenant que, tout orphelins que nous étions devenus, mon demi-frère et moi avions la chance de posséder, soigneusement caché dans l'appartement familial où nous étions restés, le reliquat d'un trésor constitué d'une paire de boucles d'oreilles fascinantes : deux perles d'un éclat incomparable, strictement identiques, taillées en poire et dont les dimensions faisaient rêver ! Pour nous deux cela représentait beaucoup plus qu'une dot, c'était la certitude que si nous nous trouvions un jour dans l'obligation de les monnayer pour nous arracher à nos difficultés financières, nous pourrions sûrement envisager notre jeune avenir avec moins d'appréhension.

D'où venaient des joyaux aussi rares ? Du don qu'en avait fait à nos parents, sur son lit de mort, une très grande dame, dernière descendante d'une lignée d'aristocrates magyars. Ruinée par la révolution communiste qui lui avait pris ses terres et tous ses biens, la comtesse Malphy n'avait pu sauver que quelques bijoux avant de venir se réfugier dans le très modeste domicile où nous vivions, mes parents et nous, au centre d'une banlieue populaire de Budapest. Pourquoi avait-elle choisi une pareille retraite ? Simplement parce qu'elle savait, tous les siens ayant été fusillés, qu'elle s'y trouverait enfin en sécurité : nos parents n'avaient-ils pas été ses fidèles serviteurs aux derniers temps de sa splendeur ?

Nos parents avaient su se montrer d'un dévouement absolu à l'égard de leur ancienne patronne qui, sachant qu'elle allait être emportée par un mal inexorable, leur fit don de ses bijoux en signe de reconnaissance pour leur comportement à son égard et peut-être aussi pour s'acquitter, d'une façon très élégante, de la dette qu'elle estimait avoir envers eux.

Après la mort de cette bienfaitrice, la vente très discrète d'un ou deux bijoux — faite, hélas, à une époque désastreuse et dans d'exécrables conditions — permit à nos parents de s'enfuir avec nous pour l'Autriche voisine où le communisme n'avait pas pu s'implanter. Mais avant de quitter leur pays, ils firent de leur mieux pour que la comtesse Malphy ait une digne sépulture dans l'un des cimetières de Budapest où elle repose toujours, non pas sous son véritable nom, mais sous celui de Maria Vortha, beaucoup plus anonyme, qui était en réalité le nom de jeune fille de ma mère... Malphy était un nom trop connu là-bas pour qu'on coure le risque de le graver sur une pierre : des misérables n'auraient pas hésité à violer la tombe dans l'espoir d'y trouver quelque bijou — bague ou médaillon précieux — laissé sur le corps.

La vente progressive de quelques-uns des autres bijoux assura à notre famille une existence confortable dans un appartement agréable. Mon père nous avait révélé, à Paco et à moi, trois années après notre arrivée à Vienne, l'existence des joyaux enfermés dans un sac de toile soigneusement dissimulé sous une latte de parquet du salon. Nous connaissions la cachette mais nous avions l'interdiction formelle de soulever la latte ! Elle protégeait ce qui était devenu le trésor de famille des Homir... Nous ne la soulevâmes qu'après la disparition de nos parents. Le sac de toile se trouvait toujours là, mais son contenu s'était terriblement amenuisé... Il aurait été inconvenant de le reprocher à nos parents : ils avaient cru faire de leur mieux en offrant à leurs enfants une existence décente et en leur donnant surtout une bonne éducation, dans d'excellents collèges où nous étions externes. Au point que nous nous étions persuadés que le trésor laissé par la comtesse se révélerait inépuisable...

Hélas ! le réveil fut cruel ! Presque tous les bijoux s'étaient échappés du sac, vendus d'année en année par nos chers parents pour permettre à notre quatuor de continuer à tenir un rang honorable dans la petite-bourgeoisie viennoise. Les seuls bijoux restant dans le sac étaient cette fabuleuse paire de boucles d'oreilles. C'était à la fois peu et beaucoup si nous savions manœuvrer. Ces perles rarissimes pouvaient nous sauver, à condition de ne pas imiter l'insouciante inconscience de nos parents ! Elles devraient nous servir à la fois de capital, de garantie financière et, en toute dernière extrémité, de nantissement éventuel si nous étions contraints de faire un emprunt.

De placements immobiliers ou boursiers qui auraient pu nous laisser quelques dividendes, il n'y en avait point, mon père ayant toujours eu la phobie des spéculateurs. Quant à ma mère, elle avait cultivé une parfaite ignorance des contingences matérielles.

Et il restait juste assez d'argent liquide pour payer les frais d'inhumation de nos parents, le dernier loyer de l'appartement et le prix du voyage qui nous permettrait de fuir l'Autriche pour la France.

Certains esprits critiques, il y en a toujours parmi les lecteurs, objecteront que mon demi-frère et moi — qui n'étions pas sots, un peu instruits, et en bonne santé — aurions pu travailler immédiatement pour gagner notre vie. C'est exact et nous n'étions nullement allergiques à l'idée de travail. Mais nous ne souhaitions pas non plus nous éterniser dans une condition médiocre. Le travail, c'est très bien, mais, contrairement à de vieux axiomes surannés, il n'apporte pas toujours la liberté, ni la vraie richesse. Et il y a mille et une façons de travailler : vérité que Paco et moi avons rapidement mise en pratique avec une impitoyable rigueur. Cela sans jamais nous séparer des boucles d'oreilles salvatrices ! Aujourd'hui Paco n'est plus mais, restée seule, j'ai continué à observer sans la moindre défaillance cette règle d'or : je suis toujours en possession des pendents d'oreilles. Ils attendent mon bon vouloir dans le coffre de ma villa qui est placé dans ma chambre, tout près de mon lit, et dont je suis l'unique personne à connaître la combinaison.

Pourquoi une telle proximité ? Parce qu'il m'arrive, les soirs où j'ai du mal à m'endormir, en proie à mes souvenirs, de me lever pour ressortir ces joyaux de leur écrin protecteur et de les accrocher à mes oreilles avant de me recoucher. Dès que je les porte je me sens revigorée, comme si j'étais sous le pouvoir de talismans magiques. Je me remémore les aventures triomphales qu'ils m'ont permis de connaître et je m'endors avec la certitude réconfortante que, grâce à leur présence bénéfique, j'en connaîtrai encore beaucoup d'autres...

Ni Paco ni moi n'aurions eu l'idée de rester dans cette ville de Vienne où nous ne nous sommes jamais sentis chez nous et dont la lourdeur un peu prétentieuse nous a toujours pesé. Je sais bien qu'elle fut la capitale prestigieuse de l'illustre Saint Empire romain germanique... Mais comment, quand on est hongroise, ne pas applaudir à cette définition si juste d'un grand homme d'État français, M. de Talleyrand, qui déclara au lendemain du Congrès de Vienne que la dénomination de ce conglomérat de peuples d'Europe centrale était parfaitement erronée parce que ce prétendu Empire n'était ni saint, ni empire, ni romain, ni germanique ! Et puisque j'en suis à m'abriter derrière un mot historique, je crois que le moment est venu de parler de mon mari, Joseph Kelmann, parce que lui était un authentique autrichien.

Quand je dis « autrichien », je manque de précision. En réalité Joseph était d'abord juif et ensuite autrichien, en vertu de l'immuable loi de migration qui veut que le Peuple élu soit le seul à avoir le pouvoir d'être de partout et de nulle part. Disons que, fils de chiffonnier et né à Vienne, Joseph fut d'abord un tout petit juif puis un grand juif avant de devenir un prodigieux homme d'affaires. Une réussite magistrale comme on en voit peu.

Assez bel homme, plutôt grand, parlant plusieurs langues y compris l'hébreu et même le yiddish (ce dernier seulement avec ses anciens camarades de jeunesse quand il avait la bonne ou la mauvaise fortune d'en rencontrer !), d'une intelligence exceptionnelle et possédant le don inné de flairer toutes les bonnes affaires qui pouvaient se présenter à lui, Joseph me fascina littéralement.

Quand je fis sa connaissance, il avait quarante ans et moi dix-neuf. C'est dire qu'il existait entre nous deux une différence d'âge considérable. Déjà prodigieusement riche, il se trouvait à Monte-Carlo, résidant à l'Hôtel Hermitage qui appartient, lui aussi, au groupe de la S.B.M. dont il est peut-être le fleuron le plus raffiné.

Pendant l'année qui précéda cette rencontre, je dois avouer que je ne m'étais guère ennuyée ! Ayant abandonné à la fin de la saison d'été ma place de soubrette à l'Hôtel de Paris, où les horaires étaient trop astreignants, je m'étais lancée dans quelques aventures sans lendemain avec des camarades de Paco, qui travaillaient comme lui au Sporting. Aucun n'était riche mais comme tous venaient d'Italie, ils étaient souriants, gais et beaux garçons.

Je dois faire encore une confession — une de plus ! Au fond il n'y aura pratiquement que cela dans ce livre, des confessions, mais le lecteur peut se rassurer : je ne quémande aucune absolution de sa part ! Ce nouvel aveu concerne ma blondeur, qui a toujours émerveillé tant de gens. En fait, elle est artificielle. Les blondeurs les plus réussies et les plus attrayantes sont souvent les plus fausses !

Malgré mes origines hongroises, je ne suis pas blonde

mais aussi brune que l'était ma mère. Je le suis restée tant que mes parents furent vivants : ils m'interdisaient de changer quoi que ce fût à mon apparence physique, me trouvant ravissante comme j'étais. Cependant, ayant essayé un jour, alors que j'avais quinze ans, une perruque blonde chez un coiffeur de Vienne, j'avais compris qu'avec mes grands yeux foncés et une chevelure dorée je serais encore plus attirante ! J'étais déjà hantée par l'envie de plaire !

Dès que j'eus la liberté d'agir, je ne perdis pas une seconde et me précipitai chez le coiffeur pour me faire décolorer. J'en sortis trois heures plus tard, presque méconnaissable. Mais j'étais devenue beaucoup plus séduisante ! Quand Paco me vit revenir à l'appartement ainsi métamorphosée, il me regarda d'abord avec ahurissement pendant une bonne minute sans rien dire, puis il s'exclama :

— Tu as bien fait, Sabine ! Cela te va beaucoup mieux et bientôt tu feras des ravages ! Cette blondeur risque de faire ta fortune...

Il avait vu juste.

Quand nous arrivâmes sur la Côte, j'étais la plus blonde de toutes les jeunes beautés aux yeux noirs. Un contraste saisissant qui envoûtait les hommes et faisait pâlir les femmes de jalousie. Dès que j'ai pu gagner un peu d'argent comme femme de chambre, j'ai poussé la supercherie jusqu'à son extrême limite : de blonde éthérée, je suis devenue aussi platine qu'une star hollywoodienne. Aujourd'hui, au moment où j'écris, j'ai quarante-quatre ans et je pense être encore très désirable... Je suis sûre que si je voulais m'en donner la peine, je pourrais voler l'amoureux de n'importe quelle jeune femme ayant une bonne vingtaine d'années de moins que moi ! Ce n'est pas la vantardise qui parle ici, mais l'expérience !

Revenons à ma dix-huitième année, avant que je ne rencontre Joseph et n'accède enfin à l'univers de la richesse et du luxe. Après être passée de séduisants commis de restaurant à des maîtres d'hôtel appartenant tous à la brigade du Sporting, je commençai à jeter les yeux sur certains clients du Casino, pour l'unique raison qu'eux semblaient s'intéresser vivement à moi quand je venais retrouver l'un ou l'autre de mes flirts. Peut-être avec eux connaîtrais-je enfin le milliardaire idéal. Je connus alors quelques aventures qui ne me rapportèrent pas grand-chose, sinon des déconvenues passagères mais très instructives. Comme j'ai la chance d'avoir un tempérament pondéré, j'ignorais le chagrin. Je me souviens notamment de certaine nuit passée dans un hôtel de Menton en compagnie d'un admirateur espagnol beau comme un matador qui se disait « Grand d'Espagne » et qui n'avait plus les moyens de payer la chambre parce qu'il avait tout perdu au baccara ! Nous nous enfuîmes de l'hôtel, tels des voleurs, par la fenêtre qui donnait heureusement sur une terrasse. Aujourd'hui ce n'est plus pour moi qu'un éclat de rire quand je pense à la petite idiote que j'étais alors...

Au retour de chacune de mes escapades, je retrouvais avec plaisir le petit appartement de Beausoleil où Paco me consolait et me prodiguait ses conseils.

— Qu'est-ce que ça peut bien te faire, sœurette ? Jolie comme tu l'es, tu ne seras pas longue avant d'en trouver un autre... Et puis ne te plains pas ! Celui-là t'a laissé deux ou trois plaques que je vais changer dès demain et qui te permettront d'améliorer ta garde-robe... Ce qu'il ne faut surtout pas, c'est que toi tu te mettes aussi à jouer ! Ce serait la dernière des sottises ! Tu vois où cela a mené l'Espagnol et tant d'autres ! A la longue on ne gagne jamais au jeu. Si tu savais le nombre de mes camarades de travail qui y laissent tous leurs pourboires, tu serais écœurée d'un tel gâchis !

Voilà un conseil que j'ai scrupuleusement suivi : je n'ai jamais joué et je m'en porte très bien... sauf peut-être avec les hommes. A chaque fois qu'une aventure se terminait, c'était moi qui y mettais fin ! Sans vouloir en tirer la moindre gloriole, je puis affirmer qu'il ne m'est jamais arrivé d'être laissée pour compte par un homme... Excepté une fois, mais il est encore trop tôt pour en parler... Pendant toutes les années qui ont précédé ce désastre imprévisible, c'est toujours moi qui ai triomphé de cet adversaire redoutable qu'est l'homme. J'ai préféré être le prédateur plutôt que la proie et ce n'est que depuis le jour où j'en suis devenue une moi-même que j'ai perdu toute envie de vivre.

De telles pensées ne me seraient jamais venues à l'esprit à l'époque glorieuse de mes débuts amoureux. Tout me semblait possible alors, et je n'avais pas le souci du lendemain, grâce en particulier aux fameuses boucles d'oreilles qui, après avoir abandonné leur cachette autrichienne, nous avaient suivis sur la Riviera. Comme dans l'opérette *Ciboulette*, ces perles « avaient fait de beaux voyages », allant, toujours calfeutrées dans leur sac de toile, de Vienne à Nice, puis de Nice à Cagnes et enfin de Cagnes à Beausoleil... Tout cela, bien sûr, dans le plus grand secret.

Le lendemain de mes dix-neuf ans, que j'avais fêtés en compagnie de mon demi-frère et de quelques-uns de ses camarades de travail devant un superbe gâteau confectionné par l'un d'eux, et alors que je dormais profondément dans notre petit appartement, Paco, rentré de son travail au milieu de la nuit, me réveilla en hurlant :

— Ça y est, Sabine, je l'ai trouvé !

— Qui cela ?

— Lui... Celui qu'il te faut pour époux !

Je me souviens qu'à moitié endormie je lui ai crié à mon tour :

— Ah, çà, es-tu fou ou ivre ?

— Lucide et à jeun. Tu rêves toujours d'épouser un homme très riche ?

— Cette question ! Comme si tu ne le souhaitais pas toi aussi pour moi !

— Voilà déjà quelques jours que j'ai repéré celui qui te conviendrait parfaitement. Il fréquente le cabaret du Casino d'hiver où je travaille en ce moment comme barman.

— Est-ce qu'il est beau ?

— Il ne faut pas non plus exagérer, ma choute ! Tu ne voudrais tout de même pas qu'il soit jeune, sexy et milliardaire ! Mais pour ce qui est de l'argent, je te garantis qu'il en a... Je me suis renseigné : du fric à ne pas savoir qu'en faire ! Et pour ce prix-là, pas trop moche ! J'ai eu le temps de l'observer : ça fait cinq soirs de suite qu'il arrive au cabaret vers vingt-deux heures, juste avant que ne commence le spectacle.

— Il y vient seul ?

— Tout seul, comme un grand... Il s'assoit sur un tabouret du bar et commande une bouteille de champagne qu'il laisse aux trois quarts pleine quand il s'en va à la fin du spectacle.

— Mais s'il l'a déjà vu cinq fois de suite, ce spectacle, il doit le connaître par cœur ?

— Il m'a dit qu'il revenait pour le numéro de l'illusionniste qui le fascine et dont il voudrait bien découvrir les trucs, mais j'ai l'impression qu'il en pince un peu pour l'une des girls du ballet.

— Laquelle ?

— Je ne sais pas, moi ! Mais tu n'as pas à t'inquiéter : aucune ne t'arrive à la cheville... Quand il t'aura vue, il ne regardera même plus ces demoiselles !

— Tu as pu parler avec lui ?

— Un bon barman, ça bavarde avec tous ses clients. J'ai commencé à converser avec lui en français mais quand il m'a confié qu'il était autrichien, j'ai continué en allemand, ce qui n'a pas semblé du tout lui déplaire. La première fois, après son départ, le chasseur du cabaret m'a dit que c'était très rare de le voir parler avec quelqu'un du personnel, qu'il passait pour être l'un des hommes les plus riches de la Côte et qu'il venait régulièrement tous les ans vers la même époque faire un séjour d'une quinzaine de jours à Monte-Carlo. Il habite toujours à L'Hermitage où on lui réserve l'une des suites de grand luxe.

— Toujours seul ?

— Quand il trouve une femme qui lui plaît, il ne se gêne pas pour le lui faire comprendre. Il n'y en a pas une, m'a confié encore le chasseur, qui puisse résister à ses arguments financiers ! La deuxième fois que je l'ai revu au bar, nous avons parlé un peu plus longuement, et ainsi de suite... Maintenant, lui et moi sommes presque devenus des amis... D'ici qu'il me prenne pour confident ! Il a l'air de m'apprécier...

— Ça ne m'étonne pas, mon Paco. Quand tu veux bien faire un effort, tu as une sacrée conversation. Qu'est-ce que vous avez bien pu vous raconter ?

— Nous avons parlé de tout et de rien. Sachant qu'il était autrichien, je lui ai dit que je connaissais bien Vienne et que j'étais né à Budapest.

— Quelle a été sa réaction ?

— Ça semble lui avoir plu... Il m'a demandé ce que je faisais ici. Je lui ai dit comment j'étais venu en France avec ma jeune sœur. C'est la première fois où je lui ai parlé de toi. Il m'a tout de suite demandé si tu étais jolie. J'ai répondu : « Une beauté, comme beaucoup de Hongroises. » Il a souri en connaisseur... Entre nous, je me suis laissé dire par un camarade italien qui a travaillé avec moi au Sporting d'Été et qui est maintenant garçon d'étage à L'Hermitage qu'il emmène souvent des femmes dans sa chambre. Cet ami parlait en connaissance de cause puisque c'est lui qui lui apporte son petit déjeuner tous les matins dans sa suite. C'est comme cela que j'ai su qu'il y avait généralement auprès de lui une femme, ou même une dame de la clientèle, qui se dissimulait plus ou moins, mais jamais la même ! Ce qui prouve qu'il ne doit pas avoir d'idée bien arrêtée sur la question et qu'il est probablement libre.

— Peut-être est-il quand même marié mais ne tient-il pas à se faire accompagner par son épouse lorsqu'il vient s'amuser à Monte-Carlo ?

— S'amuser ? Je n'en suis pas certain... Sur ce point aussi je me suis renseigné. Depuis trois années qu'il vient à Monte-Carlo, on ne l'a jamais vu avec une Mme Kelmann... C'est son nom : Joseph Kelmann. Ce que j'ai appris aussi, c'est qu'il est israélite. Ça ne t'ennuie pas ?

— Pourquoi cela me gênerait-il, s'il est vraiment aussi riche que tu l'affirmes ! Moi, les religions, je m'en moque autant que toi... La seule qui compte, c'est celle de l'argent.

— Tu es dans le vrai et je n'ai pas l'impression, s'il vient ici régulièrement à la même époque, que ce soit uniquement pour rencontrer des jolies femmes ou pour jouer ! Il n'entre jamais dans les salles de jeu. Selon les échos — tout se sait très vite dans cette Principauté qui est la plus gigantesque des potinières de luxe —, il serait plutôt là pour ses affaires.

— Quel genre d'affaires ?

— Immobilières ! On chuchote qu'il serait un des plus gros investisseurs de la Côte. Un genre de promoteur international : une situation qui convient assez bien à son physique.

— Tu m'as laissé entendre tout à l'heure qu'il n'avait rien d'un Apollon ?

— Il n'est quand même pas laid. Un peu fort peut-être, mais comme il est grand, ça n'est pas gênant. Disons qu'il fait confortable, ce qui est plutôt rassurant... Et très soigné avec cela : ce que tu aimes chez un homme. Il ne manque pas non plus d'une certaine allure.

— Qu'est-ce que vous vous êtes encore dit ?

— Hier nous avons parlé de Vienne qu'il ne m'a pas semblé aimer beaucoup plus que nous : il trouve qu'on s'y ennuie. Ensuite il m'a demandé comment nous vivions, toi et moi. Et j'ai jugé habile de lui dire la vérité. Ce n'est pas un bonhomme à qui on doit pouvoir raconter des histoires pendant longtemps. J'ai répondu que mon travail au Casino nous permettait de vivoter à peu près, que nous habitions dans un petit appartement à Beausoleil et que toi tu ne faisais rien parce que, étant ton aîné et le chef de famille, je m'opposais à ce que tu te galvaudes dans un emploi indigne de ta beauté. Il a trouvé cela très bien de ma part et m'a même dit que j'étais un très bon frère pour ma jeune sœur. C'est alors qu'il m'a demandé ton âge. Je lui ai également dit la vérité : dix-neuf ans, ce qui a paru particulièrement l'intéresser. Je lui ai aussi dit ton prénom, Sabine, qui l'a enchanté, et il m'a fait comprendre qu'il aimerait assez faire ta connaissance... Tu vois que maintenant l'affaire n'est pas trop mal enclenchée. C'est pourquoi j'ai attendu d'en être arrivé là pour te parler de lui.

— Qu'as-tu répondu à son souhait ?

— Que, comme toute jeune fille qui a été bien élevée, tu étais d'un naturel plutôt réservé et qu'une rencontre éventuelle ne dépendrait que de ton bon vouloir.

— Paco chéri, tu es un champion ! Quand me présentes-tu à lui ?

— Demain soir, si ça te chante. Et pourquoi pas au bar du cabaret, ce qui te permettrait aussi d'applaudir le spectacle et entre autres le fameux illusionniste... Ça te convient ?

— Comment m'habiller ?

— Le plus simplement possible. N'oublie pas que tu es une jeune fille vivant à la charge de son frère, un courageux travailleur qui est loin d'être millionnaire ! Pourquoi ne pas porter ton tailleur noir qui met si bien en valeur ta chevelure lumineuse et qui fait tellement correct ?

— Et si je mettais « nos » boucles d'oreilles ? Les perles produiraient beaucoup d'effet !

— Tu es folle ? Pas de perles ! N'oublie pas qu'en bon financier avisé il repérerait tout de suite qu'elles sont vraies ! Il ne comprendrait plus... Aucun tralala ! Rien que la stricte simplicité de ta beauté naturelle. S'il souhaite te voir porter des bijoux, il n'aura qu'à t'en offrir ! Nous reparlerons de cela demain. Maintenant au dodo ! Je tombe de sommeil. Quant à toi, si tu veux avoir tout ton éclat pour gagner la bataille, il faut que tu te rendormes. Je t'ai souvent entendue dire : « Je ne suis vraiment belle que quand j'ai beaucoup dormi. » Alors, petite sœur, exécution, et bonne nuit ! Fais de beaux rêves ! Ne t'ai-je pas déjà apporté l'inspiration ?

C'est bien connu, la nuit porte conseil. Sans doute fut-ce la raison pour laquelle, dès le lendemain, Paco montra une fois de plus qu'il pouvait avoir des idées lumineuses.

— Avant la rencontre, commença-t-il, il est indispensable que nous accordions nos violons au sujet de notre passé. Kelmann sait déjà, par les quelques confidences que je lui ai faites, que nous sommes orphelins et livrés à nous-mêmes pour nous débrouiller. Nous n'avons donc plus aucune attache familiale, sinon les souvenirs de notre enfance à Vienne et ce que nos parents nous avaient raconté du bonheur perdu en Hongrie. A ses yeux nous devrons donc toujours, toi et moi, passer pour les innocentes victimes d'une abominable révolution. Tu me suis bien, chérie ?

— Continue...

— Et s'il arrivait qu'une solide sympathie se nouât entre lui et toi jusqu'au point de finir par un mariage, nous lui confierions un grand secret : en réalité nous sommes les enfants d'une très grande aristocrate, la comtesse Malphy qui, s'étant retrouvée sans son époux — fusillé pendant la révolution —, avec nous deux en bas âge, a jugé prudent, pour éviter que l'on ne nous fasse subir le même sort, de nous donner le nom de deux de ses serviteurs, les Homir. Ils lui étaient restés dévoués corps et âme et lui avaient juré de ne jamais nous abandonner, quoi qu'il arrivât ! La comtesse étant décédée et ayant été enterrée sous un faux nom pour les raisons que tu connais, nos parents « d'adoption » nous ont vite emmenés à Vienne pour nous mettre à l'abri. Là, nous avons grandi, protégés par ces excellentes gens qui, hélas, ont été enlevés à leur tour par l'épidémie de choléra dont Joseph Kelmann a certainement dû entendre parler, puisqu'il est né à Vienne. Toi et moi nous trouvons donc être aujourd'hui les derniers descendants d'une grande lignée magyare, cela malgré le nom assez commun que nous continuons à porter, ayant perdu les deux seuls témoins — ces parents d'adoption — qui auraient pu certifier nos réelles origines. Tu me suis ?

— Crois-tu qu'il gobera une pareille histoire ? Tu m'as dit qu'il était juif et les Juifs ont la réputation d'être intelligents.

— Il l'avalera d'autant plus facilement que ses propres coreligionnaires n'ont jamais cessé de changer de noms à travers les siècles, selon les pays où ils se trouvaient, pour échapper aux pogroms dont ils ont été victimes un peu partout, en Russie, en Pologne, et dans toute l'Europe centrale ! S'il y a un homme à comprendre nos malheurs, ce sera bien lui ! Et n'as-tu pas, avec ta classe et ta beauté, tous les atouts pour incarner l'héritière d'une très noble famille indignement spoliée ? Le martyre de ton jeune passé t'habille très bien et constitue une auréole qui grandit encore ton charme !

— Et toi ?

— Trouves-tu que j'aie l'allure d'un fils de petits-bourgeois ?

— Absolument pas, mon Paco ! Tu es le plus noble des nobles...

— Si j'en avais le costume, je pourrais incarner un superbe et farouche comte magyar !

— Tu serais le plus beau de toute la famille !

— Cette question de descendance réglée, tu devras te conduire à son égard, dès les premières secondes de votre rencontre, en jeune fille pudique, timide et un tantinet snob. Mais attention ! Il ne sera pas question de jouer les pimbêches ou les mijaurées ! Les types pratiques comme doit l'être ce brasseur d'affaires n'aiment pas du tout ce genre de femmes. Ils les préfèrent ravageuses... Je connais ton regard dont tu sais très bien te servir : quand tu le veux, tu peux y faire passer des lueurs incendiaires. Ton nez ravissant est aussi pour toi un excellent outil de séduction : dès que tes narines commencent à se dilater, on a l'impression que toute la sensualité du monde va s'en exhaler ! Maintenant je file au Casino, en te laissant tout ton temps pour te préparer. N'arrive pas au cabaret avant vingt-deux heures quinze. En attendant, je lui tiendrai compagnie pour le mettre en état de grâce intriguée avant ton arrivée. Une jolie fille doit toujours savoir se faire désirer par celui auquel elle est annoncée. Il se pose alors mille et une questions... Comment va-t-elle être ? Sera-t-elle vraiment aussi jolie que l'a laissé entendre son frère ? Quelle voix a-t-elle ? Et sa bouche ? Et ses cheveux ? Et ses jambes ? Est-elle élégante ?...

» Attente exquise et irritante qui est le prélude indispensable à une rencontre réussie ! Quand tu paraîtras, faussement émue, tu seras déjà en bonne position d'attaque. Tu devrais gagner, et tu gagneras parce qu'il le faut pour l'honneur de "notre" noble famille et pour "notre" avenir à tous deux.

— As-tu d'autres recommandations à me faire ?

— Pour aujourd'hui ça suffira. On avisera demain en fonction du résultat de ce soir. Ah, quand même, un dernier détail : quand tu entreras dans la salle du cabaret, tu ne te dirigeras pas immédiatement vers le bar comme une fille qui n'aurait fait que cela toute sa vie ! Non. Tu hésiteras. Tu as reçu une si bonne éducation que tu ne sais pas trop ce que tu dois faire en un pareil lieu ! Bien sûr tu n'y es venue que parce que ton grand frère t'attendait. Rassure-toi : ça fait partie de mon métier de surveiller l'entrée... Dès que tu apparaîtras, je viendrai à ta rencontre pour te présenter à Kelmann. Mais fais très attention aussi de ne pas t'asseoir sur un tabouret : ça ne convient pas à une jeune fille bien née ! Tu attendras que je vous conduise tous les deux à une table bien placée, près de la piste de danse et pas trop éloignée de la scène pour le spectacle. Vous vous y installerez devant la bouteille bien frappée qui vous y attendra sagement dans son seau à glace. Et pendant qu'un maître d'hôtel l'ouvrira, je retournerai discrètement derrière mon bar en vous laissant deviser.

— Qu'est-ce que je lui dirai ?

— Pour ça, je n'ai aucune inquiétude ! Tu es rusée et il est bavard : ça devrait aller tout seul. A tout à l'heure, ma future madame Kelmann...

Les choses se passèrent exactement comme les avait prévues Paco. Après une entrée discrète dans le cabaret où je ne m'étais encore jamais aventurée et une rapide présentation à Joseph Kelmann qui, dès qu'il me vit, commença à me dévorer du regard avec une convoitise à peine déguisée, nous nous retrouvâmes, lui et moi, installés à une table au moment où le spectacle débutait. Ce qui me permit de constater que ce n'étaient pas les girls que mon compagnon regardait, mais uniquement moi. Sans être un tombeur-né, ce promoteur était assez bel homme et plutôt sympathique. On supportait d'autant mieux sa présence quand on songeait aux millions qu'il avait derrière lui !

Pendant que je sentais son regard se rassasier de ma beauté, je pris l'attitude de la belle indifférente qui préfère regarder le spectacle se déroulant sur la scène plutôt que d'adresser à son admirateur des œillades assassines. N'est-ce pas la meilleure tactique pour appâter le gros gibier ? Une femme bien décidée à s'approprier un homme ne doit jamais donner l'impression de s'intéresser à lui ! L'indifférence calculée est la plus efficace des armes pour triompher.

Le spectacle terminé, je m'attendais à ce qu'il me posât la plus bête des questions, celle qui se présente le plus souvent sur les lèvres d'un homme déjà secrètement conquis. Il n'y manqua pas :

— Ça vous a plu ?

— C'était magnifique !

Me souvenant de ce que Paco m'avait raconté sur ses préférences, j'enchaînai aussitôt :

— Ce qui m'a le plus enchantée c'est le numéro de l'illusionniste...

— Moi aussi. Vous voyez : nous avons les mêmes goûts !

— Me permettez-vous de vous appeler par votre prénom ? Ce sera plus simple et plus gentil... Le mien, c'est Sabine.

— Votre frère me l'a révélé. Il vous va très bien.

— ... Joseph, ce que je vais dire va sans doute vous paraître assez stupide mais j'ai le sentiment que vous aussi, vous pourriez devenir un grand illusionniste pour quelqu'un qui saurait vous comprendre.

Le compliment lui alla droit au cœur et ce fut en jouant les modestes qu'il protesta mollement :

— Croyez-vous ? En serais-je capable ?

— Vos possibilités sont sûrement illimitées.

— Je n'ai pas trop à me plaindre de ce côté-là...

L'échange de répliques, plus ou moins bienvenues, continua. L'homme ne manquait pas d'à-propos. La seule chose que je pusse lui reprocher, c'était la façon un peu vulgaire qu'il avait non pas de rire, mais de s'esclaffer pour un oui ou pour un non à chaque fois qu'il était convaincu d'avoir dit un bon mot. C'était comme s'il se régalait de ses propres reparties ! Une forme certaine d'orgueil... D'ailleurs, l'orgueil, il en était bouffi ! Sa réussite le gonflait d'importance. Il tenait à ce que tout le monde sût l'importance de sa fortune. Et il était aussi très fier de se pavaner dans tous les endroits où il était bon de se faire voir en compagnie d'une créature séduisante ! Dès que j'eus réalisé que son péché capital était l'orgueil, je me sentis infiniment plus à l'aise pour manœuvrer.

La soirée se termina par l'un de ces soupers à la vodka et aux blinis couverts de caviar que je ne peux plus supporter aujourd'hui, en ayant trop connu depuis en compagnie de tous ceux qui ont remplacé le bon Joseph après son décès et qui n'ont cherché qu'à m'éblouir ! J'ai atteint le point de saturation où plus rien ni personne au monde ne peut m'étonner... Je suis dégoûtée et blasée de tout !

Mais j'anticipe, ce qui embrouille le récit... Revenons plutôt à ce premier repas aux chandelles, sur fond de musiques langoureuses interprétées par des violonistes plus ou moins tziganes et presque sûrement italiens eux aussi. Ce soir-là nous étions les derniers clients du cabaret et il ne devait pas être loin de deux heures du matin quand — un peu ivre de verbiage, de champagne et de vodka — je dis d'une voix que je m'efforçai de rendre le plus douce possible :

— Je crois, cher Joseph, qu'il est grand temps pour moi de rentrer me coucher ! Ce n'est guère dans mes habitudes de m'abandonner ainsi à de telles agapes... Quand ils m'entouraient de leur tendresse et de leur affection à Vienne mes parents adoptifs, qui nous ont élevés très sévèrement, mon frère et moi, ne cessaient de me répéter qu'une jeune fille de ma naissance ne devait pas s'attarder dans des boîtes de nuit ! Je pense qu'ils avaient raison. Vous ne m'en voulez pas ? Mais je comprendrais très bien aussi que vous ayez encore envie de prolonger cette sympathique soirée.

— Depuis que j'ai eu le plaisir de faire la connaissance de votre frère, qui est bien le plus aimable de tous les barmen de la Principauté, je n'ai jamais consenti à quitter ce lieu sans avoir pris en sa compagnie le dernier verre de l'amitié.

— Vous avez raison : Paco est un merveilleux garçon, et pour moi le plus sûr des protecteurs.

Nous nous levâmes donc pour nous diriger vers le bar où Paco, un sourire radieux aux lèvres, nous accueillit en disant :

— J'ai l'impression que vous ne vous êtes pas trop ennuyés l'un et l'autre, et j'en suis ravi pour vous.

— Paco chéri, peux-tu avoir la gentillesse de faire appeler un taxi qui me ramènera à la maison ? Joseph a envie de rester encore un peu avec toi...

— Je vous accompagne jusqu'à la voiture, déclara Kelmann. Et j'espère que nous nous reverrons bientôt !

— Avec joie ! A demain, Paco... Surtout ne fais pas trop de bruit en rentrant à la maison : j'ai l'intention de bien dormir.

Ce fut ce soir-là, lorsque je montai dans le taxi dont le chasseur tenait la portière, que je commençai à prendre la délicieuse habitude que l'on m'ouvre les portières des voitures, avant de monter ou de descendre... J'adore cela ! Joseph me baisa la main. Cela peut paraître un geste d'une autre époque et même assez ridicule à l'égard d'une fille aussi jeune que je l'étais, mais j'ai quand même trouvé bien agréable ce comportement d'un quadragénaire milliardaire envers une petite gamine pauvre, mais qui espérait bien ne plus l'être très longtemps ! Quand le taxi démarra, je vis Joseph s'engouffrer à nouveau dans l'entrée du night-club. Et, pendant que le taxi m'emportait vers Beausoleil, j'eus le sentiment de ne m'être pas trop mal comportée au cours de cette première soirée.

Contrairement à ce que j'avais prétendu à mon soupirant pour lui faire croire que j'étais sage, je ne dormais pas quand Paco rentra une heure plus tard. J'avais hâte de savoir ce que Kelmann avait bien pu lui dire sur moi.

A peine entré, il s'exclama, l'air enchanté :

— Tu as gagné ! Bravo, Sabine ! Tu as été épatante, tu n'as pas commis une seule bévue !

Il poursuivit, de plus en plus souriant :

— Persévère dans le même sens et, plus tôt que tu ne le crois, l'affaire sera dans le sac ! Pour lui, c'est le coup de foudre... Il veut te revoir dès demain et t'invite à déjeuner à treize heures au grill de l'Hôtel de Paris.

— L'Hôtel de Paris ! Mais ce n'est pas possible, Paco ! Aurais-tu déjà oublié que j'y ai travaillé comme femme de chambre ? Ils vont tous me reconnaître là-bas ! Il y a même au grill un ou deux commis avec lesquels j'ai déjà dû coucher... Qu'est-ce qu'ils vont penser ?

— Rien ! La S.B.M. est une admirable organisation où il n'y a qu'une chose qui compte : les pourboires. Rien de tel pour fermer les bouches indiscrètes... Et comme tout le monde sait à Monte-Carlo que Kelmann a le geste large, on se taira !

— Et comment m'habiller pour ce déjeuner ?

— Toujours simplement.

— Tout de même pas en jean ?

— Tu en porteras un quand il t'aura offert un vison ! Il n'y a rien de plus élégant qu'un vison jeté négligemment sur les épaules alors que l'on porte un jean délavé, comme si la fourrure n'avait aucune valeur ! C'est là le comble de la décontraction pour une jolie femme. Et si en plus elle a, rivé à l'annulaire gauche, un diamant valant son poids de carats, c'est le summum du chic actuel !

— Peut-être pourrais-je porter les boucles d'oreilles ?

— C'est encore trop tôt ! Contente-toi pour ce déjeuner de ton pantalon de velours vert bouteille qui a beaucoup d'allure... En plus, il suggère très bien les formes agréables de tes petites fesses ! Mais débrouille-toi pendant le repas pour lui expliquer que tu n'as rien de décent à te mettre pour faire honneur à un convive de sa qualité. Il faut qu'il te conduise, le déjeuner terminé, dans les boutiques de couture et chez les fourreurs du cru. Ce n'est pas ça qui manque ici et, telle que je te connais, il y a longtemps que tu as déjà dû les repérer ! Pas vrai ?

— Il y en a de formidables !

— Alors fonce ! Il sera ravi de t'accompagner et mettra tout son orgueil à t'offrir ce qui te plaira. Il faut lui coûter très cher tout de suite ! Quand un homme dépense beaucoup d'argent pour une femme, c'est qu'il a la conviction de l'adorer !

— Tu as remarqué, toi aussi, qu'il est orgueilleux ?

— C'est son vice : ça va nous servir ! D'ailleurs ils sont tous comme ça lorsqu'ils atteignent la quarantaine cossue. Ils veulent étonner. Pour ta garde-robe il te faudra un peu de tout : une femme élégante doit changer plusieurs fois par jour de toilette à Monte-Carlo selon les endroits où elle va s'exhiber : aux déjeuners, aux expositions de tableaux, aux ventes d'objets rares, aux cocktails, aux réceptions, à la piscine, à la plage du Sporting, à l'Opéra, etc. C'est bien connu : la diversité vestimentaire est l'emblème de la réussite féminine. C'est aussi la preuve que le mari a les moyens de gâter son épouse ou que la dame est luxueusement entretenue.

— Et les bijoux ?

— Ah, çà, on peut dire que tu y tiens aux bijoux, ma jolie ! Tu en recevras aussi pour mettre en valeur tes robes et tes fourrures, mais ce sera un deuxième stade... Note bien que si, dès demain, il venait l'envie à Joseph de t'entraîner vers une bijouterie, il ne faudrait pas hésiter ! Laisse-toi tenter... Avec lui, tu n'as pas à t'inquiéter : ce ne sera pas pour t'offrir du toc ! Et maintenant, si nous dormions ? Sinon tu seras très laide pour le déjeuner, ce qui est à proscrire par-dessus tout ! Puisque la conquête finale semble se profiler à l'horizon, tu dois te montrer chaque jour un peu plus jolie et un peu plus attirante que la veille !

— J'ai envie de t'embrasser tellement tu sais te montrer attentionné pour moi.

— Nous aurons tout le temps de nous congratuler

plus tard... Ce n'est pas parce que tu feras un beau mariage que nous nous quitterons, toi et moi ! Pas vrai ? Alors à la vie, à la mort, Sabine ! Dors et je vais aller en faire autant dans ma chambre. Patience : nous aurons bientôt, si tout se passe bien, un appartement autrement plus confortable que celui-ci... Bonsoir, beauté.

Les choses allèrent très vite. Je peux même dire qu'elles galopèrent. Quand j'entrai le soir au bras de Joseph dans la salle du cabaret, j'étais métamorphosée... Paco, que je n'avais pas revu depuis la matinée, écarquilla les yeux comme s'il se trouvait devant une apparition !

Suivant ses conseils je m'étais fait offrir sans difficulté non pas un manteau de vison, cette fourrure devenue beaucoup trop banale depuis qu'on en confectionne de la fausse, mais une admirable cape de zibeline pratiquement impossible à imiter. Jetée négligemment sur mes épaules, elle permettait de constater que je portais un pantalon, mais pas le vert dont j'étais lassée ! Celui-ci, de velours noir et faisant partie des cadeaux reçus l'après-midi, « ne manquait pas d'allure » lui non plus, comme devait le penser mon Paco médusé. C'est incontestable : la zibeline, ça vous pose une femme et ça étoffe sa personnalité. Malgré ma jeunesse, protégée sous une carapace aussi douce, je faisais déjà très « madame »... Qui ne sait que les très jeunes femmes marquent toujours l'avantage sur les jeunes filles attardées ?

Il n'était pas question de me diriger, malgré la présence de mon frère, vers le comptoir du bar. Ainsi vêtue et parée, devenue soudain l'une de ces créatures enviées, issues du grand monde ou même du demimonde, qui ont trop d'allure pour s'égarer n'importe où, je savais que j'avais droit à la meilleure et à la plus en vue des tables, tout au bord de la piste de danse, pour que la salle entière puisse m'admirer ! Il fallait aussi que mon fastueux commanditaire puisse ronronner de satisfaction orgueilleuse en montrant qu'il avait les moyens de gâter sans limites une jolie fille qu'il connaissait à peine.

Le maître d'hôtel, suivi de tout le personnel stylé, se précipita vers notre table. Par une sorte de coup de baguette magique, j'étais soudain passée du côté de ceux devant lesquels on s'incline. N'étais-je pas devenue l'exquise gourgandine qui doit savoir se faire servir ? Pour moi c'était véritablement grisant.

Et pourtant il ne s'était rien passé entre Joseph Kelmann et moi sur le plan sexuel ! Comment d'ailleurs aurions-nous pu même trouver le temps, au cours de la journée très remplie que nous venions de vivre, de nous aventurer dans quelques prouesses amoureuses ? Ayant couru de boutiques de mode en magasins de luxe, nous croulions sous les paquets. Quand je dis « nous », j'exagère un peu : personnellement je m'étais contentée de me pavaner dans ma zibeline alors que les innombrables petits colis soigneusement enrubannés avaient été portés par Joseph ! Un mari, ou celui qui risque de le devenir, n'est-il pas fait pour payer les factures et débarrasser sa compagne du poids encombrant de ses achats ? N'est-ce pas là un destin fatal d'amoureux ?

A l'Hôtel Hermitage, où notre périple s'était achevé, Joseph m'avait proposé de me faire visiter la suite princière qu'il occupait. Comment décliner une telle invitation, même si l'on est une jeune personne « très bien née », quand elle vient d'un homme qui a su se montrer aussi généreux ! J'acceptai et là, à ma grande surprise, non seulement le milliardaire ne se permit aucune privauté à mon égard, mais il m'offrit encore un verre de champagne... Cette attitude d'homme du monde m'enchanta. Il me demanda simplement :

— Aimeriez-vous que nous dînions ensemble ici ce soir ? Vous verrez : la salle à manger de cet hôtel est somptueuse et la cuisine y est raffinée. Mais peut-être souhaiteriez-vous d'abord rentrer chez vous pour y déposer vos emplettes et vous changer ? Mon chauffeur vous conduira à votre domicile et reviendra vous y attendre vers vingt heures pour vous ramener ici.

Ayant acquiescé à cette proposition, je me retrouvai quelques minutes plus tard dans une superbe Bentley conduite par un chauffeur de grande classe prénommé Otto et autrichien comme son patron. Ce qui m'amena à penser que je parviendrais difficilement à m'évader de l'emprise de ce Saint Empire romain germanique que Paco et moi avions pourtant renié ! Vingt-cinq années ont passé depuis ce premier trajet en Bentley dans la Principauté, Joseph n'est plus de ce monde, ni Paco, mais Otto est toujours mon chauffeur-valet de chambre. Simplement, la Bentley a été remplacée par une Jaguar. J'aime beaucoup Otto : sa présence et son dévouement me sont précieux. Ce que je vais écrire peut paraître assez étrange mais je le pense sincèrement : j'ai le sentiment que l'âme de Paco, tellement secourable pour moi, s'est réincarnée dans Otto et continue à me protéger...

Lorsque je revins de Beausoleil à L'Hermitage, ce premier soir, je retrouvai Joseph qui m'attendait dans le hall. Il avait déjà pris cette excellente habitude : c'est fou, par la suite, ce que j'ai pu le faire attendre partout et tout le temps. Je m'arrangeais pour n'être jamais là à l'heure prévue ! Je crois qu'il adorait cela... Chez lui c'était une forme de masochisme : à force de voir tant de gens se plier à ses quatre volontés parce qu'il pouvait tout acheter, il avait un besoin secret mais impérieux d'obéir aux caprices de quelqu'un. Ce quelqu'un ce fut moi, dès l'instant où je devins sa femme. Je le reconnais : il m'est arrivé de me conduire parfois en véritable petite peste à son égard, et même de lui mener la vie dure ! Mais je suis sûre que c'est à cause de cela qu'il m'a aimée plus que n'importe quelle autre femme !

Cher Joseph ! Il réussissait la gageure d'être à la fois un homme excessivement riche et un pauvre homme.

Pendant notre dîner en tête à tête sous les lambris et les moulures tarabiscotées de la salle à manger de L'Hermitage, Joseph m'annonça presque avec timidité et sur un ton dissimulant mal une émotion que je trouvai infiniment touchante :

— Ma chère Sabine, je profite de ce que nous ne sommes que tous les deux, sans la présence de votre frère, que j'estime cependant beaucoup, pour vous faire part d'une décision grave que je viens de prendre ce soir... Voilà : sachant que vous êtes encore une jeune fille et étant moi-même un vieux célibataire endurci, j'estime que nous sommes tous les deux libres... Puisqu'il en est ainsi, nous pouvons donc nous enchaîner l'un à l'autre, en liant nos destinées pour le meilleur et pour le pire.

— Mon cher Joseph, vous avez une façon assez pittoresque et très directe de présenter les choses... Je crois avoir compris que vous n'êtes pas homme à vous embarrasser de grandes phrases et que vous ne devez pas beaucoup apprécier les longs discours ? Je suis comme vous, seulement vous venez de me faire une proposition des plus délicates... Même si vous avez su vous montrer adorable depuis notre rencontre d'hier soir, il faut bien considérer que nous ne nous connaissons presque pas ! Ça fait à peine vingt-quatre heures ! N'est-ce pas un peu rapide ? Pour ma part, j'avoue n'avoir pas du tout pensé à un tel projet. Il me faudrait réfléchir...

— Croyez-vous ? A trop réfléchir, on ne conclut jamais aucune affaire. Croyez-en mon expérience !

— Parce que vous estimez que moi aussi, je suis une affaire ?

— De loin la plus belle qui m'ait jamais été présentée ! Et pourtant ce ne sont pas les femmes qui m'ont manqué ! Seulement entre les autres et vous, il y a une sérieuse différence ! Vous êtes une jeune femme bien élevée qui a d'excellents principes et qui ne se jetterait pas à l'aveuglette à la tête de quelqu'un. Ça, je l'avais déjà compris en écoutant ce que votre frère m'a raconté de votre jeunesse douloureuse... La conversation que nous avons eue ensuite, vous et moi, dans le cabaret, n'a fait que le confirmer. Savez-vous que c'est très rare de rencontrer de nos jours une jeune et jolie personne qui ait l'esprit aussi mûr et qui sache faire preuve d'une telle retenue ?

— Précisément... C'est parce que je suis ainsi qu'il me paraît indispensable, au cas où vous persisteriez dans votre projet de mariage, d'en parler à mon frère, qui est mon aîné et le seul membre encore vivant de ma famille. Son avis autorisé pourrait certainement peser sur ma décision.

— Comme j'aime entendre quelqu'un de votre âge parler ainsi ! C'est infiniment rassurant pour l'avenir... Et, si cela vous agréait, je serais tout disposé à faire ma demande officielle à votre frère. Mais n'était-il pas indispensable qu'étant la première concernée, vous soyez mise au courant avant lui de mes projets ? Néanmoins si, vous estimant encore trop jeune, vous étiez résolument hostile à une telle idée, vous seriez gentille de me le dire dès maintenant. L'homme d'affaires que je suis a toujours été pour les situations franches et n'a pas de temps à perdre ! Je vous écoute...

— Je n'en attendais pas moins d'un homme de votre envergure. Ce n'est pas que je sois allergique au mariage... Ce que je ne veux pas, c'est l'aventure... Vous me comprenez ?

— Admirablement ! Moi non plus je ne veux plus d'aventures : je n'en ai que trop connu ! Ce que je vous ai dit est très sérieux. Vous et votre frère pouvez vous renseigner autant que vous voudrez : je ne pense pas que vous rencontrerez une seule personne, aussi bien ici sur la Côte qu'ailleurs, qui vous dira que je suis un plaisantin... Et j'arrive à un âge où il ne s'agit pas pour moi de faire une fin mais plutôt un véritable commencement ! Si je ne me suis pas encore marié c'est uniquement parce que je n'ai pas rencontré la compagne qu'il me faut... Que je la veuille la plus jolie de la terre, n'est-ce pas normal ? Vous l'êtes, sans discussion possible. Je la veux également intelligente — ce qui est votre cas —, pouvant magnifiquement porter mon nom et provoquer l'admiration de tous — que vous n'ayez pas de fortune n'est pas un problème pour moi. La mienne suffira amplement pour nous deux. Je ne veux pas que vous continuiez à connaître les difficultés qui vous ont assaillie ! Que vous veniez d'une grande et noble famille, ça me flatte beaucoup, je l'avoue... Que vous soyez hongroise, cela m'enchante ! J'ai toujours pensé que les Hongroises sont les plus éblouissantes femmes du monde ! Qu'il y ait une sérieuse différence d'âge entre nous, qu'est-ce que cela peut bien faire si nous nous aimons ? J'ai même la conviction que vous ne connaîtrez le vrai bonheur qu'avec un homme qui sera sensiblement votre aîné, lui seul pouvant comprendre vos moindres aspirations. Vous n'êtes pas du tout faite pour l'un de ces petits crétins prétentieux qui se croient tout permis et qui ne valent rien ! Sincèrement, je crois être un homme capable de vous respecter. Vous voyez qu'il existe beaucoup de points pouvant nous rapprocher. Qu'en pensez-vous ?

— Vous devez avoir raison mais, en toute sincérité, je ne sais pas...

— Peut-être y a-t-il un dernier détail qui risquerait de vous gêner ? Au cas où vous ne l'auriez pas décelé, je me dois de vous informer que je suis israélite.

— J'aime beaucoup les Juifs : quand ils le veulent ce sont les gens les plus enthousiastes, les plus courageux et les plus généreux, contrairement à ce que prétendent les imbéciles qui ne les connaissent pas.

— Je suis heureux de vous entendre parler ainsi... Si nous convolons, je tiens à ce que ce soit civilement et religieusement. Voyez-vous une objection à vous marier à la synagogue ?

— C'est une louable idée ! Toutes les religions sont respectables si on les pratique avec ferveur.

— Bien entendu nous aiderons votre frère, comme je l'aurais fait pour tous les membres de votre famille si j'avais eu l'honneur de les connaître. Il faut lui trouver une situation meilleure que celle qu'il occupe actuellement, et qui sera surtout digne de ses capacités.

Je ne sais pas ce qui se passa à ce moment dans ma tête : j'enchaînai directement la conversation en allemand, ce qui parut le ravir, et notre entretien se poursuivit dans cette langue.

— Êtes-vous d'accord pour que je parle dès ce soir à votre frère ? Pour cela, peut-être pourrions-nous retourner au cabaret, comme hier ?

— Volontiers, mais je préférerais que vous parliez à Paco après le spectacle, c'est-à-dire après mon départ. Je ne crois pas qu'il soit bien que j'assiste à votre entretien.

— Dans ce cas, vous repartirez avec la Bentley.

— Vous êtes un amour, Joseph !

J'espère que l'on comprend mieux, après ces quelques confidences, quelle était ma disposition d'esprit lorsque Joseph et moi arrivâmes au cabaret. Avant de quitter L'Hermitage, j'avais pensé qu'il serait peut-être judicieux de passer un coup de fil à Paco, pour le mettre au courant de la situation. Mais je n'eus ni la possibilité ni le temps de me rendre dans la cabine téléphonique de l'hôtel. Mon amoureux ne me lâchait plus et je pressentais qu'il devait être férocement jaloux. Je ne me trompais pas : pendant le court temps que dura notre union, Joseph se montra tellement soupçonneux sur ma conduite que j'en vins presque à le détester ! Ceci au point de ne plus avoir qu'une idée en tête : me débarrasser de lui !

N'ayant pu joindre Paco au téléphone, je ne pus m'empêcher de sourire intérieurement au cabaret quand, assise et soupant à la table d'honneur avec Joseph, je l'aperçus derrière son comptoir... Et j'imaginais déjà la tête qu'il ferait quand il entendrait la fougueuse demande en mariage qui serait le point d'orgue de toute cette symphonie prénuptiale, dont il avait été le chef d'orchestre !

Je revis le spectacle du cabaret, avec ses girls empanachées et son illusionniste. Ce dernier me parut cette fois n'être qu'un apprenti, en comparaison de l'incomparable maîtrise dont un Joseph Kelmann savait faire preuve pour dispenser la bonne parole destinée à revigorer tous les espoirs d'une jolie fille sans le sou. La conversation que nous avions eue, s'ajoutant au miroitement chatoyant de la zibeline et aux autres cadeaux de la journée, n'avait-elle pas été pour moi le plus réconfortant des enchantements ?

Quand Paco revint du Casino aux alentours de deux heures, j'étais au lit, mais je ne dormais pas davantage que la nuit précédente ! Ce ne fut pas un Paco hilare ou triomphant que je retrouvai, mais un frère qui me dit d'une voix presque sépulcrale :

— Ça y est ! Il veut t'épouser...

— Et ça t'attriste ? demandai-je en pointant mon nez au-dessus des draps. Ne trouves-tu pas que ce serait plutôt là une excellente nouvelle ?

— Si l'on veut... Seulement moi, je vais te perdre si tu acceptes !

— Tu es fou, mon Paco ! Nous ne nous séparerons jamais, je te le jure ! Ce ne sera pas un beau-frère, surtout de cet acabit-là, qui viendra semer la zizanie entre nous deux ! Si je décidais de me mettre la corde au cou, ce serait uniquement pour obtenir le plus d'argent possible, ce dont tu serais le premier à profiter.

— Malgré tout le chagrin que je pourrais avoir, je crois que je vais quand même te conseiller de bondir sur une pareille occasion que tu ne retrouverais certainement pas si tu la laissais passer ! Il m'a l'air très pressé, ton postulant ! Tant mieux ! Il faut battre le fer tant qu'il est chaud, ceci d'autant plus que ses séjours à Monte-Carlo n'excèdent jamais la quinzaine de jours ! Il n'y a donc plus une minute à perdre ! Il faut que tout soit décidé avant qu'il ne reparte pour je ne sais où ! Tu sais, ces milliardaires sont de vrais oiseaux migrateurs... On ne peut les attraper qu'en les piégeant au passage ! Tu ne te doutes pas non plus de ce qu'il m'a également demandé ? Quel genre de bijou je pensais que tu préférerais pour bague de fiançailles : un diamant, une émeraude ou un rubis ? Tu vois que nous progressons nettement !

— Que répondre ?

— Que tu aimes les trois et, pour peu que tu saches t'y prendre avec lui, tu finiras bien par les avoir tous ! Mais il faut quand même commencer par la bague de fiançailles... Les autres, tu te les feras offrir ensuite. Pour la bague, je te conseille le diamant : ça s'harmonise avec tout et c'est aussi brillant à un grand déjeuner qu'à un dîner de gala. Ensuite tu demanderas l'émeraude qui s'accordera très bien avec le platine de tes cheveux et tu termineras par le rubis qui sera tout indiqué s'il te prenait la lubie de retrouver un jour ta couleur naturelle. Les rubis sont faits pour les brunes.

— Et « nos » perles, quand pourrai-je les exhiber ?

— Le jour de ton mariage ! Une mariée en robe blanche avec aux oreilles des perles d'une pareille dimension, ça ne court ni les églises, ni même les synagogues ! On se souviendra longtemps de ton mariage ! Ceci d'autant plus que ces perles ne seront pas un cadeau de ton milliardaire de mari, mais de ton adorable frère qui t'a toujours protégée et qui n'aura pas hésité à se dépouiller pour toi.

— Comment cela ?

— Réfléchis : si nous étions obligés un jour de nous en séparer, le produit de la vente serait partagé en deux ! C'est normal puisque nous sommes l'un et l'autre les héritiers « directs » de la comtesse Malphy, notre très regrettée maman...

— Tu as raison, et il serait injuste que tu ne reçoives pas la part qui te reviendrait de droit si une pareille vente avait lieu... Je ne veux pas que tu te sacrifies pour que ta sœur soit resplendissante le jour de son mariage !

— Ce qui m'amuse, c'est qu'il découvrira ce jour-là qu'il n'y a pas que ses bijoux à avoir de la valeur et que ceux qui restent d'une vieille et grande dynastie magyare en ont aussi ! Ça rabattra un peu son orgueil... Et puis, ne t'inquiète pas ! Je trouverai aussi mon compte dans l'opération... Dès que tu auras la bague de fiançailles au doigt, je prendrai ton financier à part pour lui faire une confidence digne des meilleurs contes de fées...

— Qu'est-ce que tu vas encore lui raconter ?

— Je commencerai par lui révéler qu'il ne nous reste, en tout et pour tout, du lot d'admirables bijoux laissés à sa mort par notre chère mère, qu'une seule boucle d'oreille, faite d'une magnifique perle en poire, l'autre ayant été perdue ou volée à Budapest pendant la révolution communiste... Bijou unique que j'aimerais bien t'offrir comme cadeau de mariage... L'ennui, c'est qu'une seule boucle d'oreille, ce serait impossible à porter ou ridicule ! Évidemment, si je parvenais à retrouver la perle disparue, l'effet obtenu serait tout autre ! Peut-être serait-ce quand même possible, en confiant les recherches à des spécialistes internationaux du marché des perles ? Hélas, de telles recherches risqueraient de demander beaucoup de temps, et surtout beaucoup d'argent. C'est pour cela que, tout en étant très heureux pour toi, je serai personnellement le plus triste des frères le jour de ton mariage ! J'espère que ce bon Joseph se laissera attendrir par ma détresse de grand frère. Et qu'il me dira, dans l'une de ces envolées généreuses dont il est capable, de mettre tout en œuvre pour retrouver cette sacrée perle manquante et qu'il m'ouvre les crédits nécessaires pour mener à bien cette délicate opération dans le plus bref délai possible. Cela pour que ma petite sœur soit le jour de ses noces la plus fascinante des mariées !

— Crois-tu que ça marchera, cette histoire de perle perdue ?

— Pourquoi pas ? Il croit déjà dur comme fer à nos nobles origines... Alors, une histoire de plus ou de moins ! N'oublie pas non plus qu'il appartient à cette catégorie de gens qui ont dû tellement gruger les autres pour bâtir leur fortune qu'ils ne savent plus très bien se rendre compte, malgré leur méfiance instinctive, du moment où on leur ment de celui où on leur dit la vérité ! Et, bien entendu, je m'empresserai de lui montrer la perle solitaire, sa sœur restant soigneusement cachée à la maison. Et les prétendues recherches commenceront... Je lui dirai que, par l'intermédiaire de quelques employés des deux Casinos, j'ai pu faire la connaissance d'un expert en bijoux de grande envergure que j'ai mis sur le coup avec l'ordre formel de se montrer discret... Et nous attendrons tous les trois : toi, moi et ton fiancé ! Quand j'estimerai que nous aurons assez fait languir sa toute-puissance et qu'il aura suffisamment piétiné d'impatience à l'idée que tu n'aurais jamais tes deux perles pour le grand jour du mariage, je lui annoncerai triomphalement que la perle vagabonde vient d'être enfin retrouvée, non pas à Budapest mais, par exemple, à Munich... Tu bondiras alors de joie, tu me sauteras au cou et tu embrasseras Joseph sur les deux joues. Ce sera l'euphorie générale ! Je te remettrai les deux boucles en présence de Joseph qui aura l'insigne honneur de les accrocher à tes oreilles. Cela se passera quelques jours avant la cérémonie de mariage ! Et comme c'est un homme qui doit savoir rester discret quand il s'agit de régler une affaire, il ne te révélera jamais qu'il m'a aidé puissamment dans cette récupération ! Il aura même l'élégance de s'extasier sur la qualité du cadeau que je fais à ma petite sœur !

» ...Inutile de te dire qu'ayant fait estimer ces boucles à Vienne avant notre départ de cette ville, je sais exactement ce qu'elles valent... Joseph sera peut-être un peu estomaqué quand je lui dirai le chiffre mais, en pensant à son amour pour toi, il n'aura pas le courage de discuter ! L'affaire sera réglée ! Après avoir quitté très provisoirement leur sac de toile, les perles pourront y retourner sans nous avoir abandonnés : n'est-ce pas ce que nous voulons ?

— Et l'argent ?

— Nous nous le partagerons, évidemment ! Qu'est-ce que tu en penses ? Pas bête, mon système ?

— Mais il faudra ensuite que les perles restent à mon entière disposition pour le cas où Joseph me demanderait de les porter ?

— Bien sûr. Je ne me vois pas les mettre et je n'ai pas de petite amie à qui les prêter...

— Ça arrivera peut-être un jour. Moi je suis bien en train, grâce à toi, de trouver un mari ! Peut-être pourrai-je t'aider à mon tour, quand je serai casée, pour que tu rencontres une riche héritière libre de toute attache...

— Pas question ! Je préfère rester ton frère plutôt que de me marier.

— Mais l'un n'empêche pas l'autre !

— S'il y avait une femme entre nous deux, elle parviendrait sûrement à gâcher cette merveilleuse affection qui nous lie depuis notre enfance.

— Pas plus qu'un Joseph Kelmann !

— Celui-là, c'est autre chose... Nous l'avons choisi d'un commun accord, mais nous savons très bien, toi et moi, que nous nous débarrasserons de lui dès qu'il ne nous sera plus d'aucune utilité ! Tu es bien d'accord sur ce point ?

— Entièrement !

— Il me paraît impossible pour toi de parvenir à aimer d'amour un pareil personnage !

— De même que toi tu m'affirmes ne pas vouloir te marier, je commence à me demander s'il m'arrivera un jour de devenir réellement amoureuse. Je ne dois pas être venue sur terre pour ça ! L'argent de Joseph va peut-être m'aider pour lui jouer la comédie du bonheur conjugal mais ça n'ira pas plus loin ! Et il y a une chose dont tu peux être certain : jamais je n'aurai d'enfant de lui ! D'ailleurs, la seule idée de maternité me fait horreur ! Tu m'imagines enceinte ?

— Sais-tu ce que je pense ? En fait, nous nous aimons trop tous les deux pour pouvoir nous séparer.

— C'est bien la raison pour laquelle je ne conçois un tel mariage que si tu continues à rester auprès de moi. C'est promis ?

— Ça ne sera peut-être pas aussi facile que tu le crois ?

— Ne t'inquiète pas et laisse-moi faire... A quand ce mariage ?

— Le plus tôt possible, puisqu'il semble être dans les meilleures dispositions. Et surtout pour qu'il n'ait pas le temps de changer d'avis ! Quand le revois-tu ?

— Cet après-midi à quinze heures : son chauffeur viendra me chercher ici.

— Ensuite ?

— Il veut que nous allions chez un bijoutier...

— Pour la bague de fiançailles ? Surtout ne te trompe pas : le diamant ! Et le plus gros possible ! Le genre bouchon de carafe, mais authentique.

— Ça ne sera pas un peu tape-à-l'œil ?

— C'est justement ce qu'il te faut : du tape-à-l'œil ! C'est la seule parure qui convienne à ton type de beauté... Et sais-tu ce que tu feras ensuite ? Tu viendras tout de suite, en compagnie de ton fiancé, me la montrer au cabaret...

— Mon fiancé ! Je me demande si je vais pouvoir le nommer ainsi quand je parlerai de lui devant des tiers !

— Tu continueras à l'appeler Joseph. Ce sera plus gentil... Lorsque tu arriveras en sa tendre compagnie au bar, où il n'y aura pas grand monde à une heure pareille, joue celle qui est folle de joie et de fierté d'annoncer ses fiançailles à son grand frère... Et, en me faisant admirer le diamant, n'oublie pas de me dire :

« Regarde, Paco, comme mon Joseph m'a gâtée ! » Ça lui fera plaisir et ça contentera son orgueil. Nous n'aurons plus qu'à parler de la date et le tour sera joué !

Trois mois plus tard, la double cérémonie de mariage avait lieu, d'abord à la mairie de Monaco située dans la vieille ville au charme si désuet et, le lendemain, selon le désir exprimé par Joseph, à la synagogue de Monte-Carlo. A la mairie je portais un tailleur Chanel vert pâle pour faire plaisir à Paco qui a toujours prétendu que c'était la couleur convenant le mieux à mon teint mais, à la synagogue, j'étais évidemment en blanc, dans une ravissante robe de satin digne de clôturer triomphalement n'importe quel défilé de grand couturier. Mon visage — que j'avais voulu, grâce à un savant maquillage, le plus diaphane possible — rayonnait d'autant plus sous le tulle qu'il était encadré par les admirables boucles d'oreilles censées m'avoir été offertes par ce grand frère qui sut très bien tenir aussi le rôle de mon témoin. Celui de Joseph — qui n'avait aucune famille, celle-ci ayant été déportée et exterminée à Auschwitz — était l'un de ses camarades de jeunesse autrichien ayant lui aussi très bien réussi dans les affaires... D'ailleurs, à l'exception des témoins, de quelques amis de Joseph et de trois camarades de Paco — un autre barman du Casino d'Hiver, un maître d'hôtel du Sporting et un commis de l'Hôtel Mirabeau, tous trois italiens —, il y eut très peu de monde. Joseph l'avait voulu ainsi et ni Paco ni moi n'avions été contre, ne tenant pas tellement à attirer l'attention sur le fait que l'un des hommes les plus riches du moment épousait une ex-femme de chambre de l'Hôtel de Paris, qui aurait pu être facilement sa fille.

Les trois mois qui avaient suivi la remise de la bague de fiançailles jusqu'au jour des noces n'avaient pas été de trop pour nous permettre à tous de nous préparer pour le sublime événement. Joseph avait été contraint de s'absenter plusieurs fois pour de courts déplacements à Zurich, Londres et Amsterdam dans le cadre de ses affaires alors que moi, j'étais très occupée à me monter enfin, avec l'argent que me donnait Joseph, une garde-robe digne de ce nom. Aiguillonnée par l'insatiable envie de luxe qui m'avait toujours travaillée depuis mon enfance, j'achetais tout ce dont j'avais envie : robes longues pour faire très « madame », jupes ultra-courtes dévoilant mes jambes insolentes, pantalons moulants, manteaux de toutes sortes, bordés ou non de fourrure, chapeaux extravagants destinés à attirer tous les regards, innombrables paires de chaussures rehaussant le galbe de mes chevilles, bijoux de fantaisie ou pierreries authentiques... A ce sujet, je me dois de confier que, suivant la prophétie de Paco, je réussis pendant cette période préparatoire à me faire offrir, en plus du diamant de fiançailles, une émeraude et un rubis dignes de faire pâlir de jalousie n'importe quelle princesse des *Mille et Une Nuits* ! Bref j'acquis tous les attributs qui apportent à une jolie femme le moyen de gagner jour après jour le rude combat de la comparaison permanente avec d'éventuelles rivales.

Et tout cela sans accorder la moindre privauté charnelle à Joseph ! Pour maintenir ancrée dans son esprit l'image de cette jeune fille bien née et parfaitement élevée que nous avions réussi à créer, il était indispensable de continuer à me comporter en fille sage à qui on a enseigné une fois pour toutes qu'une fiancée ne doit pas se donner à l'élu de son cœur avant que la cérémonie religieuse n'ait été célébrée. C'est pourquoi le prétexte de la synagogue me fut bien utile, à moi qui, ayant été élevée pratiquement sans religion, ne croyais ni en Dieu, ni au Diable, et uniquement à ma réussite !

Pour les innombrables courses que je fis à cette époque, aussi bien à Monte-Carlo qu'à Nice, où l'on trouvait encore davantage de boutiques et de maisons de couture que dans la Principauté, je me déplaçais dans la Bentley — toujours conduite par Otto —, que mon fiancé avait très courtoisement mise à mon entière disposition. Son vaste coffre se révélait à peine suffisant pour contenir, à chaque expédition, toutes les merveilles vestimentaires ou les parures superflues dont j'étais convaincue d'avoir le plus urgent besoin ! C'était Joseph qui payait tout, bien sûr, ayant fait ouvrir dans la succursale d'une banque suisse implantée en Principauté un compte spécial établi à mon nom.

Il arrivait parfois que Joseph m'accompagnât au cours de mes emplettes luxueuses, mais c'était assez rare : il préférait, quand nous nous retrouvions en fin d'après-midi à L'Hermitage avant d'aller nous montrer dans un endroit de qualité, avoir la surprise de me retrouver vêtue différemment de la veille. C'était pour lui un régal... Pourquoi l'aurais-je privé d'une telle joie en faisant des économies qu'il aurait trouvées tout à fait déplacées de ma part ?

Pendant que je courais les magasins, Paco ne restait pas inactif non plus. Il parvint à donner à mon futur époux l'impression d'être accaparé par les démarches relatives à la recherche de la fameuse perle manquante qui serait le clou du mariage. Perle qui fut miraculeusement retrouvée trois jours seulement avant le grand moment...

Notre voyage de noces fut une sublime croisière autour du Bassin méditerranéen. Nous embarquâmes à Gênes le soir même du mariage sur un magnifique paquebot italien. Comment oublier la dernière vision que j'eus ce jour-là de la silhouette de Paco, resté seul sur le quai et agitant le classique mouchoir des adieux ? Il me parut beaucoup plus triste qu'il ne voulait le montrer. Et pourtant, comme moi, il savait très bien que nous nous retrouverions trois semaines plus tard ! Mais c'était notre première séparation depuis que nous étions enfants. Et ce demi-frère avait été pour ma jeunesse plus qu'un frère, un allié irremplaçable et un confident de tous les instants, puisqu'il était sensiblement mon aîné et que c'était toujours lui qui avait pris les décisions importantes concernant mon destin.

Malgré les cadeaux fastueux de celui qui était devenu maintenant mon mari et dont je portais désormais le nom, je n'étais toujours pas amoureuse de lui ! Aussi prétextai-je, lors de la première nuit, une extrême fatigue et un bouleversement nerveux, bien compréhensibles après les événements de la journée, pour me retirer, seule, dans ma cabine. Joseph sut se montrer le plus compréhensif des époux. Ce ne fut qu'après trois jours de navigation et au moment où le paquebot sortait du port du Pirée pour nous emporter vers Mykonos, que je pris la décision de consentir au sacrifice que Joseph était en droit d'exiger en récompense de l'immense bonne volonté et de la correction dont il avait su faire preuve à mon égard depuis trois mois déjà ! Oui, nous fîmes l'amour pour le première fois en mer Égée... Il faut croire que les îles grecques sont propices à la communion des corps... Comme j'étais franchement moins débutante que ne l'avait pensé jusque-là ce bon Joseph, je me débrouillai pour lui faire croire qu'il éveillait en moi un tempérament de feu. Les courtes expériences tentées et plus ou moins réussies avec le personnel de la S.B.M. ou quelques clients du Sporting m'avaient servi de « rodage ». Et puis, en homme sachant mener rondement ses affaires, Joseph n'était pas quelqu'un à s'appesantir sur trop de détails...

D'île en île et d'escale en escale, dans des ports où chaque nom chantait l'évasion, tels Haïfa, Alexandrie, Tanger, Gibraltar, Cadix et tant d'autres, la croisière se poursuivit sans trop de heurts entre la fougue grandissante de mon mari et ma résignation consentante. Très vite je me familiarisai avec ses manies qui étaient celles d'un homme toujours un peu pressé dans tout ce qu'il faisait. Je n'éprouvais avec lui aucune jouissance, mais, n'étant pas trop mauvaise comédienne, je parvins à donner à mon partenaire enamouré l'illusion qu'il me faisait découvrir les joies d'un septième ciel resté ignoré par moi jusqu'à ce jour ! Ceci grâce à de grands cris, à quelques onomatopées savamment improvisées et à quelques paroles de circonstance qui me servirent de ponctuation amoureuse. Entre ces « séances », qui ne furent pas trop éreintantes pour moi, mais épuisantes pour Joseph, il y eut heureusement de longues pauses constituées par les excursions lors des escales ou les bavardages sur le pont, dans la salle à manger et au bord de la piscine.

Un jour, il me confia, alors que nous nous prélassions dans des rocking-chairs, sur le pont entre Alger et Tanger :

— Je ne vais pas te dire que tu es un amour, tu le sais !... Mais je peux t'assurer maintenant que j'ai trouvé en toi la compagne qu'il me fallait... Malgré ta jeunesse et une certaine inexpérience qui ne manque pas de charme, tu sais déjà être une petite maîtresse. C'est formidable ! Je n'ai plus aucune inquiétude à avoir de ce côté-là... Merci, chérie, d'être ainsi ! Et je sens qu'avec la sensualité qui t'habite, tu ne feras que progresser... Surtout ne change jamais ! Maintenant, je voudrais revenir à une chose dont nous n'avons pas assez parlé pendant nos fiançailles : je me doute que tu ne dois pas tellement tenir à continuer à résider à Monte-Carlo, où tu n'as aucune envie de rencontrer certaines personnes qui t'y ont connue alors que vous y viviez, ton frère et toi, selon vos possibilités... Cela, je le comprends parfaitement. Je t'approuve aussi de ne pas vouloir vivre à L'Hermitage ou dans n'importe quel autre palace du même genre. La vie d'hôtel, même dans le plus luxueux, a quelque chose de déprimant à la longue. Non, ce qu'il te faut c'est une résidence privée où tu pourras donner de très belles réceptions qui te permettront de briller de tout ton éclat. N'est-ce pas aussi ton avis ?

— Absolument ! Mais j'ai un tel faible pour la Côte d'Azur et son climat que je ne me vois pas vivre dans la grisaille d'autres régions de France ou d'ailleurs, et surtout pas en Europe centrale !

— Je suis comme toi : nos enfances respectives y ont connu trop de malheurs... Me doutant de ta réaction — n'est-ce pas là le rôle d'un bon époux ? —, j'ai voulu te faire une belle surprise pour notre retour. Dans quelques jours nous débarquerons à Gênes... Sais-tu qui nous y attendra ? Ton frère et Otto avec la Bentley... Et nous partirons immédiatement tous les quatre en direction de Cannes... Aimes-tu Cannes ?

— Je n'y suis allée que deux ou trois fois, et toujours en ta compagnie. Notamment un soir, tu te souviens, pour un gala au Palm Beach où je portais pour la première fois l'émeraude que tu m'avais offerte. Tu avais eu la gentillesse de me dire que j'étais la plus belle femme de la soirée...

— Et c'était vrai ! Et ce le sera encore. Si tu savais comme je suis fier quand nous arrivons tous les deux quelque part où tout le monde nous regarde et nous envie ! Sais-tu seulement ce qu'ils se disent entre eux, ces gens ? « C'est la belle Mme Kelmann... Elle est d'une très grande famille hongroise... Il est fou d'elle et il ne lui refuse rien ! C'est vrai qu'avec sa fortune, il le peut ! » Eh bien, justement, avec ma fortune j'ai décidé que tu serais la reine de Cannes. C'est près de là que t'attend la surprise ! Devine ?

— Je ne sais pas moi... Un autre bijou peut-être ?

— C'est une sorte de bijou, si tu veux : une villa... Mais de loin la plus étincelante et la plus confortable de toute la Riviera ! Moi aussi, pendant tout le temps où ton frère faisait rechercher ta perle manquante, je travaillais... Comme lui j'ai utilisé une meute de limiers. Ils ont écumé le littoral pour dénicher ce qu'il y avait de mieux ! Ils avaient carte blanche et, dès qu'ils entrevoyaient quelque chose susceptible de m'intéresser, ils me téléphonaient et je me rendais sur place pour visiter. A chaque fois, je me demandais : « Est-ce que ça plairait à Sabine ? » Te sachant difficile — mais parce que tu as du goût, ce qui m'enchante —, je voulais être sûr de mon choix avant de m'engager. Jusqu'au jour où mes émissaires m'ont fait découvrir au Cannet cette fantastique villa, entourée d'un parc admirable, qu'avait fait construire un prince saoudien et qu'il n'est jamais venu habiter par crainte que toutes ses femmes ne s'y disputent pour occuper la meilleure chambre ! Moi, au contraire, dès le jour où je l'ai vue, je n'ai plus pensé qu'à une seule femme : toi ! Et j'ai acheté la villa ! Elle t'attend, chérie... Je te l'offre.

— Et si elle ne me plaisait pas ?

— Tu pourrais la revendre puisqu'elle t'appartient désormais. Mais cela m'étonnerait, pour deux raisons. La première est que je pense en toute objectivité qu'il est impossible de trouver mieux sur la Côte d'Azur.

— Et la seconde ?

— Le choix de l'homme que j'ai désigné pour surveiller et protéger ce joyau devrait te convenir : c'est ton frère ! N'est-ce pas pour lui une situation préférable à celle de barman de cabaret ? Et ce sera toi qui le paieras sur tes fonds personnels dont je ne veux plus me mêler maintenant que je t'ai constitué un capital pratiquement inépuisable. Donc tu pourras donner à Paco les émoluments que tu voudras, ou plutôt que tu estimeras qu'il mérite pour ses bons offices. Ça te convient ?

— J'avoue que cela ne me déplaît pas... J'ai tellement envie que mon Paco ne connaisse plus à son tour aucun souci !

— Il n'en a déjà plus puisque j'ai le plaisir de t'annoncer qu'il est installé depuis notre départ dans cette villa dont j'ai oublié de te dire le nom : *Les Lilas Blancs*. Ça te plaît ?

— Qui l'a trouvé ? Toi ? Paco ? Le prince arabe ?

— Aucun des trois. C'était déjà le nom de ce qu'on appelle en France un *lieu-dit* qui se trouvait à cet endroit quand le prince a acheté le terrain... Peut-être s'y trouvait-il autrefois une plantation de lilas ?

— C'est assez joli, « *Les Lilas Blancs* » ! Mais si Paco y habite déjà, c'est donc qu'il a abandonné son travail à Monte-Carlo ainsi que notre appartement de Beausoleil ?

— Tout a été méticuleusement transporté dans la Bentley sous la direction de ton frère. Tu lui fais confiance ?

— C'est le seul homme au monde auquel j'aie jamais fait confiance avant de te rencontrer. Quant à toi, Joseph, ce nouveau cadeau que tu me fais me prouve que tu es encore plus exceptionnel que je ne le pensais ! Tu es tous les amours réunis en un même individu ! Embrasse-moi...

— Ici, sur ce pont, devant les passagers ?

— Et alors ? Nous sommes mari et femme !

Une semaine plus tard, nous étions de retour à Gênes.

Le trajet jusqu'au Cannet me parut court. Otto conduisait, Paco était assis à sa droite, Joseph et moi à l'arrière. Mon frère ne parla que des *Lilas Blancs* et du personnel qu'il avait engagé pour notre arrivée : une femme de chambre portugaise, Amalia, et un cuisinier marocain, Mohamed. Tous deux lui paraissaient parfaits. A mon tour je lui racontai nos différentes escales pendant que Joseph, qui me tenait amoureusement la main, demeurait silencieux, savourant peut-être à l'avance l'étonnement que j'aurais en faisant connaissance avec ma nouvelle demeure ! Il avait raison. Comment aurait-on pu se montrer déçu devant une telle splendeur ? Après que nous eûmes fait le tour complet du propriétaire, parc compris, Otto nous servit une bouteille de Veuve Clicquot. La première des *Lilas Blancs*. Elle me parut savoureuse ! Et Joseph dit en levant son verre :

— A notre bonheur à tous les trois !

L'imitant, j'enchaînai :

— Vous n'avez pas idée comme je me sens heureuse ! Jamais je n'aurais pu imaginer que je vivrais un pareil moment ! Merci, Joseph, pour cette villa de rêve qui vient s'ajouter à tout ce que tu as déjà fait pour moi. Merci aussi, Paco, pour ce mal que tu t'es donné à seule fin que notre retour soit une réussite complète !

Je les embrassai tous les deux : d'abord mon mari, sur la bouche, puis mon frère, sur les deux joues. Ensuite...

Ensuite ? Je ne sais pas trop pourquoi au moment où je revis par écrit, vingt-quatre années plus tard, cet instant d'euphorie complète — l'un des très rares que j'aie réellement connus au cours de mon existence —, mon stylo vient brusquement de tomber de ma main. Est-ce lui qui m'a abandonnée, se refusant à continuer à me servir d'instrument pour me débarrasser d'un passé qui m'obsède, ou serait-ce moi qui, malgré ma résolution de franchise, ne me sens plus capable de poursuivre plus loin ces aveux ? Pourquoi cette interruption aussi involontaire qu'imprévue ? Peut-être est-ce l'évocation de la terrasse des *Lilas Blancs* qui me remet en mémoire que c'est là aussi que j'ai bu, longtemps plus tard, une autre bouteille du même champagne, apportée également par Otto, le jour où a été enterré mon mari... Terrasse prédestinée qui n'a cessé d'être pendant les années que j'ai vécues en ces lieux de rêve le décor muet de mes exaltations momentanées et de mes tristesses accablantes.

Je me sens mieux : ce n'était qu'une petite défaillance probablement due à la surimpression des souvenirs... J'ai pu reprendre le stylo et je vais essayer de continuer... Donc, ensuite, nous sommes passés de la terrasse à la salle à manger, où nous avons pu vérifier que Paco ne s'était pas trompé dans le choix du cuisinier. Joseph le fit mander par Otto après m'avoir dit :

— Ce n'est pas à moi, mais à toi, Sabine, qui es la maîtresse de maison, de le féliciter ou de le gourmander à l'avenir si quelque chose n'allait pas.

Depuis j'ai toujours conservé le même comportement, aussi bien avec le Marocain qu'à l'égard d'Otto, l'Autrichien, ou d'Amalia, la Portugaise. J'ai toujours pensé que l'une des plus grandes erreurs des gens qui ont les moyens d'être servis est d'avoir une certaine familiarité ou de faire du paternalisme avec le personnel. Celui-ci n'aime pas du tout ça. On est domestique parce qu'on est payé pour l'être, sinon on choisirait un autre métier ! C'est une profession qui déteste, plus que toute autre, l'obséquiosité ou la servilité. C'est là une vérité que j'ai été bien placée pour apprendre pendant mes quelques mois de travail dans des hôtels de Monte-Carlo. Il faut croire que ma théorie est la bonne puisque, si j'ai perdu le chef qui est retourné dans son pays pour y ouvrir un restaurant à Casablanca, j'ai toujours à mon service Otto et Amalia, la Portugaise, qui me tient lieu de cuisinière s'il le faut. Tous deux ont vieilli — même beaucoup plus que moi — mais ils semblent être très contents de leur sort. Ce qui les a sauvés, c'est qu'ils n'ont jamais eu l'idée saugrenue de se marier. Et surtout pas l'un avec l'autre ! Il n'y a rien de pire qu'un couple qui sert dans la même maison : quand l'un des deux est remercié, l'autre est presque toujours contraint de prendre la porte !

Notre premier dîner familial aux *Lilas Blancs* fut suivi d'une première nuit dans des chambres de rêve. Joseph et moi avions chacun la nôtre, mais communicantes, comme il se doit pour un couple aimant ses aises et ne détestant pas (surtout Joseph !) faire le plus souvent lit commun pour resserrer les liens conjugaux... Paco, lui, avait sa chambre, très jolie elle aussi, au deuxième étage de la villa, où j'ai toujours la possibilité de loger beaucoup d'amis si je le souhaite, tant il y a de chambres et de salles de bains parfaitement équipées de tout le confort moderne. Pendant que Joseph vivait, des amis il y en a eu un peu trop à mon gré, et pas assez au sien ! Après son décès, tout changea : je mis rapidement bon ordre à cette débauche d'hospitalité. J'ai toujours appréhendé la présence chez moi de ceux qui se prétendirent nos amis, hommes ou femmes, parce qu'ils savaient que nous étions loin d'être fauchés ! Ce n'est pas que je sois pingre mais la vie m'a appris à être méfiante.

Le lendemain de notre installation, alors que Joseph était parti pour la journée visiter à La Napoule un chantier d'immeubles en construction dont il était l'un des promoteurs, je fis, en compagnie de Paco, une visite beaucoup plus détaillée de la propriété, et notamment du parc, qui était admirable, avec ses allées bordées de massifs d'hortensias qui sont d'ailleurs toujours là.

Arrivés à la piscine, nous nous assîmes sur l'un des bancs installés autour et recouverts de coussins divinement moelleux. Paco, qui n'avait pas dit grand-chose depuis notre arrivée aux *Lilas Blancs*, avait perdu ce charmant sourire qui irradiait de son visage lorsqu'il m'avait accueillie au bas de la passerelle du navire lors de notre arrivée à Gênes. Son expression était même assez sombre, reflétant une angoisse que je n'avais encore jamais connue chez lui.

— Maintenant que personne ne peut nous écouter, dis-moi ce qui te tracasse, Paco ?

— Rien... tout va bien !

— Tu mens ! Depuis le temps que nous vivons ensemble, c'est la première fois que je te vois faire une pareille figure ! Tu n'es pas souffrant au moins ?

— Pas plus que toi : les Homir ont une santé de fer.

— Aurais-tu des soucis matériels ?

— Plus aucun ! Je pense que ton mari t'a expliqué pendant votre voyage la manière dont il avait organisé ma nouvelle situation. Désormais, je dépendrai financièrement de toi, ce que je trouve parfait. A chacun son tour ! Ce n'est pas cela qui m'ennuie...

— Quoi alors ?

— Tu n'as pas encore eu l'occasion de m'en parler depuis ton retour mais j'imagine que tu as dû coucher avec Joseph ?

— Il le fallait bien ! Figure-toi que je suis quand même devenue sa femme ! Si je ne l'avais pas fait, crois-tu qu'il aurait eu une mine aussi réjouie au retour ? Oui, j'ai couché, et même le moins mal que j'ai pu le faire parce que avec lui ça n'est franchement pas agréable. Il ne pense qu'à son plaisir. Tu comprends ce que je veux dire ?

— Il ne t'a pas brutalisée au moins ?

— Il en est incapable ! C'est peut-être dommage : ça aurait pu apporter un peu de piment dans nos relations ! Faire l'amour, pour lui c'est une sorte de rite digestif, c'est pourquoi ça devient très vite fastidieux. Aucune fantaisie ! Il ne m'attirait déjà pas beaucoup, mais j'ai de plus en plus de mal à supporter sa présence quand il s'approche un peu trop de moi !

— Vous en êtes déjà là après seulement trois semaines de vie commune ?

— Je me demande comment je vais pouvoir continuer à tenir le coup en faisant semblant d'être éprise !

— Je te plains d'autant plus sincèrement que moi aussi je me sens très malheureux de te voir appartenir à un autre qu'à moi !

— Ça devait arriver un jour ou l'autre si nous voulions nous en sortir... Note bien que, malgré ma soif de luxe, je ne l'aurais peut-être pas épousé si tu ne m'y avais pas fortement encouragée ! C'est toi, Paco, qui es le grand responsable de ce qui arrive puisque tu as tout manigancé !

— Je n'ai agi que par amour pour toi : je ne voulais plus que tu aies le moindre souci, ma petite Sabine ! Parce que figure-toi que je t'aime, moi aussi ! Je t'aime comme ce grand frère que tu as chéri depuis que tu étais toute petite. Je suis sûr qu'un frère et une sœur doivent pouvoir s'adorer autant qu'un mari et une femme, même s'ils ne couchent pas ensemble ! Et, après tout, pourquoi ne le feraient-ils pas, surtout s'ils ne sont, comme nous, que demi-frère et sœur ?

— Cesse de dire des sottises, Paco ! Tu pourrais faire l'amour avec moi ?

— Si je sentais que toi aussi tu en avais envie, je crois bien que oui...

— Tu es sûrement le plus adorable des frères, mais tu es complètement fou !

— De toi, oui ! C'est la raison pour laquelle je n'ai jamais eu envie de courir après d'autres filles et pourquoi aussi je ne me marierai pas ! Je préfère rester toujours auprès de toi. Si tu savais, sœurette chérie, à quel point ce que tu viens de me révéler sur vos rapports intimes me réconforte ! C'eût été atroce pour moi si j'avais retrouvé hier ma Sabine adorée devenue amoureuse d'un tel bonhomme ! Pendant tout le temps qu'a duré votre voyage de noces, il n'y eut pas un jour, pas une nuit, pas une heure où je n'aie eu le cœur et les pensées torturés en vous imaginant dans le même lit ! Quelle horreur ! Toi si racée et lui si laid ! Pouah ! Et je m'en voulais en me disant que cela arrivait par ma faute ! Jamais je n'aurais dû te présenter, ni même parler de toi, à ce vieux jouisseur qui s'est toujours pris pour un doux péril parce qu'il possède des millions ! Pendant que vous voguiez sur votre paquebot, je n'avais même plus le courage de continuer à travailler au bar du Casino. Heureusement que j'ai pu le quitter pour venir préparer ici ton installation... Je me suis senti un véritable criminel à ton égard. Tu ne m'en veux pas ?

— Je te suis au contraire reconnaissante de m'avoir sortie de la médiocrité où nous nous enlisions à Monte-

Carlo ! Note bien que j'y serais certainement parvenue toute seule un jour ou l'autre... Tu connais mon entêtement. Quand je veux quelque chose... Mais cela aurait sûrement duré plus longtemps avant d'aboutir... N'est-ce pas magnifique d'avoir aujourd'hui une situation comme la mienne alors que je n'ai pas encore vingt ans ? Quelle est la fille de mon âge qui ne rêverait pas de se trouver à ma place ? C'est à toi seul que je le dois. Donc, tu n'as aucun remords à avoir, je t'assure ! Et puis, le jour où j'en aurai vraiment marre de Joseph, je demanderai le divorce, voilà tout ! Et nous nous arrangerons pour que ça lui coûte le plus cher possible. Et nous conserverons nos perles ! Plutôt que de nous en séparer, je préférerais, s'il le fallait, vendre cette villa ! Même s'ils commencent à me plaire, ces *Lilas Blancs* où l'on voit surtout des hortensias ! Toi aussi, à la façon dont tu viens de me les faire visiter, je crois que tu t'y sens très à ton aise... Pas vrai, Paco ?

— C'est exactement la demeure qu'il nous faut, si « l'autre » n'était pas là pour tout gâcher !

— Rien ne dit qu'il y restera longtemps ! C'est un perpétuel agité qui ne tient pas en place... Que ce soit pour ses affaires ou pour ses distractions, il faut qu'il bouge ! La preuve : le voilà déjà aujourd'hui sur l'un de ses chantiers ! Comme il en a beaucoup, il y a de l'espoir pour qu'il nous laisse souvent tranquilles ici. J'aurai ainsi tout loisir de me prendre un amant. Vois-tu, je ne t'en ai jamais parlé, mais aucune de mes aventures passées avec tes camarades de travail n'a vraiment su me combler sur le plan physique. Il me reste à découvrir le vrai plaisir des sens. Mais pour rencontrer l'idéal, je crois que ce doit être comme pour régner : il faut diviser ! D'abord trouver l'argent chez quelqu'un et ensuite prendre son plaisir avec un autre... Maintenant que, grâce à toi, je suis « une femme mariée », je vais te révéler un secret que je ne pourrais confier à personne d'autre qu'à toi... Parce que j'ai une cervelle qui n'est pas plus mal équilibrée que la tienne — ce doit sans doute être de famille ? —, je n'ai rien d'une sentimentale mais absolument tout d'une femme belle et frigide ! Il y a des filles que ça dérangerait, mais pas moi ! Cela me convient même tout à fait ! Avec un tel tempérament on sait agir à froid lorsque c'est nécessaire pour réussir... Je ne t'en ai pas parlé quand j'ai connu mes premières aventures avec tes camarades italiens de la brigade du Sporting, mais ce fut quand même au cours de ces équipées que j'ai découvert ma frigidité ! Malgré toutes leurs prouesses et toutes les simagrées que j'ai pu inventer pour donner l'impression à tes petits copains d'être une fille évoluée... Après chacune de ces expériences j'ai compris, alors que je me rhabillais, que je resterais un bloc de glace jusqu'à ce que survienne le moment divin où je me trouverais enfin en présence d'un homme, un vrai...

» Heureusement mon âge me permet encore de conserver l'espoir ! Il n'est pas possible qu'un tel homme ne se présente pas un jour sur mon chemin ! Mais en attendant, mieux valait, comme nous l'avons fait, ne rechercher que la sécurité financière.

» Aujourd'hui, je l'ai ! Tu avais raison : le moyen le plus sûr et le plus expéditif de la trouver était certainement de me faire vite épouser par un homme richissime. Désormais je n'ai plus qu'à attendre sans me presser — une séparation trop rapide risquerait de produire un effet déplorable ! — le moment où se présentera l'occasion la mieux indiquée et la plus discrète qui me permettra de me débarrasser de lui... N'es-tu pas, cette fois encore, de mon avis ?

— Ce que tu viens de dire est terrible ! Ne serait-il pas dans ton intérêt, pour que tu puisses continuer à te constituer un capital de plus en plus substantiel, de faire preuve d'une longue patience en continuant à subir stoïquement ton calvaire d'épouse mal lotie sur le plan physique ? Cela ne t'empêcherait pas de connaître par ailleurs quelques récréations amoureuses que je pourrais très bien te préparer en douce comme cela s'est déjà produit à Monte-Carlo avant que nous ne découvrions enfin « notre » pigeon en or ?

— C'est toi qui es cynique ! Mais peut-être est-ce l'une des raisons pour lesquelles je t'adore comme si j'étais une fille subjuguée par son maquereau d'amour... D'ailleurs ne sera-ce pas bientôt un peu ça, puisque désormais ça va être moi qui t'entretiendrai ? Mais en échange il faudra te débrouiller pour me ménager des surprises extraconjugales afin que je ne devienne pas neurasthénique à force d'être madame Kelmann !

— C'est promis.

Il m'embrassa sur les deux joues comme lui seul savait le faire : avec fougue et pudeur. Quand nous abandonnâmes le banc pour nous diriger vers la maison, il avait retrouvé ce sourire optimiste que j'aimais tant chez lui.

La première année passa assez vite. Joseph me sortait dans tous les endroits chics et distrayants de la Côte où il tenait absolument à se faire voir au bras de sa jeune femme. En quelques semaines nous devînmes l'un de ces couples vedettes que l'on s'arrache parce que la femme est belle et que l'homme est riche. Je ne me faisais pas trop d'illusions sur ce que les gens pouvaient bien dire de nous dès que nous avions le dos tourné. Mais, après tout, les commérages ne sont-ils pas l'un des tributs à payer à la célébrité ? Avec leurs *Lilas Blancs* qui dominaient la ville, leur Bentley lorsqu'ils consentaient à se déplacer, les bijoux de madame et les pourboires de monsieur, « les Kelmann » étaient le point de mire de toute cette faune bigarrée qui hante la Riviera.

Paco ne nous accompagnait jamais au cours de ces exhibitions. Il restait sagement dans la villa, d'où il pouvait dominer plus aisément la situation et préparer en toute discrétion les entrevues de sa petite sœur adorée avec des partenaires plus excitants et surtout plus jeunes que son excellent homme de mari. Comme tout ce dont il s'occupait, Paco faisait merveille. Ses choix étaient toujours judicieux. Et, bien entendu, nous profitions toujours des absences de Joseph, qui ainsi ne se doutait de rien. Il avait une telle confiance en moi — le pauvre ! — qu'il s'imaginait le plus heureux des hommes et le mieux aimé des maris !

Pour ma part, en revanche, et malgré les petites « gâteries » que m'offrait Paco, une pareille existence me pesait de plus en plus ! Ou, si vous voulez, je supportais de moins en moins mon mari. Craignant que je ne fasse je ne sais quelle folie qui nous aurait fait brutalement perdre notre situation dorée, Paco me dit un jour, alors que nous nous trouvions à nouveau assis au bord de la piscine :

— Je te sens excédée, chérie, mais que pouvons-nous faire ? Tu ne voudrais tout de même pas déjà divorcer après seulement un an de mariage ? Ce serait trop tôt et il ne te le pardonnerait sûrement pas ! Il te couperait les vivres ! Nous nous retrouverions dans une situation encore plus précaire et surtout beaucoup plus délicate que celle que nous avons connue quand nous habitions à Beausoleil !

— Tu oublies qu'il me restera toujours cette villa, qu'il m'a donnée par acte notarié et que je pourrais facilement vendre.

— Crois-tu ? Rusé comme il est, il trouverait bien un moyen indirect pour empêcher une telle vente !

— Et tous mes bijoux, qui m'appartiennent en propre, ils ne valent rien, eux non plus ?

— Tu dois les garder, comme nous avons su le faire pour les boucles d'oreilles. N'oublions jamais qu'un beau bijou est le capital le plus sûr : ça ne fait pas de bruit, ça se transporte facilement et ça conserve partout sa valeur.

— Et le compte bancaire qu'il a fait ouvrir à mon nom pour mes dépenses courantes ?

— Avec tout l'argent que tu flanques par les fenêtres pour t'acheter ce qui te plaît — note bien que je ne te le reproche pas ! —, ce compte ne reste créditeur que parce qu'il le fait régulièrement alimenter par l'une de ses banques ! Mais tu dois bien te douter qu'en cas de divorce la source de cette manne se tarirait immédiatement !

— Et si le divorce était prononcé à ses torts ?

— Parce qu'il t'aurait trompée et se serait fait stupidement prendre en flagrant délit ? Ne te fais pas d'illusions : il n'a aucune envie de te tromper... Il t'aime trop et il est trop fier de t'avoir pour épouse !

— Mais toi qui es si astucieux pour me trouver des amants, ne pourrais-tu pas, quitte à la rétribuer, lui jeter une sublime créature dans les pattes ?

— Depuis des mois que tu vis avec lui, tu ne t'es donc pas rendu compte que ce n'est pas un bonhomme à se laisser entraîner dans une aventure quelconque ?

— Pourtant, avec moi, il n'a pas été long à cueillir.

— Avec toi ça n'a pas été du tout une aventure, puisqu'il t'a épousée. Nous l'avions préparé, c'est d'accord, mais lui est tombé dans le panneau en toute bonne foi.

— Mais alors, Paco, que pouvons-nous bien faire pour nous débarrasser de lui sans perdre le magot ? Le tuer ?

— C'est une solution à laquelle j'avoue avoir déjà songé... Seulement, c'est risqué. On ne supprime pas aussi facilement que cela un mari milliardaire ! Si on le découvrait assassiné, tu deviendrais aussitôt suspecte. Pense donc : une jolie fille hier sans le sou, devenue richissime du jour au lendemain par un mariage inespéré et veuve au bout d'un an ! Ce serait un scénario digne d'un roman policier... En admettant que nous parvenions à imaginer le crime parfait, ça ne te ferait rien de voir ainsi disparaître ton mari ?

— Ce serait une délivrance!

— Mais enfin, Sabine, tu es une fille qui a du cœur! Tu me l'as souvent prouvé. Et Joseph est un brave homme!

— Brave homme? C'est toi qui le dis! Crois-tu, quand on est né fils de chiffonnier dans une banlieue de Vienne, que l'on puisse acquérir aussi rapidement une fortune comme la sienne si l'on n'a été qu'un « brave homme » ? As-tu remarqué qu'à chaque fois que nous lui posions des questions sur son passé et sur la façon dont il a fait fortune, il se montrait très discret et ne parlait que de son flair en immobilier ? L'immobilier! Avant de pouvoir mettre des fonds dans l'achat de terrains ou dans la construction d'immeubles, il faut les trouver, ces fonds ! Je me demande quelles magouilles il a bien pu faire.

— Oh, tu sais, c'est bien connu: l'argent n'a pas d'odeur... Et puis on s'en moque, du moment qu'il est là ! Si l'on voulait se donner la peine de savoir comment tous ceux qui roulent dans de belles voitures ont gagné leur fortune, on aurait de ces surprises!

— Eh bien, figure-toi que moi j'aimerais bien savoir d'où vient son or. Je suis sûre qu'il cache quelque chose...

— T'a-t-il parlé, en dehors de l'immobilier, de ses autres sources de revenus ?

— Il m'a simplement dit, voici un mois environ, un jour où il était d'excellente humeur: « — *Mon amour, je peux t'annoncer que nous sommes excessivement riches! Si je disparaissais — ce qui arrivera forcément un jour et il serait normal que je parte avant toi car tu es plus jeune —, tu n'aurais aucune inquiétude à te faire! Aimerais-tu être ma veuve ?* »

» J'ai aussitôt répondu, jouant les indignées:

« — *Ne parle pas ainsi, mon Joseph! comme si je pouvais être heureuse le jour où je ne t'aurais plus auprès de moi! Je serais affreusement désemparée!*

« — *Au moins te resterait-il Paco pour te consoler.*

*« — Un frère, si gentil soit-il, ne saurait remplacer un mari...*

*« — Cela s'est pourtant vu parfois ! Et puisque nous parlons de ça, j'espère que tu ne m'en voudras pas si je te confie une pensée étrange qui m'est revenue plusieurs fois en tête ?*

*« — Parle, chéri...*

*« — Voilà : j'ai l'impression que Paco te considère tout autrement qu'en simple sœur : il est amoureux de toi comme pourrait l'être un amant... Ça se sent ! Il n'y a qu'à voir son visage lorsqu'il te regarde...*

*« — Que vas-tu chercher, Joseph ? Ce sont les liens du sang qui nous unissent, Paco et moi. C'est tout ! »*

— Tu as bien fait de lui répondre ainsi, approuva Paco.

Mais pendant que je lui racontais ma conversation avec mon mari, j'avais remarqué qu'il était devenu brusquement très pâle. Il avait retrouvé ce visage tourmenté que je lui avais déjà connu au lendemain de mon arrivée aux *Lilas Blancs*.

— Qu'est-ce que tu as encore, Paco ? Ça t'ennuie, ce que Joseph pense de toi ? Comment veux-tu que ce rustre puisse comprendre les sentiments très intimes qui nous unissent !

— Ce n'est qu'un butor ! Tout de même, je trouve qu'il ne manque pas de toupet d'essayer de me démolir dans ton esprit. Il est jaloux de notre affection réciproque et il voudrait semer la zizanie entre nous deux pour la briser ! Seulement il n'y parviendra pas ! Ce qui nous enchaîne l'un à l'autre est beaucoup trop fort. Mais je crois que tu avais raison : il vaut mieux nous débarrasser de lui avant qu'il ne fasse des dégâts irrémédiables dans notre bonheur. Rassure-toi : je vais trouver une solution radicale ! S'il le fallait, même, je le tuerais de mes propres mains !

— Tu me rendrais ce service ?

— Ne t'en ai-je pas déjà rendu beaucoup d'autres, sœurette ? Une fois de plus tu peux compter sur moi.

Et sur moi seul. Ni de près ni de loin tu ne seras mêlée à ce qui arrivera. Ainsi, même si les gens ont des doutes quand tout sera terminé, ils ne pourront pas t'accuser de quoi que ce soit... Tu auras un alibi en béton, je te le promets ! Ah, ce bon « monsieur Joseph » qui se permet de critiquer l'influence que je peux avoir sur toi ! Il va le payer !

Le visage de Paco avait changé : ce n'était plus la sollicitude inquiète qui l'imprégnait mais une sorte de rayonnement vengeur... Jamais non plus je n'avais vu son regard lancer de telles lueurs de haine ! Pour la première fois, il me fit peur.

Quand je me retrouvai seule sur la terrasse quelques minutes plus tard, je réalisai brusquement que, contrairement à ce que venait d'affirmer Paco, ce n'était pas mon mari qui était jaloux de sa présence presque continuelle à mes côtés, mais lui-même qui ne supportait plus l'idée que j'aie un mari ! Sa jalousie était restée cachée jusqu'à l'instant où, le paquebot quittant le port de Gênes, j'avais pu lire sur le visage de celui qui restait seul sur le quai — et auquel j'adressais un grand au revoir en agitant mon mouchoir — tout le désespoir du monde... C'était à ce moment-là qu'échappant brutalement à la léthargie égoïste dans laquelle je m'étais complue depuis tant d'années en ne pensant qu'à ma petite personne, j'aurais dû comprendre que celui que je quittais, même provisoirement, m'aimait autrement qu'en frère et m'adorait d'un amour complètement fou !

Un amour qu'il avait eu la force, ou la pudeur, de cacher aux yeux de tous, et surtout aux miens, pour que son secret, qui le torturait peut-être depuis l'adolescence, ne soit percé par personne. En tout cas, je comprenais dès lors beaucoup de choses : pourquoi ne l'avais-je jamais vu regarder une autre femme que moi, pourquoi aussi ne lui avais-je pas connu la plus petite aventure, pourquoi enfin pas une fois il n'avait parlé devant moi du moindre projet de mariage pour lui-même. Il n'avait toujours été question entre nous que de ce mariage fortuné que je devais faire et qui changerait complètement « notre » situation. Depuis des années sans doute, il avait dû prévoir que les choses se passeraient comme elles s'étaient exactement produites. N'était-ce pas affolant, troublant, inquiétant, surtout ? Ceci d'autant plus que je savais pertinemment que, malgré tous ses camarades de travail, il n'avait rien d'un homosexuel. C'était un homme normal éperdument amoureux de sa sœur !

Et je ne découvrais cela qu'après un an de mariage... Il avait fallu tout ce temps pour que sa rancune éclate, tout à l'heure, alors que nous nous retrouvions une nouvelle fois, assis l'un près de l'autre sur le banc de la piscine, tels deux amoureux transis n'ayant pas encore trouvé l'occasion de se dire une foule de choses intimes qui ne regardaient qu'eux-mêmes. Ces lueurs de haine que je venais de déceler dans son regard à l'égard de l'homme dont je portais maintenant le nom valaient tous les aveux. Et pourtant Paco et moi n'étions pas amants et ne le serions jamais ! Un sentiment aussi dénaturé ne pourrait pas s'infiltrer dans mon cœur et je savais aussi que mon demi-frère ne le voulait pas ! Pour lui, tout cela devrait rester un autre de nos innombrables secrets, dont nous ne parlerions même plus...

Pourquoi Paco avait-il attendu tant d'années avant de se révéler à moi dans toute son inavouable vérité ? Et pourtant, si je prenais la peine de réfléchir, un pareil comportement pouvait s'expliquer... Paco était tout le contraire d'un égoïste alors que Kelmann ne pensait qu'à sa propre gloriole d'homme auquel tout doit réussir, y compris le choix d'une compagne rehaussant son insolent prestige ! Paco n'était pas un timide mais un homme d'honneur et surtout un altruiste, pensant d'abord à moi avant de s'occuper de lui-même... Se sentant une réelle responsabilité à mon égard depuis la disparition de nos parents, il avait voulu bâtir mon bonheur. Me connaissant mieux que personne au monde, il savait que je serais incapable de vivre misérablement parce que je n'étais pas faite pour ça : ma beauté, soutenue par mon éclat et mon ambition innée, me l'interdisait. La mission la plus impérieuse lui avait semblé être d'assurer solidement mon avenir financier mais il avait compris que je ne pourrais connaître cette tranquillité que grâce à son aide. Aujourd'hui il avait réussi ! Maintenant j'étais riche et, si je savais faire preuve de la même intelligence que lui, je resterais à l'abri du besoin jusqu'à la fin de mes jours, qu'il souhaitait de toute son âme tourmentée voir survenir le plus tard possible. Pour lui, ayant eu la chance de naître rayonnante, il me faudrait avoir les moyens de le rester jusqu'à ma mort. Il n'était pas concevable que celle qu'il appelait avec tant de tendresse « ma chérie », « ma petite » ou « ma choute » n'ait pas un destin merveilleux.

Le moyen le plus rapide et le plus sûr d'atteindre un tel objectif n'avait-il pas été ce mariage très argenté qu'il avait encouragé malgré tout l'écœurement et tout le chagrin que cela lui apportait ? Il s'était sacrifié pour moi en se disant qu'il trouverait peut-être une consolation relative en continuant à rester à mes côtés, telle une ombre bienfaisante qui veillerait attentivement sur moi. C'était là un admirable comportement, mais insensé ! Que devais-je faire ? Et lui, comment agirait-il après m'avoir fait comprendre que — puisque maintenant j'étais casée et même très bien casée ! — Joseph Kelmann devait payer très cher son entêtement à vouloir profiter de ses droits conjugaux ? N'était-ce pas effrayant ? Peut-être me faudrait-il choisir entre mon mari et le seul membre resté vivant de ma famille ? Il y avait de quoi être perplexe !

Le lendemain, dès que je pus me retrouver à nouveau seule avec Paco sur le banc qui devenait notre point de rencontre, car il était abrité des oreilles toujours indiscrètes du personnel, je lui demandai :

— Hier tu as eu des paroles menaçantes à l'égard de Joseph... Pourquoi ? Il ne nous a fait que du bien en nous donnant la possibilité de changer radicalement de situation. Pourquoi lui en veux-tu tant que cela ?

— Je ne lui pardonne pas de t'obliger à coucher avec lui !

— D'abord il ne m'y a jamais obligée ! C'est moi qui ai consenti à le faire parce que j'ai estimé que c'était nécessaire pour consolider notre union. Il y a là une grande différence ! Et je ne comprends pas qu'après m'avoir poussée à faire ce mariage, tu ne réalises pas, à ton tour, qu'une telle façon d'agir de ma part est régie par notre intérêt commun à tous les deux ! Ne crois-tu pas qu'il est indispensable que je maintienne au moins de bons rapports sexuels avec lui ? S'il lui arrivait de disparaître — ce que je ne souhaite pas parce qu'il est loin d'être un méchant homme et que j'aurais pu tomber sur quelqu'un de bien pire ! —, tu serais toujours auprès de moi pour m'aider à gérer la fortune. Tu sais bien que tu m'es indispensable... Alors qu'est-ce que tu peux redouter ? La disparition de Joseph te gênerait sans doute plus que sa présence actuelle !

— Justement non, je ne peux plus supporter cette présence adipeuse qui rôde perpétuellement autour de toi.

— Tu ne vas tout de même pas me dire que tu es jaloux de lui ? Ce serait très bête puisque tu sais qu'il m'est indifférent physiquement, que je ne pourrai jamais l'aimer et que je ne l'ai épousé que pour en tirer le maximum de profit !

Et, comme il restait muet, je continuai :

— Et toi ? Comment m'aimes-tu ? En grand frère ou en amant honteux qui n'ose pas livrer ses sentiments ?

Il devint à nouveau très pâle avant de répondre d'une voix rauque :

— Ne dis pas des choses pareilles, Sabine ! Ce n'est

pas correct entre un frère et une sœur... Je t'aime comme je dois t'aimer : en grand frère sûrement mais aussi en ange gardien, presque en père !

— Je le sais, mon Paco, mais ne crois-tu pas que tu exagères un peu ? Il n'y a que dix années de différence d'âge entre nous...

— C'est énorme quand on ne reste plus que deux d'une même famille !

— Tu oublies Joseph !

— Oh, celui-là... Il peut bien aller à tous les diables ! S'il lui prenait la judicieuse envie de partir, ce serait pour nous une véritable bénédiction ! Mais il faudrait qu'il parte pour de bon en nous laissant tout l'argent qu'il nous faut ! Depuis quelques semaines, ayant eu le temps de réaliser que tes rapports intimes avec lui ne pourraient jamais s'améliorer et risqueraient même d'empirer, j'ai longuement réfléchi à la question...

— Ta conclusion ?

— Il doit disparaître ! Et le plus tôt sera le mieux... Après, ayant tous les moyens financiers à ta disposition, tu pourras faire ce que tu voudras sans te sentir sans cesse bridée par la hantise de retrouver le soir ce bonhomme dans ton lit ! Et moi, tout en te fichant une paix royale, je continuerai à te conseiller si tu en as besoin et même à te guider, comme je l'ai fait jusqu'à présent, pour t'éviter de commettre de grosses bêtises... Ça ne te sourit pas, cette idée-là ? Nous retrouverions cette existence de célibataires qui nous convenait tellement bien, mais avec l'immense avantage de n'avoir plus aucun souci à nous faire !

— Grâce à Joseph !

— Grâce au disparu...

— Paco, tu m'effraies ! Que mijotes-tu exactement ?

— Tu verras : ce sera une surprise !

— Je te sens tellement déterminé que tu me fais peur... N'est-ce pas toi qui vas commettre une très grave sottise ?

— Ce ne pourra pas en être une puisqu'elle assurera notre bien commun !

— Ensuite, même si j'ai moi-même du mal à supporter sa présence, je t'interdis de faire le moindre mal à Joseph !

— Il ne souffrira pas puisqu'il n'aura même pas le temps de s'en apercevoir...

— Tu es devenu un monstre, Paco !

— C'est normal : ne suis-je pas ton frère ? Décidément nous avons de ces conversations sur ce banc !

— Je te préviens que je vais te surveiller de très près.

— Ce sera parfait : à chacun son tour ! Jusqu'à ton mariage, j'ai joué le rôle de précepteur. Maintenant tu vas devenir ma gouvernante. J'en suis enchanté, petite sœur... Je ne demandais que cela !

Quelques jours plus tard, Joseph nous annonçait, tout souriant, à la fin du déjeuner :

— J'ai une surprise pour vous deux... Je sais, Sabine, que tu as gardé un merveilleux souvenir de notre croisière en Méditerranée. Combien de fois ne t'ai-je pas entendue dire, depuis, que tu en referais bien une autre !

Je le lui avais dit en effet, plusieurs fois, après notre retour, mais uniquement pour lui faire plaisir ! En réalité, ce périple ne m'avait guère enthousiasmée, pour les raisons que l'on sait.

— Le succès de cette croisière amoureuse, continua Joseph, m'a donné une idée... Nous n'allons pas repartir sur un paquebot, ce qui nous évitera de rencontrer des gens que nous n'aimerions pas forcément avoir à notre bord si l'on était propriétaires d'un navire ! Et puisque ma jolie femme ne déteste pas la navigation, pourquoi ne ferais-je pas l'acquisition d'un yacht comme l'ont déjà fait tant de gens fortunés avant moi ? C'est très à la mode aujourd'hui de posséder son yacht et d'y inviter les gens qui vous plaisent ou avec lesquels on a envie de nouer de nouvelles relations d'affaires... Une Mme Kelmann ne se doit-elle pas, si elle veut continuer à être la femme la plus enviée de la Riviera, d'avoir elle aussi son yacht ? Ceci à condition, bien entendu, que celui-ci soit l'un des plus beaux, des plus luxueux et des plus grands que l'on ait jamais vus faire escale dans les ports de Cannes, de Saint-Tropez, de Monte-Carlo ou d'ailleurs, c'est-à-dire partout où la fortune peut s'afficher sans risquer de déclencher une révolution haineuse du prolétariat ! Qu'en penses-tu, Sabine ?

— Tu n'as toujours que d'excellentes idées, Joseph ! Alors, ce yacht miraculeux, quand comptes-tu l'acheter ?

— C'est fait ! Il entrera aujourd'hui même à dix-sept heures dans le port de Cannes, venant directement de Chypre où l'on a procédé, sur mes instructions, à quelques travaux d'aménagement...

— Tu ne l'as donc pas fait construire ?

— Cela aurait demandé beaucoup trop de temps ! Je l'ai acheté directement à un lord anglais qui venait de connaître de sérieux déboires financiers. Il a très peu navigué et c'est l'un des plus beaux navires que l'on puisse voir. Il compte dix hommes d'équipage, commandés par un ancien officier de marine grec. Il s'appelait le *Circé*, du nom de cette magicienne, fille du Soleil, rendue célèbre par l'*Odyssée*. Un nom qui n'était pas mal trouvé pour un navire destiné à sillonner la Méditerranée mais qui semble bien pâle en comparaison du nouveau que je lui ai donné : le *Sabine*... L'idée qu'à l'avenir l'un des plus beaux yachts du monde portera ton nom ne te séduit-elle pas ?

— Elle m'enchante ! Tu es de loin le plus adorable de tous les maris !

— Eh bien, à partir de cet instant, tu peux considérer que le *Sabine* t'appartient. C'est mon cadeau pour fêter notre première année de mariage... Et vous, Paco, que pensez-vous de ma surprise ?

— Grandiose ! Il n'y avait qu'un homme comme vous pour en avoir l'idée !

— Je propose donc que tout à l'heure nous descendions au port pour assister à l'entrée de « notre » navire et procéder ensuite à la visite de la propriétaire à qui l'équipage sera présenté... Ensuite, si Sabine le désire, nous pourrons rester dîner et coucher à bord. Si elle le souhaite aussi elle pourra même donner l'ordre d'appareiller pour une petite croisière d'essai jusqu'à San Remo ou Portofino, par exemple ?

— Tu ne m'en voudras pas, chéri, répondis-je vivement, si ce soir je préfère revenir à nos *Lilas Blancs* où je dors tellement bien ! Pour « ma » croisière inaugurale, nous en reparlerons demain... N'est-ce pas aussi ton avis, Paco ?

— Oh ! Moi je ne compte pas ! C'est toi la patronne !

— Mais il faudra que tu sois avec nous, Paco, le jour où nous partirons en mer ! Si tu savais comme tu m'as fait de la peine quand je t'ai vu, il y a un an, rester tout seul sur le quai de Gênes ! Je suis sûre que Joseph désire aussi ta présence à bord... N'est-ce pas, Joseph ?

— Tu as raison, Sabine ! Ton frère pourrait même se révéler très utile : il trouvera sur le yacht un magnifique bar où il pourra recommencer à exercer ses talents que j'avais tant appréciés à Monte-Carlo... Il était d'ailleurs dans mes intentions de vous demander, mon cher Paco, d'avoir l'œil à tout ce qui se passera sur le *Sabine*, comme vous le faites déjà ici.

— Si je comprends bien, vous persistez à vouloir faire de moi votre intendant ?

— Mais oui ! Croyez-vous pouvoir trouver une meilleure situation ? Je connais beaucoup de garçons de votre âge qui rêveraient d'en avoir une semblable ! Et j'ai une totale confiance en vous. Alors, acceptez-vous ce surcroît de travail ?

— Puisqu'il le faut...

— Merci. Maintenant, mes enfants — j'aime assez vous appeler ainsi tous les deux —, je vais donner des instructions à Otto pour que la voiture soit prête à seize heures. Nous sommes d'accord ?

— Nous le sommes ! répondis-je pour mon frère et pour moi selon une vieille habitude de jeunesse.

Quand Sabine était d'accord, Paco ne pouvait que l'être.

Le *Sabine* était sublime de ligne et de confort. Quand il accosta à la jetée de Port-Canto, il y eut beaucoup de monde pour l'admirer. Je dois reconnaître qu'au moment de gravir la passerelle, alors que le commandant et l'équipage nous attendaient au garde-à-vous sur le pont de « mon » yacht, j'éprouvai une intense satisfaction, redoublée par la vision de cette foule admirative et silencieuse qui s'était massée sur le quai.

Nous pénétrâmes dans le grand salon admirablement aménagé — le lord anglais devait être un homme de goût — pour sabler le champagne rituel, en compagnie du commandant et de ses subalternes, avant de commencer la visite, depuis la passerelle de commandement ultra-sophistiquée jusqu'à la salle des machines, en passant par les cabines privées (il y en avait dix, toutes dotées de salles de bains), et même les cabines réservées à l'équipage. Il devait être difficile de trouver un yacht mieux conçu ! Comme *Les Lilas Blancs*, c'était la perfection... Vraiment, en m'offrant ce cadeau, une fois de plus Joseph ne s'était pas moqué de moi ! Mais cela ne changeait en rien mes sentiments, ayant pris en horreur la navigation dès notre voyage de noces. Si cela lui chantait, il pouvait bien aller faire le tour du monde sur ce bateau insolent et spécialement conçu, on le sentait bien, pour écraser de sa supériorité tous ses rivaux ! S'il s'éloignait de moi ainsi, je ne supporterais pas en revanche qu'il s'embarque en compagnie d'une maîtresse sur un yacht qui portait maintenant mon nom ! Ce serait indécent ! Mais, de toute façon, pareille chose ne pourrait pas se produire: Paco aurait l'œil à tout, comme Joseph venait de le lui demander, pendant que moi je resterais tranquillement à terre.

Et ne serait-ce même pas une excellente idée que d'encourager de temps en temps un tel genre de croisière libératrice qui me débarrasserait, grâce à quelques tours d'hélices, aussi bien d'un mari exécré que d'un frère trop possessif ? Puisqu'ils parvenaient à donner devant des tiers l'impression de s'estimer réciproquement, pourquoi ne vogueraient-ils pas ensemble pendant que j'agirais seule et de mon plein gré sans être surveillée par l'un ou conseillée par l'autre ? Je connaîtrais enfin la liberté qui permet de satisfaire toutes ses envies et tous ses caprices !

Quand nous revînmes, tard dans la nuit, aux *Lilas Blancs*, après avoir dîné sur le *Sabine*, nous ne fûmes pas longs à rejoindre nos chambres respectives. Joseph me demanda dans le couloir :

— Contente ?

— Éblouie, mon chéri ! Je ne sais comment te remercier. Paco aussi est stupéfait. N'est-ce pas, grand frère ?

— Bien sûr ! L'ennui, quand on a la chance de posséder un pareil engin, c'est qu'il doit falloir le faire naviguer de temps en temps, sinon il se morfond dans un port ! L'inactivité est très mauvaise pour un bateau ! Très vite il commence à se rouiller.

— Ne t'inquiète pas à ce sujet, mon Paco ! Tu peux compter sur ta sœur pour que le *Sabine* bouge ! Et toi, Joseph, j'espère que tu ne seras pas appelé sur l'un de tes innombrables chantiers de construction à chaque fois que mon yacht aura envie de prendre le large ?

— Je ferai de mon mieux, mon amour, mais, les affaires étant ce qu'elles sont, je ne peux rien te garantir !

— Tu ne voudrais tout de même pas que je m'embarque, seule femme à bord, entourée de tout cet équipage masculin ?

— Mais Paco sera là !

— « Notre » éternel Paco ! Nous reparlerons de cela

demain, si vous le voulez bien tous les deux ? Pour le moment je vais dormir. Même si un bateau reste au port, la brise marine qui flotte dans l'air vous y assomme... Bonsoir !

Le lendemain, lorsque Joseph m'annonça qu'il avait décidé que nous nous embarquerions le soir même pour faire notre première traversée d'essai, ma décision était déjà prise. Je voulais bien me pavaner sur le pont de mon *Sabine* lors des réceptions que nous y donnerions, mais à la condition formelle que nous ne quittions pas le port où nous étions ancrés ! Redoutant le mal de mer, je préférais rejoindre mon yacht par les terres, dans la Bentley conduite par Otto, chaque fois que celui-ci ferait escale dans l'un des ports élégants que j'aurais choisis. Mais cela ne devrait pas empêcher Joseph et Paco de profiter des joies de la navigation, qu'ils pourraient savourer ensemble. Je les rejoindrais à chaque escale. Une fois à bord, j'accueillerais, avec mon sourire le plus séduisant, toutes les personnalités ou célébrités invitées au préalable par Joseph Kelmann ! Et, au besoin, si la réception se terminait tard, je consentirais à passer la nuit sur mon yacht en compagnie de mon tendre époux et de mon cher frère mais, dès que le *Sabine* s'apprêterait à appareiller, je m'enfuirais pour rallier l'escale suivante en voiture ! Ne serait-ce pas mieux ainsi ? Cette succession de petits entractes sans la présence de « mes » hommes me paraissait indispensable pour qu'une certaine harmonie, déjà compromise par la stupide jalousie de Paco, pût quand même se maintenir.

Mes conditions ayant été acceptées, il fut décidé que le soir même, avant la tombée du jour, j'accompagnerais Joseph et Paco jusqu'à Port-Canto. Après un apéritif sur le pont du bateau, je redescendis à quai et les laissai partir pour les retrouver le lendemain à Saint-

Tropez, après leur nuit de navigation « en garçons » sous un firmament étoilé... N'était-ce pas admirablement organisé ?

Au port j'attendis un peu, observant la rade, pour être bien certaine que le *Sabine* s'en éloignait et, dès que j'eus cette assurance, je donnai l'ordre à Otto de rentrer sans moi aux *Lilas Blancs* en prétextant que j'avais besoin de me dégourdir les jambes sur la Croisette et en ajoutant que je reviendrais en taxi. La Bentley partie, je me rendis dans une discothèque proche de la rue d'Antibes dont j'avais eu l'adresse par les bons soins de Paco. Je me demande encore aujourd'hui pourquoi cette discothèque, qui avait un nom prometteur, Le Sans-Souci, m'avait attirée à ce point. Sans doute parce que j'en avais assez de ma cage dorée, du confort permanent et parfois étouffant qui m'étaient imposés depuis mon mariage. J'avais besoin de changer d'air, voilà ! Et assez bêtement, je l'avoue, cet air neuf je crus le trouver dans une discothèque bruyante et enfumée... mais heureusement fréquentée par une jeunesse insouciante à laquelle, par mon âge, j'avais encore le droit d'appartenir... Au fond, depuis que Paco et moi avions échoué sur la Côte, je n'avais jamais connu la véritable détente échevelée dont j'avais si grand besoin.

Parmi les garçons qui s'exhibaient sur la piste de danse, il s'en trouva un qui me fascina... Je dus lui plaire également car, sans m'avoir demandé mon avis ni même s'être présenté, il m'entraîna dans une sarabande infernale. Perdant toute notion du temps et de ma dignité de femme mariée qui n'avait jamais dansé plus que le tango avec son époux, je me laissai emporter, m'abandonnant à sa frénésie, tempérée de temps en temps par un slow pendant lequel je recevais une multitude de petits baisers dans le cou qui furent pour moi une sorte de révélation...

Épuisée et fourbue après je ne sais combien de danses, j'acceptai de boire en compagnie de mon partenaire le verre de la tendresse débordante. Il m'offrit un

Coca-Cola... Ah ! J'étais très loin du champagne millésimé de Joseph et de tous les cocktails aux noms compliqués que l'on servait dans les réceptions !

Je ne sais trop comment, ayant réussi à m'arracher presque avec regret à mon cavalier de hasard, je parvins à reprendre mes esprits pour réaliser qu'il serait grand temps pour moi de rentrer dans mes terres haut perchées ! Je demandai au portier de m'appeler d'urgence un taxi. Mon partenaire, qui ne devait pas être bien riche et qui ne possédait peut-être pas de voiture, ne me fit aucun reproche de le quitter. Au moment où nous nous séparâmes, il se contenta de me serrer vigoureusement la main sans même se donner la peine de la baiser. Il me dit :

— Je m'appelle Thierry, et vous ?

— Sabine.

— Ce sera plus pratique si nous nous revoyons... A la prochaine fois ! Et on se tutoiera !

Le taxi était là. La prochaine fois ? Je savais, je pressentais qu'il y en aurait sûrement une... Mais quand ?

Arrivée devant la grille des *Lilas Blancs*, j'abandonnai le taxi pour traverser le parc, rêveuse et aussi angoissée que le jour où je m'étais enfuie de l'hôtel de Menton en compagnie du bel Espagnol incapable de payer sa note... Mais là je me retrouvais chez moi !

Cette soirée en discothèque venait de me faire découvrir beaucoup de choses, dont une essentielle : même une femme richissime peut devenir amoureuse ! Je me souviens que devant l'entrée de la villa, je me déchaussai pour faire le moins de bruit possible en gravissant l'escalier et ne pas réveiller les domestiques qui dormaient au deuxième étage. J'étais redevenue la soubrette de l'Hôtel de Paris qui filait en douce pour aller retrouver l'un des beaux commis italiens dans sa mansarde ou même pour rentrer dans le deux pièces-cuisine de Beausoleil où elle savait que Paco, s'il était déjà revenu de son travail, ne lui ferait aucune remontrance parce qu'il avait décidé qu'il fallait qu'elle devienne le plus vite possible une femme évoluée capable de séduire un homme ayant tous les moyens de lui offrir le luxe dont elle rêvait... Un Paco ne pensant qu'à ma réussite qui deviendrait, par ricochet familial, également la sienne ! Un genre de souteneur, mon demi-frère ? Sûrement pas ! Plutôt une sorte d'illuminé dont je ne parviendrais jamais à me débarrasser parce qu'il me chérissait trop ! Ne m'avait-il pas confié, au cours de l'une de nos conversations au bord de la piscine, que se sachant mon aîné, il se considérait presque comme mon père ?

Et je m'endormis, moi aussi, loin de mon mari et de Paco, en ne pensant qu'à ce jeune Thierry dont j'ignorais tout et que je ne reverrais peut-être jamais.

Le lendemain, quand la Bentley toujours conduite par Otto me déposa sur le port de Saint-Tropez, le *Sabine* se trouvait bien là, paré pour m'accueillir. Une foule de curieux et de touristes était massée sur le quai, sans doute pour essayer de découvrir les visages des heureux propriétaires de cette merveille flottante. Mais au moment où je descendais de la voiture dont Otto m'ouvrit cérémonieusement la portière, je remarquai que mon apparition — coiffée d'une casquette blanche à grande visière de yachtwoman m'allant à ravir et portant un ensemble très élégant de shantung grège, que j'avais spécialement choisi pour produire le plus d'effet possible dans la patrie du bailli de Suffren devenue aujourd'hui celle de l'esbroufe vestimentaire — n'attirait absolument pas l'attention des gens. Les badauds me tournaient le dos, agglomérés en demi-cercle devant la passerelle permettant de monter sur le *Sabine*. Mon magnifique yacht tenait incontestablement la vedette, comme l'avait voulu mon munificent mari.

Ce ne fut qu'après avoir réussi à traverser la foule que je pus découvrir brusquement qu'il se passait des choses anormales... Deux agents en uniforme se tenaient sur le quai de chaque côté de la passerelle et en interdisaient l'accès alors qu'il y avait une certaine agitation sur le pont où allaient et venaient plusieurs hommes qui m'étaient inconnus. Assez étonnée, je voulus quand même franchir le barrage de police en annonçant sur le ton le plus impérieux que je pus trouver :

— Je suis Mme Joseph Kelmann !

— Inutile d'insister, madame, répondit l'un des agents. L'accès au yacht est interdit à toute personne n'ayant rien à faire avec l'enquête, et même aux journalistes.

— Quelle enquête ?

— Celle qui est normale après un accident.

— Quel accident ?

A ce moment j'aperçus heureusement sur le pont du *Sabine* le commandant qui, après m'avoir saluée de loin, descendit immédiatement sur la passerelle pour venir à ma rencontre et dire aux policiers :

— Madame peut monter. Elle est la propriétaire du navire. Nous l'attendions...

Puis, en s'adressant à moi :

— Madame est évidemment au courant de ce qui s'est passé ? C'est terrible !

— Que s'est-il passé, commandant ? J'arrive à l'instant de Cannes mais nous avons mis plus de temps que ne le prévoyait mon chauffeur : la route était très encombrée aux alentours de Saint-Raphaël.

Alors qu'il me suivait en remontant sur la passerelle, il répondit :

— Madame ne sait donc pas ? Paco a pourtant appelé par téléphone *Les Lilas Blancs* pour l'informer. Sans doute Madame était-elle déjà partie...

Et sur le pont, où un grand silence se fit à mon arrivée, je me trouvai en présence d'un homme en civil et entre deux âges, qui se présenta d'une façon très correcte :

— Officier de police Duvernet, de la brigade spéciale

des plages, détaché pour la durée de la saison à Saint-Tropez... Je me permets tout d'abord, madame, de vous présenter mes plus sincères condoléances.

— Pour quoi, monsieur ?

— Mais... pour le décès de M. Joseph Kelmann !

— Mon mari est... ?

Je ne pus achever ma phrase et me serais sans doute écroulée si le commandant ne m'avait soutenue. Je balbutiai, hébétée :

— Joseph est... ?

— Oui, madame, reprit l'officier de police. Il s'est noyé dans un regrettable accident.

— Noyé ? Mais Joseph m'a toujours dit qu'il ne savait pas nager ! Il n'a tout de même pas voulu se baigner ?

— C'est justement la cause du drame : il ne savait pas nager... Quand il est malencontreusement tombé dans la mer, il n'a pas pu surnager en attendant que le *Sabine* fasse machine arrière pour revenir le chercher... Et il a coulé ! Son corps n'a été retrouvé qu'une heure plus tard par trois des marins qui avaient pourtant plongé presque aussitôt... Lorsqu'ils l'ont ramené à bord, c'était malheureusement trop tard ! Le commandant et le secrétaire de M. Kelmann ont cependant pratiqué la respiration artificielle, mais ce fut sans succès.

— M. Paco n'est pas du tout son secrétaire, précisai-je, mais son régisseur. Où est-il ?

Ce fut le commandant qui répondit :

— Il est parti avec le médecin dans l'ambulance qui a emporté le corps à l'hôpital de Fréjus, qui est le mieux équipé de la région pour pouvoir procéder à des soins de réanimation intensive. C'est juste avant de partir que M. Paco a tenté de vous joindre à Cannes pour vous prévenir de ce qui venait d'arriver.

— Et depuis, a-t-on eu des nouvelles de l'hôpital ?

— M. Paco a téléphoné de là-bas voici une quinzaine de minutes pour demander si vous étiez enfin là et m'informer malheureusement qu'il n'y avait plus aucun espoir à avoir... Il m'a aussi bien recommandé de prendre le plus de précautions possible pour vous annoncer cette triste nouvelle en essayant de vous éviter un choc trop brutal. Malheureusement, dans ce Saint-Tropez où les informations courent vite de bouche en bouche, la foule s'est amassée sur le quai dès qu'elle y a vu arriver la voiture de police et l'ambulance... Voyant cela, j'ai fait ce que j'ai pu pour vous ménager, mais ça n'a pas été facile pour moi, madame Kelmann...

— Je m'en doute, commandant. Je suis certaine que vous avez fait tout ce que vous avez pu... Et M. Paco ?

— Il revient avec le médecin pour participer à l'enquête. M. l'officier de police Duvernet a décidé qu'elle se ferait à bord.

Ce dernier, qui avait assisté à l'entretien sans rien dire, parla enfin :

— Oui, madame. Il me paraît indispensable de procéder ainsi puisque c'est sur ce yacht même que s'est produit l'accident.

— A quelle heure cela s'est-il passé, commandant ? demandai-je en balbutiant.

— Alors que nous nous trouvions au large de Sainte-Maxime et juste avant que nous n'entrions dans la baie de Saint-Tropez... Selon le désir exprimé par M. Kelmann, nous naviguions à allure très réduite. Les dernières paroles que j'ai entendues de lui ont été : « N'allez pas trop vite, commandant ! Avec Paco nous aimerions profiter de la douceur de cette soirée en mer... Nous avons toute la nuit devant nous pour atteindre Saint-Tropez. N'est-ce pas, Paco ? »

— Parce que ce dernier était là pendant qu'il disait cela ?

— A côté de lui. Accoudés tous deux au bastingage bâbord du pont circulaire, chacun fumait un cigare et ils devisaient tranquillement.

— Vous êtes bien sûr qu'il n'y a eu aucune dispute entre eux ?

— Oh, non, madame Kelmann ! Ils donnaient au contraire l'impression d'être enchantés de profiter de la douceur de cette navigation nocturne... Quand je me suis éloigné pour rejoindre la passerelle de commandement, je les ai mêmes entendus rire !

— Quelle heure pouvait-il être exactement ? demanda l'officier de police en sortant une nouvelle fois de son mutisme.

— Peut-être vingt-deux heures, pas beaucoup plus... Avant d'aller sur le pont, ces messieurs avaient devisé au bar devant une bouteille de champagne. Ils m'avaient fait appeler par le steward auquel incombait la responsabilité du bar et à qui M. Kelmann dit qu'il pouvait aller se reposer, après m'avoir transmis une invitation à venir les rejoindre. Il avait même ajouté pour le steward qu'ils se débrouilleraient très bien sans son aide... Quand je suis arrivé dans le bar, ils voulaient que je trinque avec eux. J'ai décliné l'offre en confiant que je n'étais pas très « champagne » mais plutôt « whisky », et seulement quand je n'assurais pas mon commandement. Puis j'ai rejoint aussitôt mon poste, les laissant en tête à tête.

— La bouteille se trouve sans doute encore au bar, avec tout l'affolement qui a dû suivre pendant le restant de la nuit ?

— Cela m'étonnerait ! répondit le commandant. Le *Sabine* a la réputation d'être l'un des yachts les mieux tenus de toute la Méditerranée... Mais nous pouvons toujours demander au steward.

Deux minutes plus tard, le steward était là. Sa réponse fut nette. La bouteille ne se trouvait plus sur le comptoir du bar, celui-ci ayant été rangé et nettoyé pendant que les plongeurs effectuaient leurs recherches en mer pour retrouver le corps.

— Et où est-elle passée maintenant, cette bouteille ? poursuivit le policier.

— Dans le compartiment de la cave spécialement prévu pour recevoir les bouteilles vides et où je l'ai portée après avoir versé le restant de son contenu dans l'évier.

— Et les deux coupes utilisées ? continua l'enquêteur.

— Après les avoir rincées, je les ai replacées sur l'étagère derrière le bar, où elles se trouvent sûrement encore.

— Je vous remercie, dit simplement le policier.

Dès qu'il fut parti, il s'adressa à moi :

— Je vous félicite, madame, d'avoir sur votre yacht un personnel d'équipage aussi soigneux. Malheureusement ce ne sera pas une telle organisation qui facilitera l'enquête !

Ce fut à ce moment que Paco, de retour de Fréjus en compagnie du médecin, surgit et se précipita vers moi en me tendant les bras, mais sans m'embrasser, en me vouvoyant et sans m'appeler par mon prénom. Il ne faisait en cela qu'appliquer la volonté de Joseph qui ne voulait pas que notre intimité familiale fût révélée en public. Il s'exclama :

— Enfin, madame Kelmann, vous êtes ici ! Sans doute savez-vous maintenant que j'ai tout fait ce matin pour vous appeler à Cannes ?

— Je l'ai appris, monsieur Paco...

— Ce qui est arrivé est affreux ! Un homme aussi exceptionnel ! Le commandant, les hommes d'équipage qui ont fait preuve d'un grand courage, moi-même, le docteur Ménard, que je me permets de vous présenter, ainsi que ses confrères de l'hôpital de Fréjus, avons tout tenté... Hélas ! Je suis anéanti et je mesure quel doit être votre désespoir.

L'officier de police lui évita de prolonger sa tirade :

— Maintenant que tous les témoins sont réunis, je pense que nous pourrions regrouper tout le monde dans le salon. Moi-même je m'installerai dans ce bar dont nous venons de parler pour procéder aux interrogatoires individuels. L'un de mes adjoints, que j'ai amené avec moi, l'inspecteur Bertin, qui fait en ce moment les cent pas sur le pont circulaire et qui va venir nous rejoindre, m'assistera. Avec votre consentement, je commencerai par vous, madame Kelmann. Ensuite ce sera au tour du commandant, puis de M. Paco et du Dr Ménard, et ainsi de suite jusqu'aux plongeurs qui ont retrouvé le corps... Si vous voulez bien m'accompagner, madame, jusqu'à ce bar ? Vous devez savoir mieux que moi où il se trouve.

— Suivez-moi, messieurs, dis-je en m'adressant aux deux policiers.

— Je demande, reprit l'officier de police, aux autres personnes de ne pas bouger du salon tant que je ne les aurai pas interrogées et je les remercie par avance de leur compréhension.

J'entrai dans le bar en compagnie des deux inspecteurs pendant que la porte du salon était refermée par le commandant.

— Asseyez-vous, je vous en prie, madame... Bertin, installez-vous derrière le bar, à la place du barman... Je vois qu'il s'y trouve un petit siège. Vous n'avez qu'à poser votre carnet sur le comptoir. Vous prendrez des notes.

Juché sur un tabouret, l'officier commença :

— Madame Kelmann, avant votre arrivée le commandant m'a laissé entendre que votre mari n'était pas le propriétaire légal du *Sabine* et que c'était vous. Est-ce exact ?

— C'est la vérité. Joseph, qui m'adorait, m'a fait la surprise de m'offrir ce yacht il y a quarante-huit heures, juste avant de me le faire visiter à Port-Canto de Cannes... C'était un homme merveilleux qui ne pouvait pas résister à la joie de me faire plaisir.

— M. Joseph Kelmann était avantageusement connu sur la Côte pour toutes ses libéralités ! Il avait la réputation d'être un homme fastueux.

— Peut-être même trop à l'égard de gens qui ne lui en avaient aucune reconnaissance !

— Ce qui est triste, c'est que M. Kelmann n'aura pu

profiter longtemps du magnifique cadeau qu'il vous a fait ! Une autre question un peu délicate, madame : c'est vous qui héritez, je pense ?

— Joseph n'ayant aucune famille et ne s'étant jamais marié avant de me rencontrer, je me trouve, en effet, être son unique héritière... D'ailleurs il a eu la grande élégance de tout préparer en ce sens par un acte notarié, dûment établi chez Maître Chafardon, à Cannes, au moment de notre mariage, il y a de cela un peu plus d'un an.

— Ne voulant pas vous retenir plus longtemps, madame, je vais me permettre de vous poser encore une dernière question : en toute sincérité, que pensez-vous de ce M. Paco, qui semble avoir joué un rôle important dans l'existence de votre couple ?

— Le plus grand bien, pour une excellente raison, que je me fais un devoir de vous confier dès maintenant, car je ne doute pas que votre enquête le révélerait de toute façon : M. Paco n'est autre que mon demi-frère.

— Ah ? Je comprends mieux la situation privilégiée qu'il occupe auprès de vous.

— Mais j'aimerais beaucoup, monsieur Duvernet, que cette information reste strictement confidentielle ! Vous connaissez les gens : ils sont méchants et médisants... Ils seraient trop heureux de répandre la nouvelle que le régisseur des *Lilas Blancs* n'est autre que le frère de la propriétaire ! Mon mari n'a jamais voulu que ce petit secret familial se sache. C'est pourquoi, avec votre aimable compréhension, je souhaite que la volonté du disparu continue à être respectée. Serait-ce trop demander ?

— Certainement pas, madame, à condition évidemment qu'il soit formellement établi par l'enquête que votre demi-frère n'a aucune responsabilité dans la mort de M. Kelmann.

— Comment pouvez-vous dire cela ? Paco avait une telle admiration pour mon mari qu'il ne lui serait jamais venu à l'idée d'accomplir un pareil forfait ! Et puis, il n'a absolument rien d'un assassin! C'est l'homme le plus doux et le plus serviable du monde! Pourquoi aurait-il commis un crime aussi abominable? Il n'y avait aucun intérêt puisqu'il devait tout — et particulièrement sa situation très confortable — à Joseph! Je me souviens même très bien l'avoir entendu me dire, voici à peine une huitaine de jours: « Souhaitons pour toi et pour moi que ton mari vive le plus longtemps possible! S'il disparaissait prématurément ce serait un véritable désastre pour nous deux! » Et vous voudriez qu'il ait contribué à le faire disparaître?

— Je ne veux rien du tout, madame, mais les premières investigations auxquelles mon collaborateur et moi avons procédé ont prouvé qu'au moment précis où M. Kelmann a basculé par-dessus la rambarde du bastingage pour tomber dans la mer, ils se trouvaient tous deux côte à côte, devisant sur le pont circulaire... Sans même porter la moindre accusation, cela peut laisser supposer certaines choses... Cela d'autant plus que, selon les premières déclarations du commandant, il n'y avait alors aucun membre de l'équipage à cette heure-là sur le pont... L'unique témoin de l'accident, qui s'est d'ailleurs tout de suite précipité pour donner l'alerte au poste du commandement, a été votre demi-frère... Pour le moment c'est la seule précision que je puisse vous donner. Maintenant, tout en vous remerciant de votre franchise, je vais vous rendre votre liberté pour recueillir la déposition du commandant.

Je rejoignis le salon dont l'ambiance évoquait déjà celle d'une veillée funèbre. Le commandant du *Sabine* m'avait succédé au bar-confessionnal. Intentionnellement, je ne m'étais pas assise à côté de Paco qui, je le savais, n'aurait pas résisté au besoin de me donner ses explications. Cela aurait pu produire un effet déplorable, pouvant laisser supposer que nous étions de connivence pour avoir organisé la disparition de mon mari.

J'évitais même son regard, sentant qu'il ne me quittait pas des yeux, cherchant à se raccrocher à moi comme si j'étais son unique bouée de sauvetage dans la situation pour le moins délicate où il se trouvait maintenant. Et j'attendis stoïquement, ne cherchant pas à jouer les veuves éplorées, essayant surtout de conserver le calme que se devait d'avoir Mme Kelmann, même si elle était encore très jeune. Ce fut difficile. Quand le commandant revint, il prit place dans un fauteuil placé à ma droite, le médecin se trouvant à ma gauche. Et Paco fut appelé par l'adjoint de l'officier de police pour lui succéder. Dès qu'il ne fut plus là, je questionnai à voix basse le commandant :

— Que vous a-t-il demandé ?

— Simplement de confirmer la précédente déclaration que je lui avais faite. Je lui ai également confirmé que, par disposition formelle de M. Kelmann, vous étiez la propriétaire du *Sabine* mais que je vous connaissais à peine, puisque nous avions été présentés il y a seulement deux jours à Cannes. C'est tout.

Quand Paco revint de son interrogatoire, qui dura une bonne demi-heure, je me levai en lui demandant à voix claire, devant tout le monde :

— C'est terminé pour vous, monsieur Paco ?

— Oui, madame.

— Dans ce cas je crois que le mieux pour nous serait de nous rendre immédiatement à Fréjus, où il va nous falloir prendre certaines dispositions...

— J'allais vous le conseiller, madame.

Et nous partîmes, après que j'eus serré la main du commandant en lui disant :

— Pour le moment, attendez ici jusqu'à demain matin. Je vous ferai connaître mes instructions au sujet du *Sabine*... Mais je pense qu'il n'a plus rien à faire à Saint-Tropez et qu'il serait préférable de le ramener à Cannes. Merci encore, commandant, à vous et à l'équipage, pour tout ce que vous avez tenté. Au revoir, docteur. Merci aussi à vous pour votre dévouement. Au revoir, messieurs.

Quand je quittai le salon, tous se levèrent par déférence et je redescendis la passerelle, suivie de Paco. La foule était toujours là, mais silencieuse cette fois, s'écartant pour me laisser rejoindre la Bentley dont Otto m'ouvrit la portière. Et nous partîmes, Paco et moi, quittant ce port de Saint-Tropez où je n'ai jamais voulu retourner depuis.

Pendant le trajet jusqu'à Fréjus, Paco et moi n'échangeâmes pas un mot, par crainte que le chauffeur ne nous entendît. Je ne pense pas qu'il soit bien nécessaire de raconter ce qui se passa à l'hôpital. Tous ceux qui, comme moi, ont été contraints de se rendre dans des circonstances similaires en un tel lieu pour y reconnaître le corps d'un défunt le savent. Ce fut une vision insupportable ! Et, phénomène étrange, malgré la bouffissure de son visage due à l'hydrocution, Joseph était encore reconnaissable. Bien qu'il fût israélite, quelques restes de catholicité m'incitèrent à faire instinctivement un signe de croix : geste spontané qui implorait la clémence du Très-Haut, à laquelle Joseph avait droit comme tout le monde. Je ne pleurais pas, je l'avoue... Je ne le pouvais pas ! D'ailleurs ce ne sont pas toujours les gens en larmes qui ont le plus de chagrin ! De toute façon, je n'en avais pas... J'avais eu de l'estime pour mon mari pendant la courte durée de notre union mais je n'avais jamais pu l'aimer ! En le voyant ainsi étendu, figé sur un lit, je me sentais un peu oppressée mais également détendue comme si j'étais enfin libérée de ce poids qui n'avait pas cessé de m'angoisser depuis notre voyage de noces à bord du paquebot, pendant lequel j'étais parvenue à lui donner l'illusion que j'étais en train de devenir sienne ! En réalité je ne l'avais jamais été, ne pensant qu'à trouver le moyen de divorcer en obtenant la plus forte pension possible, comme cela se passe quotidiennement aux États-Unis, ce pays de rêve pour les femmes où une législation merveilleuse leur permet de s'enrichir au fur et à mesure de leurs divorces successifs.

Dans la chambre mortuaire, Paco était toujours à mes côtés, continuant à rester silencieux. Sa présence muette me sembla alors être pour moi bénéfique et maléfique...

Bénéfique, parce que, s'il n'avait pas été là, je me serais sentie terriblement abandonnée, ne pouvant espérer la présence d'aucun autre parent ou familier, aussi bien du côté de mon mari que du mien, ni même celle de la moindre amie fidèle. Lorsqu'on a réussi aussi jeune un mariage pareil suivi d'un veuvage presque immédiat, on ne peut pas trouver d'amie femme !

On ne rencontre que des envieuses qui estiment avec dépit que l'on a eu une chance insolente. Quant aux amis hommes...

Maléfique ? Je n'avais qu'une question, une seule, à lui poser... mais qui me brûlait les lèvres. A chaque fois que j'avais voulu parler, les mots s'étaient étranglés dans ma gorge comme si ma volonté était brusquement paralysée. Et pourtant je sentais que mon demi-frère attendait que je lui pose cette question ! Mais, le sachant rusé, je pressentais aussi qu'il trouverait immédiatement la réponse susceptible de me rassurer... Ce manque de franchise entre nous dura pendant des jours, exactement jusqu'à ce que l'inhumation eût lieu au cimetière de Cannes. Nous parlâmes d'autre chose. Il est vrai que ce ne furent pas les sujets de conversation qui manquèrent, avec toutes les décisions qu'il avait fallu prendre.

Mais revenons à l'hôpital de Fréjus. A peine avais-je reconnu le corps que la porte de la chambre où reposait Joseph s'ouvrit pour livrer passage à un médecin accompagné de deux infirmiers poussant un chariot.

— Madame Kelmann ? demanda le médecin.
— Elle-même, docteur.
— Selon les instructions que nous venons de recevoir de la brigade de Saint-Tropez, nous devons procéder à une autopsie dans les locaux de l'Institut médico-légal. Il nous faut donc emporter le corps, qui vous sera rendu par la suite.

Et Joseph partit sur le chariot... Quand je le revis après quarante-huit heures, il était déjà allongé dans son cercueil. Paco avait accompli toutes les formalités nécessaires. Le résultat de l'autopsie avait été formel. Il n'y avait aucun doute à avoir : Joseph était bien mort d'hydrocution. L'inhumation aurait lieu trois jours plus tard dans ce cimetière de Cannes qu'il avait choisi six mois plus tôt.

La cérémonie terminée, nous nous retrouvâmes donc, Paco et moi, sur la terrasse des *Lilas Blancs*, buvant un Veuve Clicquot en souvenir du cher disparu. Le ciel était radieux, s'harmonisant mal avec une journée aussi éprouvante ! Cannes s'étalait à nos pieds, nimbée de sa brume, somnolant sous la chaleur pesante et semblant attendre l'arrivée de la nuit pour mieux respirer. J'étais comme la cité : j'étouffais ! Mais c'était de cette asphyxie lente et pernicieuse qui m'avait empêchée de poser à mon frère, depuis la disparition de Joseph, la question angoissante qui n'avait pas cessé de me tenailler l'esprit, au point de le paralyser. Enfin, mue par je ne sais quelle énergie nouvelle, je me décidai :

— Maintenant que tout est terminé, dis-moi la vérité, Paco : c'est toi, n'est-ce pas, qui l'a précipité à la mer ? Je me demande comment ils ont pu admettre la thèse de l'accident ! C'est incroyable ! Mais je suis persuadée que c'est là une affaire qui ne fait que commencer... Ce n'est pas parce qu'ils te fichent la paix en ce moment qu'ils ne vont pas reprendre tout le dossier, chercher, fouiller ! Ils sont têtus, tu sais, dans la police ! Et un jour ils finiront bien par trouver la preuve que ça n'a pas été un accident, mais un crime ! Qu'est-ce que tu deviendras ce jour-là, Paco ? La seule personne qui pourra peut-être alors t'aider, ce sera moi, ta sœur. C'est pourquoi tu dois tout me dire dès aujourd'hui pour que je sois prête à parer les coups s'il s'en présentait. Tu comprends ?

La réponse vint, surprenante, pendant que ses grands yeux noirs me regardaient, brûlant de fièvre passionnée et d'une inquiétude à peine dissimulée :

— Ça n'a pas été un accident, ni un crime, mais une regrettable coïncidence...

— Que veux-tu dire ?

— Bois encore un peu de champagne et écoute-moi... Tu veux la franchise, eh bien, tu vas l'avoir ! Voilà... Joseph et moi, nous étions en effet, comme l'a confirmé le commandant, accoudés au bastingage, savourant chacun notre cigare et devisant gaiement pendant que nous regardions avec extase le spectacle des vagues éclairées par les reflets de lune... Nous étions heureux et nous bâtissions même des projets d'avenir pour que ta joie de vivre puisse se prolonger pendant des années ! Nous parlions de tes rêves de jeunesse insatisfaits qui t'avaient emportée vers l'irrésistible besoin de tout posséder et de régner en femme éblouissante ! Maintenant c'était fait : ton règne existait ! Il n'y avait plus pour ton mari et pour moi qu'à l'égayer de surprise en surprise, telle celle de ce yacht admirable. Nous y étions fermement décidés, mais voilà que brusquement Joseph s'agrippa à la rambarde... Je compris aussitôt qu'il ne tiendrait pas longtemps sur ses jambes, tellement il était ivre...

» C'était loin d'être chez lui la soûlerie d'un alcoolique invétéré, mais seulement l'ivresse d'un homme sobre qui n'est pas fait pour boire, et surtout pas de ce champagne dont il raffolait mais qui ne lui réussissait pas ! De cela je m'étais déjà rendu compte quand il venait faire ses stations prolongées au bar du cabaret de Monte-Carlo où j'officiais... Mais là, connaissant sans doute lui-même, et mieux que personne, ses propres limites, il savait faire preuve de modération en ne buvant qu'à toutes petites doses. C'est pourquoi, lorsqu'il me quittait, il laissait presque toujours des bouteilles aux trois quarts pleines. Il faut dire qu'à l'époque c'était un homme riche, mais solitaire et pas très heureux. Ensuite, t'ayant rencontrée, il commença à changer. Quand il revint de votre voyage de noces, où tu sus te montrer assez habile pour lui donner l'illusion qu'il avait fait ta conquête, il était transformé ! Ce fut alors qu'il commença à renoncer à sa sobriété, persuadé qu'à l'avenir il aurait toujours à ses côtés une jeune et jolie compagne attentive, qui l'empêcherait de faire des excès. Il buvait, mais à votre bonheur dont il se grisait et qu'il pensait devoir être éternel...

»... Le soir où tout est arrivé sur le *Sabine*, contrairement à ce qui a été relaté par l'enquête, Joseph et moi n'en étions pas à notre première bouteille, mais à la quatrième ! Me sentant un peu responsable de ce qui venait d'arriver, j'eus le réflexe de jeter immédiatement à la mer trois des bouteilles vides juste avant de courir donner l'alerte, sinon on m'aurait certainement accusé de l'avoir soûlé intentionnellement, ce qui était faux ! Voilà pourquoi le steward responsable du bar n'a retrouvé sur le comptoir qu'une seule bouteille avec les deux verres qu'il a rincés.

»... Je reconnais qu'au moment où nous naviguions doucement entre Cannes et Saint-Tropez, ce bon Joseph, fier d'avoir pu t'offrir avec ce yacht le plus somptueux de tous ses cadeaux, était dans un état second... La seule idée qu'il allait te retrouver le lendemain à Saint-Tropez était pour lui une sorte de fête... Et, emporté par le feu de sa passion, il ne se contrôlait plus... Malgré tous mes efforts pour l'empêcher de s'affaisser, son corps se courba en deux sur la rambarde, le tronc et les jambes restés encore sur le pont, mais la tête, les bras et le torse pendant dans le vide au-dessus de l'eau ! Ce fut alors que, le voyant dans cette position ridicule, une lueur fulgurante et peut-être démoniaque me traversa l'esprit : pourquoi ne pas profiter d'une occasion aussi inespérée pour délivrer définitivement ma petite sœur adorée de cette présence encombrante, en le faisant basculer vers des profondeurs d'où il ne reviendrait jamais ? Aussitôt pensé, aussitôt fait ! Je n'eus aucune difficulté : Joseph n'était plus qu'un pantin inconscient. Quand il disparut dans la nuit de la Méditerranée, je ne perçus même pas un seul cri. Tout se fit discrètement... Après avoir agi de même avec les trois bouteilles de trop, je courus vers la passerelle de commandement et je donnai l'alerte. Ce qui s'est passé ensuite, tu le sais.

— Tu n'as rien dit à personne ?

— Il n'y a que toi qui sois au courant et tu as tout intérêt à ne rien révéler, sinon ça se retournerait automatiquement contre toi, ma chérie, puisque tu es ma sœur et son héritière !

— Tais-toi ! Je ne veux pas être la complice d'un crime !

— Même si tu disais cela à un flic, il ne te croirait pas, tes intérêts dans la disparition de Kelmann sont trop évidents ! Et puis ce n'est pas tout à fait un crime ! Disons plutôt qu'à quelques détails près, ce fut presque un accident... D'ailleurs, le fait que l'enquête n'ait pas engendré jusqu'à présent de suites désastreuses pour nous semble prouver que cette version a été agréée par les autorités.

— Souhaitons que cela dure pour toi !

— Tu ferais mieux de dire, sœurette adorée, *pour nous deux*... Nous sommes, c'est le cas de le dire, dans le même bateau, toi et moi.

— Si tu continues à parler ainsi, je vais commencer à te haïr, Paco !

— Tu ne le pourrais pas ! Il y a trop de liens entre nous, bons ou mauvais, qui nous unissent comme si nous étions mariés, « pour le meilleur et pour le pire »... C'est pourquoi tu te tairas ! Pauvre Joseph ! Mourir d'une cuite aussi bête, ce n'est pas digne de la réputation de grand seigneur qu'il avait !

— Tu te crois drôle, en un jour pareil !

— Si nous finissions cette bouteille de son nectar préféré en buvant non pas à sa santé mais à son repos éternel ?

— Paco, tu es immonde !

— C'est possible mais, une fois encore, je n'ai agi que pour t'aider... Tu es riche et débarrassée de lui ! Que veux-tu de plus ?

— Tu es de plus en plus ignoble !

— Pas plus que tous ces gens que nous venons de voir faire de la figuration intéressée au cimetière, en se disant que maintenant ce ne serait plus à Joseph Kelmann qu'il faudrait adresser des marques d'amitié mais à sa ravissante veuve... Ne trouves-tu pas que notre coup est plutôt réussi ?

— Assez ! Je ne veux plus te voir !

— Parce que tu penses ne plus avoir besoin de mes services ?

Et comme je ne savais que répondre, je m'enfuis dans ma chambre où je m'enfermai, ne voulant plus le voir, ni lui, ni Otto, ni les autres domestiques, ni personne ! Enfin, c'était ce que je croyais... ! Mais, quelques heures plus tard, j'en ressortis, vêtue d'une blouse très simple et d'un jean, sans fourrure ni bijoux, après avoir commandé un taxi par téléphone. Au moment où j'allais atteindre la grille, je croisai soudain Paco, qui devait me guetter.

— Où vas-tu, Sabine ?

— Prendre l'air, figure-toi !

Dix minutes plus tard, arrivée en ville, j'abandonnai le taxi rue d'Antibes et je me dirigeai à grands pas vers Le Sans-Souci.

Quand j'y entrai, le bruit était toujours aussi assourdissant et l'air aussi empesté de fumée. Mais sans doute avais-je besoin de cela, car je me sentis bien immédiatement. Thierry était accoudé au bar, sirotant un Coca-Cola.

— Tu es revenue ? dit-il. C'est drôle : je croyais bien ne jamais te revoir.

— Tu te trompais. Fais-moi danser, Thierry...

# La proie qui coûtait cher

Nous dansâmes pendant des heures, sans échanger une seule parole, nous exprimant uniquement par la danse. Quand vint le moment de la pause, épuisés, nous n'avions plus envie de Coca-Cola ! Ce qu'il nous fallait, c'était manger : nous avions la faim de notre jeunesse qui venait de se dépenser jusqu'à la limite de ses forces. Arrivée devant le bar, je demandai à celui qui était déjà presque « mon » Thierry :

— N'es-tu pas comme moi ? J'ai une de ces fringales ! Crois-tu que l'on pourrait nous servir ici quelque chose de substantiel, du genre croque-monsieur ou hamburger ?

— Pas question ! Ils n'ont que de la bibine ! Et encore, pas de la meilleure !

— Si nous allions dîner ailleurs, puisqu'ils n'ont rien ?

— Je ne suis pas contre mais je préfère te prévenir tout de suite qu'en ce moment je suis un peu fauché...

— On s'en fiche ! J'ai ce qu'il faut : c'est moi qui invite...

— Tu as du fric ?

— Un peu...

— Alors ça colle ! Où va-t-on ?

— Où tu veux... Pourquoi pas sur la Croisette ?

— Tu connais Cannes ?

— Aussi bien que toi.

— Je te préviens quand même ce n'est pas donné, les bistrots sur la Croisette, et il n'y en a pas des tonnes !

— Si nous allions plutôt vers le vieux port ? C'est tout près d'ici et j'ai vu des restaurants qui n'avaient pas l'air mal.

— C'est sûr, mais là aussi je t'avertis : ce n'est pas bon marché...

— Ne t'inquiète pas ! Je te répète que c'est moi qui paie... Et puis, au diable l'avarice quand on est heureux !

— Tu as donc les moyens ? C'est vrai que, balancée comme tu l'es, ce ne doit pas t'être très difficile de trouver un commanditaire ?

— Toi non plus tu n'es pas mal. Ça ne doit pas être trop compliqué pour toi de draguer une fille qui ait envie de t'inviter quand tu es fauché ?

— Les filles, tu sais, elles n'invitent pas autant que tu as l'air de le croire ! La plupart de celles qui rappliquent sur la Côte n'y viennent que pour michetonner... Surtout à Cannes, où elles se croient toutes des stars en puissance à cause du Festival.

— Mais ce n'est pas l'époque en ce moment, et il n'a lieu qu'une fois par an.

— Ça suffit pour les faire rêver pendant des mois ! Il n'y en a pas une qui ne s'imagine en train de monter ou de descendre les marches du Palais sous les flashes des photographes ! Alors, on va au vieux port ?

— On y court !

Il m'entraîna en me prenant par la taille. Pendant que nous marchions bras dessus, bras dessous, je me sentais aussi radieuse qu'à l'époque où Paco et moi déambulions dans les rues de Vienne avec la conviction que le monde serait bientôt à nos pieds. J'avais brusquement l'impression de retrouver cette jeunesse que j'avais prématurément perdue depuis que je roulais dans une Bentley dont on m'ouvrait la portière.

Au bout de quelques minutes, Thierry me dit, alors que nous passions justement devant l'escalier monumental du Casino qui se transformait chaque année en Palais des Festivals :

— Sais-tu que tu es drôlement regardée par les gens dans la rue ? C'est plutôt flatteur de se promener avec toi !

Sa remarque s'était voulue gentille mais elle me fit connaître un moment d'angoisse... Être regardée, j'en avais l'habitude, n'ayant toujours recherché que ça. Mais être reconnue au passage par l'un de ces parasites ou par l'une de ces femmes jalouses qui m'enviaient quand, accompagnée de Joseph, je faisais sensation dans les réceptions dont nous étions les vedettes incontestées, ou même qui venaient de défiler devant moi, au cimetière, cela risquait d'être scabreux pour ma réputation de veuve de fraîche date ! La chance voulut que je ne rencontre aucune personne de connaissance.

C'était très curieux mais j'avais l'impression que mon beau Thierry n'était pas de cette race des envieux ou des profiteurs. Ce en quoi je me trompais complètement ! Les jours qui suivirent me prouvèrent qu'il n'était pas un saint ! Mais, pour le moment, me croyant enfin libérée de toutes les contraintes qui m'avaient empoisonné l'existence pendant mon mariage, je ne pensais plus qu'à jouir pleinement de la nouvelle vie qui semblait s'annoncer pour moi. Une fois sur le port, je dis à mon compagnon, en lui désignant un restaurant qui s'appelait La Voile Bleue et où je n'étais jamais entrée :

— Si nous allions là ?

La Voile Bleue succédait au Sans-Souci... deux noms tout à fait indiqués pour une soirée d'escapade. Nous nous engouffrâmes dans l'établissement.

Il était à peu près désert, à l'exception de quelques touristes. Ce qui ne m'empêcha pas de me diriger vers une table située tout au fond de la salle en disant :

— Nous y serons plus tranquilles. Je déteste les terrasses !

Il passe tant de monde devant une terrasse sur le vieux port de Cannes ! Un peu cachée, j'aurais plus de chances de ne pas être repérée avec mon invité.

La Voile Bleue était spécialisée dans les produits de la mer. Aucun d'eux ne devait provenir de la région méditerranéenne, où les pêcheurs ne se fatiguent guère, mais sûrement de beaucoup plus loin. Ça sentait quand même bon la marée et la carte était variée.

— De quoi as-tu envie ? demandai-je sitôt installée.

Il n'y avait qu'à le regarder pour comprendre qu'il avait envie de tout, et en premier lieu de la jolie fille qui l'accompagnait, mais ça, ce serait pour un peu plus tard, quand il serait rassasié. Le seul petit ennui était qu'en découvrant les prix mentionnés sur la carte on pouvait avoir quelques hésitations...

— Et toi ? me dit-il, sans doute pour voir en fonction de mon choix si ces prix affolants pour lui ne m'effrayaient pas.

Ne laissant rien paraître, je répliquai, très sûre de moi :

— Aimes-tu les huîtres ?

Comme beaucoup de garçons de sa génération, il n'en raffolait pas. Devant son indécision je commandai le menu sans lui demander son avis, comme j'avais pris l'habitude de le faire lorsque j'étais avec Joseph qui adorait me voir commander. Dès que j'avais donné mes instructions il concluait toujours par ces trois mots : « Ce sera parfait ! »

Une soupe de poisson et un homard grillé, suivis d'un dessert que nous choisirions en fin de repas, le tout étant arrosé d'un bon chablis, nous conviendraient très bien. « Ce sera parfait », comme l'aurait dit le bon Joseph.

L'autorité dont je venais de faire preuve en commandant ce repas semblait avoir impressionné mon vis-à-vis qui me regardait maintenant avec autant d'admiration que de curiosité en se disant probablement : « Elle m'a invité, c'est déjà bien de sa part, mais j'espère qu'elle n'a pas bluffé ! Pourvu qu'elle ait les moyens de payer l'addition ! »

Après un moment de silence, je lui demandai :

— Pourquoi me regardes-tu de cette façon ? Et tu ne dis pas un mot ! Je t'impressionne ?

— Oh, moi ! Avant qu'une fille me fasse peur...

— Tu as raison... Dis-moi, il y a une chose que j'aimerais savoir : ton âge ?

— Vingt-trois ans.

— Et moi j'en ai vingt et un... Tu es né à Cannes ?

— A Grasse. Et toi ?

— Beaucoup plus loin... A part les marathons de danse au Sans-Souci, tu travailles ?

— Je me débrouille... Et toi ?

— C'était mon mari qui travaillait, mais il est mort.

— Parce que tu étais... ? Ah, bon ! Tu n'es donc plus une fille mais une « madame » ? Ça alors... Pourtant tu n'as pas d'alliance ? A cause du veuvage ?

— J'en ai une, seulement je ne l'exhibe pas partout ! Dis-moi, Thierry, est-ce que ça t'arrive quelquefois de lire les journaux ?

— Jamais ! Il n'y a rien dedans.

— Et d'écouter la radio ?

— Rarement et toujours par hasard ! J'aime mieux la télé...

— Qu'est-ce que tu préfères à la télévision ? Les nouvelles, les films, les jeux ?

— Les matches de foot ! Et à toi, ça te plaît le foot ?

— Ça m'intéresserait peut-être si j'avais dans ma vie quelqu'un que cela passionne...

— Ce qui n'était sans doute pas le cas de ton mari ? Qu'est-ce qu'il faisait ?

— Il était dans l'immobilier...

— Ils sont tous dans l'immobilier aujourd'hui ! On ne rencontre plus que ça dans la région... Il est mort jeune ?

— Oui et non. Il était très jeune de cœur.

— De quoi est-il mort ?

— Un accident...

— Mais toi, si tu as vingt et un ans, c'est donc que tu t'es mariée presque au berceau ?

— Le plus tôt que j'ai pu !

— Je vois ça... Ce qui fait que maintenant tu es bien tranquille ?

— Tu n'es pas bête, Thierry. Tu comprends vite !

La soupe de poisson était servie. Et délicieuse ! Nous la dégustâmes en silence tellement elle était revigorante... Notre conversation reprit avant l'arrivée du homard :

— Où habites-tu, Thierry ?

— A La Bocca... Oh ! J'ai une petite chambre dans une H.L.M... Je voudrais bien la quitter mais tout est tellement cher par ici !

— Moi aussi j'ai connu des petites chambres... Elles peuvent avoir leur charme.

— Et toi, où vis-tu ?

— Pour le moment, au Cannet.

— Pourquoi pour le moment ? Tu as l'intention de déménager ?

— J'aimerais voyager...

— Moi aussi ! Si tu as vraiment du fric, tu pourrais m'emmener avec toi ! Ce serait formidable ! Mon rêve serait de faire un voyage en moto, mais pas sur une petite cylindrée... Une grosse ! On partirait dessus tous les deux, puisque tu n'as plus de mari et que je n'ai pas de copine.

— Tu as pourtant dû en rencontrer quelques-unes ?

— Oui... et même des rudement jolies ! Seulement ça ne durait jamais... Manque de fric !

— Tu as encore tes parents ?

— Ma mère, qui tient un commerce à Grasse.

— Qu'est-ce qu'elle vend ?

— Que veux-tu qu'on vende d'autre à Grasse que de la parfumerie ? Quand elle le peut, elle m'aide, mais ce n'est pas fréquent ! Elle dit que je ne suis qu'un bon à rien... Ce qui est archifaux. Si j'avais un boulot intéressant, je pourrais faire des étincelles ! Seulement voilà : il faut le trouver ce boulot ! Et toi, à part ton mari dont ce n'est plus la peine de parler, il te reste de la famille ?

— J'ai un frère.

Le homard grillé était arrivé à son tour. Délicieux, lui aussi. Nous reprîmes notre dialogue avant l'apparition du dessert : une tarte Bourdaloue. Thierry commença :

— Qu'est-ce que tu veux faire après le dîner ?

— Aucune idée !

— Je t'emmènerais bien chez moi à La Bocca... Mais je te préviens : ce n'est pas luxueux !

— Oh, tu sais... le luxe je commence à m'en f... J'ai eu toutes les possibilités de l'apprécier quand j'étais mariée. Maintenant je cherche autre chose ! Mais on parlera de ça une autre fois. Pour l'instant j'aimerais bien aller chez toi.

— Je t'aurai prévenue... Et puis La Bocca, si ce n'est pas très loin d'ici, ce n'est quand même pas à côté... Ah ! si j'avais une moto !

— Et les taxis, ça sert à quoi ? Il n'y a qu'à en faire appeler un par téléphone.

— Mais ce sera encore toi qui paieras ?

— Il y a des jours comme cela où ce sont toujours les mêmes qui paient... Quand tu auras une moto sur laquelle tu m'emmèneras, ce sera toi qui paieras l'essence, Thierry... En attendant, pendant que je règle la note, dis au patron de faire venir un taxi. Tu n'as plus faim au moins ?

— Tu es folle ? Ça fait un bout de temps que je n'ai pas aussi bien mangé !

Un quart d'heure après, le taxi nous déposait à La Bocca, devant la porte d'entrée d'un immeuble H.L.M. sans âme et très laid de façade. C'était la première fois de ma vie que je pénétrais dans ce genre de bâtiment. Jamais, malgré mes pérégrinations depuis la banlieue de Budapest jusqu'aux *Lilas Blancs*, en passant par Vienne, Cagnes-sur-Mer, le garni de Beausoleil et les palaces monégasques, je ne m'étais aventurée dans un domaine aussi kafkaïen ! Tout y suintait la difficulté de vivre, depuis l'escalier délabré, aux murs maculés de graffitis dont il me fallut gravir cinq étages — l'ascenseur n'ayant pas été prévu dans cette bâtisse bétonnée — jusqu'à un couloir sombre dans lequel s'alignaient, de chaque côté, des petites portes numérotées et identiquement anonymes. J'étais pourtant encore sur la Côte d'Azur, mais une Côte très éloignée de celle à laquelle j'avais pris goût au point d'avoir dit un jour à Joseph : « Maintenant, je ne pourrais plus vivre ailleurs ! » Il me paraissait même incroyable que l'on ait osé y construire une telle horreur où la tristesse, l'inconfort et l'insalubrité n'avaient rien à envier à ces habitations qui ceinturent d'un carcan grisâtre les banlieues des grandes villes.

Quand Thierry ouvrit sa porte, le numéro 97, je ressentis la bienfaisante impression de m'évader du monde désespéré d'une caserne misérable pour pénétrer dans l'univers désordonné mais sympathique qu'avait réussi à se fabriquer un jeune garçon solitaire pour tenter de donner forme à ses rêves encore inassouvis... Ceux-ci s'exprimaient tout autour de la petite chambre, étalés sur les murs, sous la forme d'affichettes publicitaires vantant les mérites de différents modèles de motocyclettes, et de photographies de starlettes du show-business découpées dans des magazines spécialisés. Le mobilier se réduisait à une commode dont les tiroirs entrouverts laissaient apercevoir des piles de tee-shirts bariolés portant les inscriptions les plus saugrenues, des chemisettes de sport, des shorts et des chaussettes entassés pêle-mêle. Ce désordre devait être permanent ! Une penderie, nichée près de la porte et à demi cachée par un rideau de fortune, contenait, accrochés à des cintres, les vêtements les plus hétéroclites. Une table, placée devant la fenêtre, était presque entièrement recouverte de magazines et de journaux de sport. De livres, il n'y en avait point, et encore moins de bibliothèque où ils auraient pu aller se réfugier ! Le lit, qui n'avait pas dû être refait depuis quelques jours mais dont les draps donnaient cependant une certaine impression de propreté, complétait le mobilier.

Le cabinet de toilette, attenant à la pièce, n'était qu'une salle de douches sans baignoire. Enfin — et c'était peut-être là le miracle ? —, l'unique fenêtre, grande ouverte, permettait d'entrevoir la lune et au loin, très loin, la mer qui scintillait de ces reflets dont tout le monde a le droit de profiter, aussi bien la propriétaire d'une villa luxueuse comme la mienne que l'humble occupant d'une chambre perchée au cinquième étage d'une H.L.M. C'est aussi par cette fenêtre que pénétrait la fraîcheur de la très douce nuit méditerranéenne qui venait caresser presque avec une sollicitude attristée l'indescriptible pagaille régnant dans la tanière d'un garçon-qui-se-débrouillait-pour-vivre.

Thierry semblait trouver tout à fait normal qu'une aussi jolie femme fût là ce soir à ses côtés. C'était le toupet insolent de sa jeunesse qui m'avait fascinée dès le premier jour où je l'avais repéré au Sans-Souci et où il m'avait entraînée sur la piste de danse sans me demander mon avis... J'avais besoin de cette insolence pour contrebalancer les assauts serviles et hypocrites d'admirateurs forcenés qui attachaient beaucoup plus d'importance à la fortune de Joseph qu'à ma féminité. Avec Thierry, qui ignorait encore ma véritable identité, les choses se passaient enfin différemment. Ma beauté s'imposerait d'abord et l'argent — parce qu'il en faut bien pour faciliter l'épanouissement de la beauté — ne viendrait qu'après...

Ce soir, j'étais sûre que ce garçon sans complexes me voulait uniquement pour moi ! J'allais pouvoir me donner, si j'ose dire, incognito. Le jour où Thierry apprendrait mon identité et ma fortune — ce qui se produirait fatalement —, son comportement amoureux changerait peut-être du tout au tout ! Je devais m'y attendre mais j'aurais au moins profité de notre relation jusqu'à ce moment fatidique. Enfin, j'allais pouvoir faire l'amour avec un homme qui n'avait pas encore eu le temps d'apprendre à calculer et qui ne pensait qu'à la sensualité ! C'était exactement ce que je voulais ! Et ce serait là, dans cette modeste chambre d'H.L.M., loin de tout le luxe tapageur dont j'étais saturée, que ça se produirait... Même si l'expérience ne se renouvelait pas le lendemain, ni les jours suivants, qu'est-ce que cela pourrait bien faire ? Cette nuit magique ne m'aurait pas coûté cher : un dîner à La Voile Bleue et une toute petite promenade en taxi. Ce serait comme si j'avais eu mon partenaire à l'œil ! C'est fou les fantasmes insensés qui peuvent vous venir à l'esprit quand on n'attend plus après l'argent des autres...

Le lit n'était pas confortable mais, après tout, ce n'était pas un amour douillet que je recherchais ! L'amateur de motocyclettes devait être un rude cavalier... Et s'il le fallait, la fraîcheur de la brise marine viendrait tempérer son ardeur juvénile. Je lui demandai donc de laisser la fenêtre ouverte...

Un autre taxi me ramena aux *Lilas Blancs* le lendemain vers midi. Le monde n'appartient-il pas aux femmes qui se lèvent tard parce qu'elles obligent leurs amants à en faire autant même si leur travail les attend ? Ce n'était pas le cas de Thierry qui, contrairement à ses affirmations, ne fichait absolument rien ! Je m'en rendis compte au moment de le quitter après une nuit où, je dois le reconnaître, il ne se révéla peut-être pas un amant exceptionnel, mais où il me surprit par sa fougue et par une candeur assez touchantes. Il jouait les tombeurs dans les discothèques mais au lit, avec une femme telle que moi qui, bien qu'étant plus jeune que lui, n'avait plus rien d'une débutante, il ne faisait pas le poids ! C'était encore un enfant.

Un enfant terrible certes, mais ayant encore beaucoup à apprendre ! Je savais aussi qu'un garçon de vingt-trois ans n'est qu'un niais par rapport à une fille de vingt et un qui est déjà femme depuis qu'elle a compris à dix-huit les ravages qu'elle peut faire grâce à son charme et à sa beauté.

Au fond, Thierry m'amusait et je décidai de conserver pour le moment ce garçon, sans vouloir m'y attacher, mais juste pour satisfaire ma curiosité de femme qui veut voir jusqu'où ça ira. Après avoir réussi à dresser un milliardaire, je rêvais de mettre au pas un petit jeune au physique agréable. Je sais que je dois paraître assez monstrueuse en livrant cette nouvelle confidence... Mais, en vérité, je pense que lors de cette première nuit avec Thierry, je me comportai comme une femme assaillie par ses fantasmes, qui cherchait désespérément à remédier à son immense solitude.

Ayant donc décidé de le garder comme amant, je lui demandai, juste avant de descendre et alors qu'il n'avait même pas eu la civilité d'abandonner son lit pour m'accompagner au moins jusqu'à la porte :

— Tu as toujours envie d'avoir une moto ?

— Et comment !

— As-tu seulement ton permis ?

— Je l'ai passé l'année dernière.

— Montre-le-moi.

— Il est là, sur la table.

Après une vérification qui me permit de constater qu'il ne m'avait pas menti sur son âge, qu'il était bien né à Grasse, qu'il se prénommait Thierry et que son nom était Bontemps — nom qui lui convenait parfaitement ! —, je repris :

— Tu voudrais quoi, comme moto, une japonaise ?

— Tout le monde en a aujourd'hui, mais ça n'a pas la classe d'une Harley-Davidson !

— C'est quoi, ça ?

— Américain ! Tu n'en as donc jamais entendu parler ? Pourtant la chanson créée par Brigitte Bardot vantait les mérites de cette merveille !

— Je me moque pas mal de cette femme !

— Peut-être, mais ça n'empêche pas la Harley-Davidson d'être la plus belle de toutes les motos du monde ! C'est bien simple : quand on en possède une, on a le droit de faire partie d'un club très fermé de la Côte qui porte un nom formidable : Les Anges Noirs ! Si tu es un Ange Noir, que tu sois garçon ou fille, tu as le droit d'endosser une tenue spéciale en cuir noir, de chausser des bottes noires, d'enfiler des gants noirs et de porter un casque noir... Tu te rends compte ? A toi qui es blonde, ça t'irait rudement bien ! Tu en ferais des ravages !

— Comme doivent chercher à en faire tous les Anges Noirs ?

— Exactement ! Ça ne t'exciterait pas ?

— Mon Dieu... C'est à voir... Et ça va chercher dans les combien, une Harley-Davidson ?

— Assez loin ! Ce n'est pas donné mais si tu as un peu de fric, c'est presque un placement : le moteur est increvable ! Et, si on l'achète neuve, on bénéficie de la garantie pendant un bon bout de temps. C'est d'ailleurs préférable de l'acheter neuve plutôt que d'occasion, parce qu'il faut toujours se méfier des machines qui ont été conduites par d'autres avant vous ! Quand ils sont dévorés par l'envie furieuse de foncer sur la route, ils ne perdent pas leur temps en rodage ! Ce qui est mauvais pour le moteur et surtout pour l'acquéreur de seconde main.

— Il doit falloir être assuré ?

— Tu parles ! Ça aussi c'est cher, parce que ces vieux scribes d'assureurs n'ont jamais confiance dans les jeunes conducteurs... Ce qui est d'autant plus stupide que nous avons des réflexes bien plus rapides ! Tu imagines un pépé crispé sur une Harley-Davidson ? Il se ferait siffler s'il passait sur la Croisette ! Mais pourquoi me poses-tu toutes ces questions ? Tu as l'intention de t'acheter une moto ?

— Oh, non ! Moi, question transports, je suis parée sur terre et sur mer...

— Sur mer ? Tu as un bateau ?

— Je t'expliquerai ça plus tard... Ce n'est pas du tout à moi que je pense en ce moment, Thierry, mais uniquement à toi... Ça te plairait si je t'offrais cette Harley-Davidson dont tu rêves ? Ne crains-tu pas, si tu en possédais une, qu'elle ne devienne ta véritable maîtresse ?

— Il me faut les deux : la fille et la moto ! Maintenant qu'avec toi j'ai la première, tu n'as plus qu'à me faire cadeau de la seconde puisque tu me le proposes... Mais dis-moi : es-tu sûre d'avoir assez d'argent pour cela ? Ce n'est pas donné, une Harley-Davidson !

— Je vais essayer de me débrouiller. Ça s'achète où ?

— Le concessionnaire de la marque dans la région est un de mes copains. Il est à Juan-les-Pins... Normal, puisque c'est là qu'il y a tous les jeunes ! Si tu ne changes pas d'avis on pourrait aller le voir ce soir ?

— Rendez-vous à dix-sept heures... Ça te va ?

— Où cela ? Le Sans-Souci ne sera pas encore ouvert !

— Assez de discothèques ! Et puis il n'existe pas que Le Sans-Souci ! On se retrouve devant l'entrée du Casino à dix-sept heures. Je te prendrai avec ma voiture.

— Tu en as une ? Une quoi ?

— Ce sera la surprise... Et tâche d'être à l'heure ! A propos, tu n'as pas le téléphone ici ?

— Pas les moyens ! Mais ça viendra peut-être. Et toi tu l'as ?

— Oui.

— Mais tu as donc tout ? Une bagnole, un bateau, le téléphone...

— J'ai même beaucoup d'autres choses...

— Tu me donnes ton numéro pour que je puisse t'appeler ?

— Pas tout de suite. Je suis sur la liste rouge.

— Mince alors ! Tu es donc une personnalité ?

— On ne peut rien te cacher puisqu'on va se revoir... Tu sais que tu as tort de ne pas lire plus souvent les journaux... Figure-toi qu'on y parlait de moi il n'y a pas très longtemps à propos d'une cérémonie...

— Sans blague ? Tu es une star ?

— J'en suis devenue une à ma manière... Je file ! Embrasse-moi...

Je me penchai. Il m'embrassa goulûment de son lit après m'avoir agrippée avec son bras et fait basculer vers lui en me demandant :

— On recommence ?

Je ne pus même pas répondre tellement ses lèvres étaient scellées aux miennes. Combien de temps cela dura-t-il ? Je n'en sais rien et je n'en étais plus à mesurer les moments de plaisir. M'arrachant avec peine à son étreinte, je parvins quand même à me relever en avouant :

— C'est mieux ! Tu fais des progrès... Mais tu as encore beaucoup de choses à apprendre ! Je te donnerai des répétitions particulières. Seulement, il faudra m'écouter.

— Juré !

— Le taxi ! Mon Dieu ! je ne vais jamais en trouver un...

Je m'enfuis, courant le long du couloir sinistre, dévalant l'escalier sordide et peinturluré d'inscriptions obscènes...

Pendant le retour en taxi vers Le Cannet, je me sentais un peu groggy mais, dès que je le pus, j'essayai de réfléchir... Sans être exactement l'homme qu'il me fallait, il n'était pas tellement mal, ce jeune Thierry ! Surtout, il réagissait comme je l'avais subodoré le jour de notre première rencontre. Il était exactement le genre de petit profiteur dont j'avais besoin pour m'arracher à la pesanteur de mon luxe et surtout pour me rajeunir les idées... Avec lui pas de complications, pas d'esbroufe, pas de chichis ! Il ne pensait qu'à recevoir des cadeaux ! Il était exactement comme moi deux ans plus tôt avant que Joseph Kelmann ne me comble.

Le premier cadeau dont il rêvait, c'était une moto ! Et après tout, malgré le prix qui en était certainement prohibitif pour lui mais qui n'irait pas chercher tellement loin pour moi, cette Harley-Davidson ne serait qu'une peccadille en comparaison des fourrures, des robes, des bijoux, des diamants, de la Bentley, de la villa et même du yacht que je m'étais moi-même fait offrir. Et puis, ce qui m'avait plu chez ce garçon c'était que la seule perspective de pouvoir enfourcher bientôt la machine de ses rêves lui avait immédiatement redonné l'ardeur nécessaire pour m'embrasser comme je souhaitais qu'on le fît. Ce qui pouvait laisser présumer que je le tiendrais en laisse à coups de cadeaux : des petits, des moyens ou même des gros ; ils ne parviendraient pas de toute façon à écorner la fortune qui était maintenant la mienne. Quant à lui, enchanté de se voir installé dans une aussi bonne place, ça m'étonnerait qu'il continuât à rechercher d'autres compagnes, dans des discothèques ou ailleurs ! Il resterait dévotement à ma botte et ferait tout ce que j'exigerais ! Il serait en fait l'opposé absolu d'un Kelmann que je n'étais jamais parvenue à dominer réellement parce que c'était un personnage ingouvernable... Je devais me contenter de le remercier à longueur de journée pour tous les bienfaits qu'il voulait bien me prodiguer et de jouer la comédie, les yeux humides de fausse reconnaissance.

Et puis, si un jour j'en avais assez de mon petit motard, je n'aurais qu'à le plaquer en vitesse, comme je l'avais déjà fait naguère avec mes conquêtes de Monte-Carlo... Aucune ridicule scène de rupture ne serait nécessaire ! Il suffirait d'un cadeau, un de plus, et tout serait terminé. N'était-ce pas merveilleux, que de pouvoir entretenir ainsi l'amant de ses désirs et de le laisser tomber ensuite quand il aurait fait son temps ? J'allais enfin pouvoir réaliser l'un de mes rêves d'adolescente : je ressemblerais à ces stars ou à ces milliardaires américaines — pour qui j'avais une admiration sans bornes — qui changent de mari ou d'amant pour un oui ou pour un non chaque fois que ça leur chante... Sans regrets et sans scrupules, je n'aurais qu'à ranger les hommes répudiés dans le placard de l'oubli...

Arrivée aux *Lilas Blancs*, je traversai le parc le cœur léger. Enfin libre ! Enfin débarrassée du mari... Je n'avais même plus à craindre d'être espionnée par les domestiques : j'étais devenue l'unique patronne du domaine !

Au moment où je franchissais le seuil du vestibule, Paco surgit une nouvelle fois en me demandant sur un ton que je trouvai désagréable :

— D'où viens-tu ?

— Ça recommence ? Tu continues à m'espionner comme tu l'as déjà fait hier au moment de mon départ ? Mais tu n'es pas mon tuteur et encore moins mon père... En revanche, c'est moi qui t'emploie et qui te règle tes appointements de régisseur... Tu as le toupet de me demander d'où je viens ? Ça ne te regarde pas et dis-toi bien qu'à l'avenir je ferai tout ce que je voudrai sans demander l'avis de qui que ce soit ! Si ça ne te convenait pas, tu n'aurais qu'à partir. Et redevenir barman, par exemple. Me suis-je bien fait comprendre ?

Et tandis qu'il me regardait, ahuri, je continuai :

— Mais ça me surprendrait que tu aies le courage de partir ! Tu aimes trop l'argent et le secret que tu m'as confié risquerait de te créer de sérieux ennuis s'il était divulgué ! Mais il est évident aussi, au cas où tu resterais gentiment auprès de moi, que nous ne reviendrons plus jamais sur cette triste histoire. Par contre...

— Tu parlerais ? C'est une menace ?

— Non, Paco. Je te dois trop pour agir ainsi et avec toi, ce n'est pas comme pour les autres, je t'aime sincèrement ! Seulement, je ne veux plus que tu te mêles de ma vie privée, à moins que je ne te le demande. Je me sens assez grande et j'estime avoir été suffisamment vaccinée par mon mariage pour choisir moi-même à l'avenir mes relations... Maintenant, passons à des choses plus prosaïques : il est plus de midi et le déjeuner va bientôt être servi. Figure-toi que j'ai une faim de loup ! Nous nous retrouverons d'ici une demi-heure dans la salle à manger. Je compte sur toi pour prévenir tout le monde que Madame est rentrée.

Je regagnai ma chambre pour me laver et me changer, très heureuse de ne pas avoir raconté cette fois-ci à Paco, mon confident de toujours, la raison de ma fringale. Car c'est bien connu : l'amour ça creuse...

Le déjeuner, servi par Otto, fut silencieux. A la façon dont Paco me regardait, je me demandai si mon sermon de tout à l'heure n'avait pas fait de lui un ennemi.

Le repas terminé, nous n'allâmes pas prendre le café sur la terrasse comme nous en avions l'habitude. Avant de remonter dans ma chambre, j'annonçai seulement :

— Je ne dînerai pas ici ce soir. Nous nous retrouverons demain pour le déjeuner. Sais-tu ce que tu pourrais faire cet après-midi ? Aller jeter un coup d'œil du côté de Port-Canto pour voir si tout se passe bien sur le yacht. Et, s'ils te demandaient mes instructions, tu leur diras que le *Sabine* ne bouge pas pour le moment !

En traversant le vestibule je croisai Otto auquel j'ordonnai :

— Avancez la voiture à seize heures trente devant le perron en laissant la clef de contact. Je n'aurai pas besoin de vous. Je conduirai moi-même.

Je ne revis pas Paco. Au moment où je m'installais trois heures plus tard au volant de la Bentley, il n'était plus là. Sans doute avait-il compris ? Et je partis tout doucement vers mes nouvelles amours. J'étais en jean, sans capeline, sans bijoux...

Thierry m'attendait comme prévu devant l'entrée du Casino. Pour rien au monde il n'aurait manqué l'heure fixée ! Il avait trop peur de ne pas avoir enfin sa moto... Quand il me vit arriver au volant de la Bentley, il écarquilla les yeux, éberlué et admiratif.

— Monte ! criai-je.

Installé à ma droite, il n'eut même pas le réflexe de m'embrasser avant que nous démarrions, ce qui ne m'aurait pas déplu. Il était beaucoup trop fasciné par la voiture... Comme un gosse qui découvre un beau jouet, il s'exclama :

— Ça alors ! C'est encore plus formidable que je ne le pensais... Elle est à toi ?

— Ai-je l'allure d'une voleuse de voitures ? Quand je vole, mon chéri, c'est dans un tout autre domaine... Nous allons à Juan-les-Pins ? Il y a longtemps que je ne m'y suis pas arrêtée. Ça m'amusera.

Il resta aussi muet que Paco pendant le déjeuner. Mais je sentais que je commençais à l'intéresser sûrement beaucoup plus que toutes « les filles » qu'il avait pu draguer.

Le concessionnaire Harley-Davidson avait une curieuse dégaine : un personnage entre deux âges, à la chevelure poivre et sel, portant de grandes moustaches tombantes, solidement baraqué, grand, et ayant des mains énormes ressemblant à des battoirs. Sa boutique n'était pas exactement un magasin mais plutôt un hangar situé au fond d'une cour derrière un immeuble. Dès qu'il vit Thierry, il lui dit d'une voix rocailleuse et peu distinguée :

— Ah, te voilà ! Tu reviens... Elles te travaillent toujours mes « demoiselles » ?

Les « demoiselles », c'étaient les motos alignées côte

à côte sous le hangar, étincelantes de chromes, silencieuses, évoquant une meute de monstres modernes à l'arrêt mais prêts à bondir en crachant flammes et fumée.

— Sabine..., dit Thierry au commerçant en me désignant.

— Mademoiselle, répondit ce dernier en me tendant son battoir droit que j'osai à peine toucher tellement j'avais peur qu'une simple poignée de main ne me broie les doigts.

— Madame ! rectifia Thierry.

— Ah, bon ! Excusez-moi : vous faites si jeune ! Alors, comme ça, vous vous intéressez aussi aux Harley-Davidson ?

— Elles sont superbes...

C'est vrai qu'elles étaient rutilantes, les demoiselles ! Jamais je ne m'étais donné la peine de regarder une moto d'aussi près... Ça ne m'intéressait pas parce que ça ne correspondait en rien à l'idée que je m'étais toujours faite du luxe et du confort... Mais enfin, puisque je me trouvais là devant elles, je devais bien dire quelque chose d'un peu plus explicite :

— C'est surtout Thierry que ça passionne...

— A qui le dites-vous, madame ! Depuis le temps qu'il vient rôder ici autour d'elles... Seulement, comme je le lui ai dit : il faut de l'oseille pour s'offrir ça ! Et la maison ne fait plus de crédit ! Avec tous ces lascars qui ne cherchent qu'à frimer, j'ai été trop échaudé !

Pendant ce temps, Thierry caressait l'une des machines avec une délicatesse et un respect qu'il n'avait jamais dû avoir pour une femme... Il en était fou, c'était certain ! Cela devenait même presque attendrissant de le voir aussi enamouré.

— Vous voyez, repris-je à l'intention du garagiste, si c'était possible, j'aimerais assez lui faire plaisir... Laquelle préfères-tu, chéri ?

— Celle-là ! répondit-il sans hésitation en en désignant une.

Personnellement, je ne voyais pas très bien les différences entre ces beautés qui se ressemblaient toutes. Celle qu'il avait choisie était noire, habillée de ses chromes qui lui donnaient autant d'éclat qu'une robe de haute couture en lamé argent à une femme brune.

— A cause de la couleur ? demandai-je.

— La couleur est parfaite. Elle s'harmonisera avec celle de l'uniforme imposé par le club des Anges Noirs... Mais ce n'est pas l'unique raison : c'est le modèle le plus puissant et le plus rapide.

— Je veux bien te croire.

Puis, m'adressant au vendeur :

— Je l'achète pour Thierry. Acceptez-vous les chèques, monsieur ?

— Et comment, madame, à condition qu'ils ne soient pas en bois !

Je sortis un carnet de chèques de mon sac :

— Combien ?

Il énonça le chiffre après une courte hésitation comme s'il craignait que celui-ci ne m'effraie et en s'empressant d'ajouter :

— Il y a, bien sûr, la garantie totale d'un an...

— Thierry, as-tu un stylo ?

— Voilà...

Pendant qu'il me le tendait, sa main tremblait, mais pas du tout la mienne ! Je libellai le petit bout de papier sans une rature ! L'opération se fit dans un silence aussi recueilli que celui où nous avions apposé nos signatures en bas du registre des mariages de la mairie de Monaco. Cette fois, c'était le mariage de Thierry avec sa Harley-Davidson, et moi je n'étais que le témoin... pour la garantie !

En lisant mon nom sur le chèque, le marchand demanda avec surprise :

— Vous êtes bien madame Kelmann ?

— Je suis madame Kelmann.

— Mais...

— Oui, monsieur, je sais ce que vous allez me dire...

On a beaucoup parlé ces derniers jours dans les journaux et à la radio du décès accidentel de mon mari... Je suis sa veuve. Cela vous suffit comme référence ?

— Oh ! madame, qui ne connaît — ou plutôt qui ne connaissait la réputation de M. Kelmann !

— Même chez les motoristes ?

— Même chez eux, madame ! Vous savez, ce ne sont pas tous des ignares ! Il y en a de très bien ! Dans ma clientèle, j'ai un ancien officier de cavalerie en retraite, un patron de restaurant très coté, un banquier...

— Un banquier ? Il pourra vous confirmer que mon chèque est bon.

— Ça, j'en suis certain, madame.

Puis, se tournant vers Thierry dont l'ahurissement grandissait :

— Toi, mon petit, on peut dire que tu es un verni ! Connaître madame Kelmann au point de te faire offrir un cadeau pareil ! Ce sont tous tes potes qui vont en faire, une tronche, quand ils te verront caracoler là-dessus !

— Je peux la prendre tout de suite ?

— Bon sang, qu'il est pressé ! Il faut le calmer, madame ! Je sais qu'il a son permis mais ce n'est pas suffisant pour avoir le droit d'écraser tout de suite les gens ! Il te faut aussi la carte grise et le certificat d'assurance... Je vais m'occuper de cette paperasse. Ça demandera deux ou trois jours. La carte grise, à ton nom ?

— Évidemment ! Puisque c'est un cadeau, elle est maintenant à moi, cette moto...

— Si je demandais ça c'est parce que je pensais que madame, qui te l'offre, aurait peut-être préféré que tu roules, pour commencer, sur une machine qui soit immatriculée à son nom ? Ça t'obligerait à faire preuve de plus de prudence... Vous savez, c'est à cet âge-là, madame Kelmann, qu'ils sont les plus dangereux !

— Je m'en doute, monsieur ! Mais si on ne prenait pas de temps en temps quelques risques, la vie deviendrait vite fastidieuse... Et ne croyez-vous pas — vous qui devez en avoir vu défiler pas mal ? — que tous ces garçons perdraient beaucoup de leur charme si on exigeait d'eux qu'ils deviennent tout à fait raisonnables ? Moi-même, voyez-vous, je ne l'ai jamais été et je n'ai pas la moindre envie de le devenir ! Faites établir la carte grise à son nom, ainsi que la police d'assurance. Je paierai tous les frais.

— Je vais profiter de ce délai, madame, pour bichonner la machine.

— Quand sera-t-elle prête ?

— Disons vendredi prochain en début d'après-midi.

— Ce sera parfait, comme aurait dit mon regretté mari ! Nous viendrons la chercher. Au revoir, monsieur. Tu viens, Thierry ?

Il avait du mal à s'arracher à la contemplation de sa fiancée métallique et ce fut presque avec regret qu'il me suivit.

Dès que nous eûmes quitté le hangar, je lui demandai :

— Ne trouves-tu pas que c'est un drôle de nom pour une maîtresse, Harley-Davidson ?

— Tu ne vas quand même pas devenir jalouse d'elle ?

— Pas encore, mais ça pourrait peut-être venir...

Une fois en voiture, il me demanda, après avoir visiblement pris tout son temps pour ruminer sa question :

— Alors comme ça, tu es la veuve d'un homme très connu ? Qu'est-ce qu'il faisait ton mari ?

— La même chose que toi : un peu tout et rien... Il bricolait, seulement lui c'était sur de bonnes affaires... Et puis, ce n'était pas un flemmard !

— Moi non plus je ne le suis pas ! Maintenant que je vais avoir ma moto, tu vas voir...

— Tu feras des étincelles ?

— Et tu t'appelles madame Sabine Kelmann ?

— Ça te gêne ? Il faudra t'y habituer, comme beaucoup de gens l'ont déjà fait avant toi.

— Quand je te présenterai à des copains, est-ce que je devrai dire Sabine ou madame Kelmann ?

— Il vaut mieux Sabine ! Madame, ça jetterait un coup de froid et ça me vieillirait à leurs yeux.

— Toi ? Tu fais tellement jeune !

— Voilà bien la première petite chose gentille que tu m'aies dite depuis que nous nous connaissons ! Chéri, il faut essayer de te montrer aussi galant avec ta femme que tu sauras l'être avec ta moto.

— Tu n'es encore pour moi qu'une amie... Il y a beaucoup de filles qui voudraient être à ta place !

— C'est toi qui le dis ! Mais, comme tu es devenu mon protégé, à l'avenir il faudra toujours m'écouter, mon petit Thierry... sinon je te laisserai tomber et tu demanderas à une autre de payer l'essence que tu devras mettre dans le réservoir de ton bolide.

— Tu ne ferais pas ça ! On s'entend si bien !

— Ça pourrait aller encore mieux... Pour le moment nous allons faire un bon dîner qui te donnera, j'espère, des forces pour la nuit prochaine. Mais nous ne retournerons pas à La Voile Bleue ! Connais-tu Le Moulin de Mougins ?

— J'ai deux copines qui m'en ont parlé, probablement avec l'idée que je les y invite, seulement il y avait toujours cette satanée question de fric ! Elles m'ont dit que c'était fameux.

— Ça te plaira, mais avant d'y aller nous faisons un crochet par Port-Canto. J'ai quelque chose à t'y montrer qui devrait t'intéresser...

Arrivé devant le bassin des yachts, il s'exclama en désignant de l'index le *Sabine* dont les dimensions et la ligne écrasaient celles de tous ses rivaux :

— Regarde celui-là ! Mince alors ! Je ne l'avais encore jamais vu ici... Je me demande à quel richard il peut bien appartenir ?

— Ce n'est pas un richard mais une richarde : moi...

— Tu te f... de moi ?

— Je ne me f... jamais de personne ! Ne te l'ai-je pas prouvé en t'offrant la moto ? Apprends une fois pour toutes que quand je dis quelque chose à quelqu'un qui me plaît, c'est toujours vrai ! J'ai les moyens de ne pas mentir.

— Alors c'est ça le bateau dont tu parlais ce matin ?

— C'est ça ! On laisse la voiture ici. Viens : on va marcher un peu sur la jetée et s'approcher pour voir ma « demoiselle » à moi de plus près...

Au moment où je commençais à gravir la passerelle, malgré la pancarte fixée à l'avant de sa balustrade et portant la mention *Montée interdite*, j'entendis Thierry maugréer derrière moi :

— On ne va pas être expulsés ?

— Je suis ici chez moi. Tu n'as même pas regardé le nom de ce yacht ?

— Le *Sabine* ! ah, m... !

— Tu peux le dire, chéri. Ça porte bonheur.

Le commandant, qui se trouvait sur le pont avec l'un de ses hommes, se précipita pour m'accueillir :

— Madame Kelmann ! Je suis tellement heureux de vous revoir à bord ! Vous n'y étiez pas revenue depuis...

— Oui, ne parlons plus de ça, commandant, voulez-vous ?

Et, présentant mon « gigolo » qui se tenait toujours derrière moi comme un petit jeune homme timide :

— Thierry Bontemps, un de mes amis... Dites-moi, commandant, avez-vous reçu cet après-midi la visite de M. Paco ?

— Il est passé voici environ une heure pour me transmettre vos ordres : nous ne bougeons pas.

— Vous n'avez pas été trop importuné par des curieux à la suite de... l'accident ?

— Pas trop. Il y en a parfois qui discutent entre eux en montrant le *Sabine* du doigt, mais ils se sont raréfiés.

Puis, m'adressant à Thierry :

— Nous reviendrons un autre jour pour que je puisse

te faire tout visiter... Pas de problème à bord, commandant ?

— Aucun, madame.

— S'il le fallait, n'hésitez pas à téléphoner aux *Lilas Blancs*, soit à M. Paco, soit à moi.

— C'est promis, madame... Monsieur...

Je redescendis la passerelle, escortée de mon « suivez-moi, jeune homme » de plus en plus abasourdi. Commençait-il à comprendre enfin que, si j'étais toute disposée à le combler de ces cadeaux qui embellissent l'existence, il devrait en échange me rembourser en nature ? Et comme jusqu'à présent je n'avais pas été très gâtée dans ce domaine, je saurais me montrer de plus en plus exigeante ! La première expérience que je venais de tenter avec lui était loin de s'être révélée décevante, mais n'était pas entièrement concluante... Était-ce dû au manque d'expérience et à la jeunesse trop impétueuse de mon partenaire ? Ou n'était-ce pas moi qui souffrais d'une espèce de frigidité ? Jamais encore je n'avais connu cette exultation suprême du corps à laquelle je savais que ma féminité avait droit. Ce secret, je ne l'avais dévoilé à personne, pas même à Paco, mais je ne désespérais pas de rencontrer enfin le partenaire idéal qui saurait me conduire aux confins de la jouissance. Et si Thierry ne se révélait pas être l'homme de la situation, je l'abandonnerais pour un autre !

Le dîner au Moulin de Mougins fut exquis et ensuite, en dessert complémentaire, Thierry, aiguillonné par la perspective alléchante d'innombrables largesses, sut se montrer sensiblement plus convaincant que la nuit précédente. Ce que peut faire l'appât du gain est tout de même incroyable ! Ce ne fut pas la perfection absolue, mais enfin il y avait quelques sérieux espoirs...

Nous étions retournés dans cette abominable H.L.M., dont je remarquai pourtant beaucoup moins la laideur. Je me sentais devenir presque maîtresse de la situation. Il suffirait maintenant d'un dernier petit effort de Thierry et ce serait Byzance ! Aussi était-ce mon devoir de continuer à l'encourager. C'est pourquoi, le lendemain matin, je lui proposai, avant de le quitter et alors qu'il paressait comme la veille dans son lit :

— Continue à te reposer, mon amour. Tu as besoin de récupérer après les exploits de cette nuit. Tu verras : peu à peu je t'apprendrai une foule de choses, et peut-être finirons-nous par connaître l'accord parfait ? Sais-tu ce que tu feras dès que tu seras levé et habillé ? Tu te mettras immédiatement en quête d'une jolie garçonnière à louer, située dans un quartier correct de Cannes... Pourquoi pas dans l'un de ces beaux immeubles qu'on voit aux alentours du Palm Beach ? Tu ne peux plus rester ici ! Ce décor n'est digne ni de toi, ni de moi ! Tiens, prends ça...

J'avais jeté sur le lit une liasse de billets en continuant :

— Voilà du liquide. Je me doute bien que tu n'as pas de compte en banque ?

— Pas encore, mais si tu m'aidais à faire des économies...

— Toi, des économies ? Mais ça ne t'irait pas du tout ! Si on commence à en faire à ton âge, on devient très vite un vieillard ! Moi-même je n'ai jamais su ce que c'était.

— Comment es-tu parvenue alors à avoir autant de fric ?

— C'est mon mari qui a su faire quelques placements judicieux... Ensuite je n'ai plus eu qu'à l'épouser pour pouvoir dépenser.

— Et à le tuer pour t'en débarrasser !

— Pourquoi dis-tu cela ? C'est très méchant ! Ai-je l'air d'une tueuse ?

— Ne m'en veux pas : c'était pour blaguer... Tu l'as aimé, ce mari ?

— Ça ne te regarde pas... Et revenons à la garçonnière : il y aura sûrement une provision de garantie à verser à la signature du bail. Tu as là beaucoup plus qu'il ne faudra. Fais-toi donner un reçu en bonne et due forme par le propriétaire ou par le gérant s'il y en a un.

— Pour sûr ! Je ne suis pas débile !

— Avec l'argent qui te restera tu iras t'acheter un ou deux complets corrects pour les jours où je t'emmènerai dans des endroits où le jean ne suffit pas. Il te faut aussi une chemise blanche : ça fera plus soigné que tes chemisettes bariolées... Ne t'occupe pas des cravates : je m'en chargerai. Ce sont toujours les femmes qui les achètent à leurs amants... Et, c'est bien connu, les hommes n'ont jamais de goût pour choisir leurs cravates.

— Tout ça c'est très joli, mais je vais être aussi obligé de m'équiper d'une tenue d'Ange Noir pour enfourcher ma moto ! Je connais une boutique, près de la gare de Cannes, où on trouve tout : les blousons et pantalons de cuir, les bottes, les gants, les casques...

— Nous irons ensemble, puisqu'il me faudra la même tenue pour monter derrière toi !

— Tu as raison. Il n'y a rien de plus sexy qu'un couple de motards qui passe dans un bruit d'enfer sur une Harley-Davidson, l'homme au guidon, la fille derrière lui, le tenant par les hanches et collée contre son dos, avec des mèches blondes comme les tiennes qui s'échappent du casque pour flotter au vent ! C'est le rêve de tous les motards ! Depuis le temps que j'ai envie de le vivre, tu ne peux pas savoir comme je vais finir par t'aimer !

— J'y compte bien ! Passe-moi un coup de fil dès que tu as trouvé ta garçonnière. Mais attention ! Je veux une vraie salle de bains... Avant que tu ne signes, je préfère me rendre compte par moi-même... Ou ce sera meublé, ou ce ne le sera pas. Si ça l'est, on gardera ce qui n'est pas trop toc, et si c'est vide, on meublera... Pas question d'amener le mobilier que tu as ici !

— Pourtant, mon lit ?

— C'est toi qui vaux quelque chose, mon chéri, mais

pas ce plumard ! Quant à la commode, elle est trop petite pour contenir tout ce que je vais t'acheter... Et défense de faire des bêtises avec cet argent ! Il est uniquement destiné à louer le pied-à-terre et à t'habiller plus décemment, même si je reconnais qu'un certain laisser-aller ne te va pas trop mal ! Tu es une jeune canaille attirante... Dès que tu auras trouvé la garçonnière, téléphone-moi.

— Je voudrais bien mais tu ne m'as pas donné ton numéro et je ne sais même pas où tu habites, à Cannes ?

— Au Cannet... Une villa qui s'appelle *Les Lilas Blancs*. Tu y viendras un de ces jours en moto.

— Pourquoi pas ce soir, puisque tu n'as plus de mari ? On y serait mieux qu'ici en attendant que la garçonnière soit prête !

— Avant que tu ne viennes chez moi, il me faut préparer le terrain... Je t'ai dit que j'avais un frère... Il habite avec moi.

— Quel âge a-t-il ?

— Plus vieux que toi.

— Qu'est-ce qu'il fait ?

— Il s'occupe de la villa, du yacht et un peu trop souvent aussi de moi ! Mais je suis en train d'y mettre bon ordre.

— Tu t'entends quand même bien avec lui ?

— On s'adore ! Aux *Lilas Blancs* il y a aussi des domestiques.

— Ah bon ?

— Tu m'imagines faisant le ménage ?

— Si c'était ta vocation, sans doute aurais-tu déjà commencé à le faire ici, où ce ne serait pas du luxe !

— Ça ne vaudrait pas la peine de me fatiguer !

— Combien as-tu de domestiques ?

— Le moins possible, mais tout de même le minimum indispensable : un cuisinier, une femme de chambre et un chauffeur-maître d'hôtel qui sert à table et entretient la voiture, qu'il conduit quand ça m'ennuie de le faire !

— Tu n'aimes donc pas conduire ? Tu t'en tires pourtant très bien !

— Sûrement moins bien que toi quand tu seras sur ta moto !

— Mais tu me laisseras tenir de temps en temps le volant de la Bentley ?

— Pas avant que tu n'aies passé ton permis auto et à condition que tu continues à faire tout ce qui me plaira au lit ! Ce sera une autre de tes récompenses... Maintenant je file ! Pourvu qu'on n'ait pas abîmé volontairement ma voiture dans ce quartier douteux !

— Je te jure que si ça se produisait, je la défendrais, notre bagnole !

— Ne crois-tu pas que tu te l'appropries un peu vite ? Pour le moment la Harley-Davidson te suffira. A ce soir, à moins que tu ne m'appelles plus tôt pour la garçonnière ? Voilà mon téléphone.

Je lui tendis un bristol :

— Il est indiqué en bas...

Après l'avoir pris, il lut à voix haute, sur un ton admiratif :

— « JOSEPH et SABINE KELMANN, *LES LILAS BLANCS*, LE CANNET... » Joseph, c'était le prénom de ton mari ?

— Il le portait très bien... Mais maintenant, on peut le barrer.

Ce que je fis avant de lui rendre la carte en disant :

— Puisqu'il n'est plus là ! A tout à l'heure. J'attends ton coup de fil de toute façon, que tu aies trouvé ou pas.

— Où dînera-t-on, ce soir ?

— A bord du *Sabine*. Ça te plaît ?

— Tu es une femme fantastique !

— Souhaitons que tu conserves longtemps une aussi excellente opinion ! Bye...

Paco, semblant avoir retrouvé son sourire, m'attendait en haut du perron d'où il me demanda, en guise de bienvenue :

— Tu t'es bien amusée ?

— Amusée, ce serait beaucoup dire ! Disons que je me suis distraite... J'en avais grand besoin ! Et toi ?

— J'ai fait ce que tu m'as demandé hier : un petit tour d'inspection sur le *Sabine*, où tout est calme.

— Je le sais. C'est bien d'avoir suivi mes instructions. Continue et nous arriverons peut-être à nous comprendre à nouveau.

— Tu m'as donc espionné ?

— A chacun son tour ! J'ai encore plus faim qu'hier. On se retrouve à table dans une heure. Je vais me baigner et me changer.

En regagnant ma chambre, je me demandai si le sourire un peu en coin de Paco était de bon ou de mauvais augure pour la suite...

Le repas fut moins silencieux que la veille. J'ouvris le feu :

— J'ai rencontré un garçon adorable. Il s'appelle Thierry...

— Quel âge ?

— Celui qui me convient... Pourquoi ne chercherais-tu pas de ton côté une fille sympathique ? Ce serait beaucoup mieux pour faciliter nos rapports... Nous pourrions prendre nos repas ou sortir à quatre au lieu de n'être toujours que tous les deux à nous regarder en chiens de faïence ! Ça finira par devenir monotone, et je suis persuadée, maintenant que Joseph n'est plus entre nous pour créer une diversion, que si nous avons eu hier une petite prise de bec, c'est parce que nous sommes trop souvent ensemble ! Nous risquons de ressembler un jour à ces vieux ménages qui ne peuvent pas se passer l'un de l'autre, mais qui se lancent quand même des potiches à la tête ! Nous sommes trop jeunes pour en arriver là !

La réponse fut nette :

— Ça ne serait pas un garçon ou une fille incrustés entre nous qui arrangeraient les choses ! Toi tu peux faire ce que tu voudras mais moi, je te l'ai déjà dit, je ne me marierai jamais ! Où l'as-tu rencontré, ce Thierry ?

— A Cannes. Il danse divinement.

— C'est tout ce qu'il sait faire ?

— C'est aussi un champion de moto...

— Un champion ? Voyez-vous ça ! Ça présente au moins pour toi le mérite d'être nouveau dans ton existence... Pourtant, jusqu'à présent, tu ne m'as jamais donné l'impression d'être une fille tellement attirée par les sports ? Le tennis, la natation ou le golf ne t'ont pas enthousiasmée ! Évidemment, la moto, c'est autre chose... T'aurait-il déjà emmenée sur sa machine ?

— Ça va venir. Il a la plus belle moto du monde : une Harley-Davidson.

— Fichtre ! Alors, dans sa spécialité, ce doit être un crack ! Il paraît qu'il n'y a que des as sur ces engins-là... Seulement, prudence ! C'est dangereux ce mode de locomotion... Quand on fait une chute, c'est tout le corps qui prend, et le visage ! Pour toi, ce serait un désastre !

— Je porterai un casque.

— Ma petite sœur sous un casque ! Tu seras ravissante... et ça te changera de la Bentley !

— C'est justement ce que je voulais. Tu ne peux pas me comprendre ! J'ignore si ce sont tes interminables conversations avec Joseph qui t'ont transformé, mais sais-tu que tu es devenu un peu vieux jeu, Paco ?

— Moi ?

— Mais oui ! Il faut bouger et te remuer ! Les petites promenades digestives dans le parc au milieu des massifs d'hortensias, c'est très joli, les verres de champagne ou les cocktails dans les réceptions, ce n'est pas mal non plus, aller chercher de l'argent à la banque à chaque fois qu'on en manque, ce n'est pas trop désagréable, mais enfin, ça aussi ça finira par devenir monotone ! Pourquoi ne t'achèterais-tu pas une moto, à ton tour ? Ça te détendrait et te moderniserait... Il faut être de ton temps, Paco !

— Moi en moto ? Tu es folle ? Je hais le bruit d'un moteur. C'est pour cela que j'aime la Bentley. Elle est silencieuse, même quand elle roule !

— Sans doute préfères-tu le clapotis des vagues qui ondulent contre la coque d'un beau yacht ?

— Tu ne vas pas recommencer tous les jours avec cette histoire ! Mais qu'est-ce que tu veux, Sabine ? Que je m'en aille ? Que je me suicide ?

— Mon pauvre Paco, tu n'as pas assez de courage pour cela !

— Assez ! Déjà, quand tu n'étais qu'une fillette, je pensais que tu avais l'étoffe d'une petite garce, maintenant j'en suis convaincu ! Aujourd'hui tu es devenue une belle garce, mais grande, ce qui te va très bien d'ailleurs ! Les hommes raffolent de ce genre de femmes.

— Ne m'as-tu pas dit toi-même que les filles trop gentilles ne les intéressaient pas ? Je t'ai écouté, et voilà le résultat... Tu ne manges pas ?

— Je n'ai plus faim ! Cette conversation me coupe l'appétit.

— Deviendrais-tu une petite nature ? Serait-ce parce que je viens de t'annoncer avoir rencontré un beau garçon tout prêt à m'enlever sur sa moto que tu es chagriné à ce point ? Peut-être aussi parce que ce n'est pas toi qui me l'as trouvé, selon ta bonne habitude ? Eh bien, mon Paco, il faudra te faire une raison... Dans quelques jours, je t'offrirai la joie de te faire dîner en compagnie de Thierry. Ainsi tu pourras voir à quoi ressemble ce jeune garçon qui commence à sérieusement me plaire. Tu comprendras peut-être enfin qu'il est désormais inutile que tu continues de me présenter des partenaires qui te conviendraient beaucoup plus à toi qu'à moi parce que tu voudrais rester le patron de mes aventures ! Je te répète que c'est fini ! La patronne, c'est moi, et toi tu n'es que mon frère appointé pour ses bons offices de régisseur... Maintenant, si c'est une augmentation que tu veux pour me jurer de te montrer gentil avec Thierry, je suis toute prête à te la donner ! Tu sais très bien que j'en ai les moyens. J'attends ta réponse.

— Je crois que je vais te quitter.

— Parce que tu as peur d'un autre homme qui viendrait se glisser entre nous ? Ce serait la plus grande des erreurs ! Pour la dernière fois, je te dis que jamais personne ne pourra s'interposer entre toi et moi. C'est impossible ! Je t'aime d'un amour viscéral, Paco, mais j'ai tout de même le droit d'avoir une vie sentimentale, comme n'importe quelle jeune femme de mon âge ! Ne t'inquiète pas, Thierry ne servira qu'à me donner du plaisir, et rien de plus ! Tu es satisfait ?

— Je ne sais plus.

— Mange, maintenant. Tu as besoin de conserver tes forces. Et puis souris-moi, Paco ! Je t'en supplie...

— Je t'aime, Sabine.

— Mais je le sais depuis mon enfance ! Lève-toi, quitte ta place, fais le tour de la table et viens m'embrasser...

Il le fit. Son baiser sur mon front fut brûlant.

— Maintenant, retourne t'asseoir pour savourer ce chaud-froid de poulet qui est excellent.

Le repas se poursuivit en silence. J'avais gagné une grande bataille. Pauvre Paco !

A dix-sept heures, alors que je paressais tout habillée sur mon lit, le téléphone placé sur ma table de chevet sonna.

« — C'est toi, Sabine ?

« — Parle.

« — Je t'appelle du bar du Martinez. J'ai trouvé ce que nous recherchons. C'est juste à côté de l'hôtel, dans un grand immeuble qui donne sur la Croisette. J'ai dit à la gardienne, qui habite au rez-de-chaussée et qui a tous les pouvoirs pour traiter, que j'étais disposé à réserver l'appartement et, pour lui donner confiance, je lui ai montré les billets prouvant que j'avais l'argent. J'ai ajouté que j'avais besoin de l'avis de ma femme, que j'allais l'appeler tout de suite et que je reviendrais au plus vite avec elle.

« — Ta femme ? Mais tu es complètement fou, Thierry ! Je ne suis pas ta femme et je ne tiens pas à le devenir ! Je préfère rester ta maîtresse, c'est moins dangereux... Toi aussi, ça t'arrangera !

« — Pourtant, ce sera tout comme ! Et qu'est-ce que je pouvais dire ? Que tu m'entretenais ? Je n'ai quand même pas osé donner ton nom... Tu viens visiter ? C'est superbe, tu verras... Exactement ce que tu voulais, avec vue sur la Croisette. On peut même apercevoir au loin à gauche le *Sabine* accosté à la jetée de Port-Canto. Qu'est-ce que tu fais ?

« — Je saute dans la Bentley et j'arrive.

« — Avec le chauffeur ?

« — Sans le chauffeur ! Ça ne le regarde pas. Attends-moi au bar du Martinez. »

Au bas de mon escalier je me cognai presque dans Paco qui, comme par hasard, se trouvait là, perpétuellement aux aguets.

— Tu es bien pressée ! Qu'est-ce qui se passe ?

— Tout va bien. Appelle le *Sabine* pour leur annoncer que je viendrai dîner à bord avec un invité aux alentours de vingt heures.

— Ton fameux Thierry ?

— On ne peut rien te cacher !

— Et moi, tu ne m'invites pas ? Je croyais pourtant que tu voulais me le présenter ?

— Pas ce soir... Demain, après-demain ou un autre jour peut-être !

— A quelle heure rentreras-tu ?

— Ne compte pas sur moi avant le déjeuner de demain... Dis-moi : en regardant cet après-midi par la fenêtre de ma chambre, j'ai remarqué que le gazon de la pelouse avait tendance à jaunir. Si tu n'as rien à faire, tu devrais l'arroser. Par ici, le gazon a toujours soif.

— Je crois plutôt qu'il vieillit, comme ça nous arrivera à nous un jour !

— Tu te trompes, Paco ! Mets-toi bien une fois pour toutes dans la tête que ta sœur saura rester assez belle pour ne pas vieillir.

La garçonnière était élégante et bien meublée. Aucune critique à faire, à l'exception du prix de location qui était exorbitant ! Mais enfin il fallait s'y attendre : sur la Croisette on ne trouvait que des appartements de grand luxe. Et Thierry avait raison : depuis le balcon on pouvait voir le *Sabine* amarré à sa jetée. Et l'appartement était entièrement meublé, avec beaucoup de goût, il fallait le reconnaître, ce qui dispensait de rien acheter pour son aménagement. Bref, il n'y avait rien à dire, sinon la fameuse formule d'approbation chère à ce brave Joseph : « C'est parfait ! »

Ce n'était pas d'hier soir que je m'étais dit : « Si je trouve un jour un garçon pouvant me plaire, je l'installerai immédiatement dans une garçonnière bon chic bon genre où il se sentira sans doute dépaysé, mais où moi je serai parfaitement à l'aise pour satisfaire mes caprices les plus secrets. » Le comble du plaisir, pour une femme ayant quelques moyens financiers, n'est-il pas de parvenir à ce que son partenaire ait toujours vis-à-vis d'elle l'impression d'être une sorte de parvenu de l'amour qui doit accomplir de véritables prouesses sexuelles pour satisfaire celle qui lui fait l'insigne honneur de l'accueillir dans son lit ? Ce n'est qu'alors qu'il devient un admirable amant ! Mais mon honnêteté de maîtresse exigeante m'oblige à reconnaître qu'il ne doit pas être très facile de devenir mon amant ! C'est pourquoi celui qui y arrive a droit à de magnifiques récompenses.

J'eus cependant le tort de prononcer une phrase que je n'aurais peut-être pas dû dire aussi tôt devant mon protégé, au risque d'encourager ainsi ses appétits futurs :

— Bravo, Thierry ! Finalement ce n'est pas tellement cher pour ce que c'est... Tu pourras venir t'installer ici dès demain. En attendant nous allons dîner sur le *Sabine*.

Nous y fûmes reçus avec le cérémonial qui m'était dû et, pendant que je franchissais la passerelle au bout de laquelle le commandant et l'équipage m'attendaient, figés dans un garde-à-vous impeccable, je ne pouvais m'empêcher de sourire intérieurement en pensant au motard ébloui qui me suivait.

Il paraissait presque endimanché dans un complet bleu foncé qu'il avait réussi à acheter entre deux visites d'appartements. Le vêtement était correct et bien coupé. Tout d'ailleurs devait très bien lui aller, sa taille et ses proportions pouvant être aisément comparées à celles de ces mannequins qui portent dans les défilés des grands couturiers la mode masculine. Sa chemise était blanche, avec le col entrouvert. Il n'y avait pas encore de cravate, mais cela, c'était ma faute ! Je n'avais pas eu le temps d'y pourvoir... Du moins, son allure s'était nettement améliorée. Nous progressions à pas de géant.

Les présentations rapidement faites à l'équipage, j'entraînai Thierry vers le bar où je lui proposai :

— Que dirais-tu d'un verre de champagne pour te mettre en forme avant que nous ne fassions la visite complète ?

Il ne dit pas non et, une fois de plus, le steward déboucha pour nous une bouteille de Veuve Clicquot rosé... N'est-ce pas bouleversant pour moi de penser, alors que je revis ce moment après tant d'années, qu'il y eut cet après-midi-là avec Thierry à bord du *Sabine* une sorte d'étrange continuité ? C'était comme si la chaîne infernale de mes conquêtes ne voulait pas se briser !

C'était la deuxième fois que je visitais le *Sabine* sous la conduite du commandant, qui nous donnait avec une réelle bonne grâce beaucoup d'explications. Et je posai un tas de questions — sans doute saugrenues — pour donner l'air de m'intéresser aux plus petits détails de fonctionnement de ce palace flottant. Thierry restait bouche bée. Mais lorsque nous nous trouvâmes dans la salle des machines, devant les deux énormes moteurs Diesel, il s'exclama, extasié :

— C'est quand même autre chose qu'un moteur de Harley-Davidson !

Le commandant le regarda un peu ahuri, se demandant probablement où j'avais bien pu dénicher un pareil oiseau ! Si je lui avais confié que c'était dans une discothèque, peut-être aurait-il mieux compris...

Revenus à notre point de départ, je dis à l'officier :

— Il me serait très agréable, commandant, que vous consentiez à vous joindre à nous pour le dîner.

Il pouvait difficilement refuser. Et, le prenant à part dans un coin du bar pendant que Thierry se perdait dans la contemplation d'une carte marine encadrée face au comptoir, je lui dis à mi-voix :

— Surtout, commandant, évitons de parler du regrettable accident... Ce jeune garçon est tellement sensible que ça pourrait l'affoler !

— Vous pouvez compter sur moi, madame Kelmann.

La qualité du repas valut largement celle de La Voile Bleue. Nous parlâmes un peu de tout : des courants dans la Méditerranée et de la mauvaise humeur dont celle-ci sait parfois faire preuve, voire de sa traîtrise, des autres grands yachts qui la sillonnaient en ce moment, du vent insupportable qui déferlait du golfe de Gênes, d'une augmentation éventuelle des appointements du chef mécanicien...

— J'en dirai deux mots à M. Paco, commandant. C'est lui qui se charge de toutes ces questions. Mais vous pouvez être certain que toute requête exprimée par vous sera prise en considération.

La conversation se déroulait uniquement entre le commandant et moi. Sans doute intimidé, Thierry restait dans une prudente réserve qui n'était pas pour me déplaire. Au moins, il ne risquait pas de faire une réflexion idiote qui l'aurait fait passer pour un imbécile aux yeux du commandant.

Les agapes terminées, nous nous levâmes :

— Je ne vous retiens pas, commandant. J'imagine que vous avez beaucoup de choses à faire. Il est inutile de me réveiller demain matin. Je sonnerai pour le petit déjeuner. Bonsoir.

— Madame... Monsieur...

Nous étions enfin seuls dans le salon.

— Alors, chéri, ça t'a plu ce dîner à bord ?

— Pas mal du tout !

— Ça ne t'était sûrement encore jamais arrivé ? Et j'imagine que tu n'as jamais fait non plus l'amour sur un yacht ?

— Tu as tout deviné ! Une femme, ça se trouve plus facilement qu'un bateau comme celui-ci !

— Mais comme tu peux le voir, il y a un commencement à tout ! Viens...

Je l'entraînai vers la somptueuse cabine qui nous était en principe destinée à Joseph et à moi et que je n'avais pas encore une seule fois occupée. Le lit était immense et sa conception devait répondre aux instructions qu'avait dû donner Joseph quand il avait fait procéder à des aménagements à Chypre. Il avait tout prévu, Joseph, à l'exception de sa disparition prématurée qui l'avait empêché de profiter de cette couche de rêve en compagnie de sa petite femme adorée ! Brave Joseph ! Eh bien moi, cette nuit, j'allais en avoir l'utilisation avec un autre homme que lui : un beau garçon que j'avais choisi.

Contrairement à mes espérances, le résultat ne fut pas fantastique... il fut même presque pitoyable! Thierry fit bien tout ce qu'il put mais je le sentais gêné par un décor trop luxueux auquel il n'avait jamais été habitué. Il ne pouvait pas ne pas savoir que le lit avait été conçu pour des ébats de milliardaires... Moi non plus, je n'étais pas très à l'aise... Et cependant j'aurais dû être contente de me trouver à bord de mon superbe yacht, non pas pour y naviguer, mais uniquement pour y faire l'amour! Ce n'est qu'aujourd'hui, alors que j'évoque ce moment assez pittoresque de ma vie, qu'il m'est venu une étrange certitude: c'est le fantôme — je n'ose pas dire l'âme — de Joseph Kelmann qui revint cette nuit-là hanter le *Sabine* pour m'empêcher d'y connaître enfin cette plénitude sexuelle que je recherchais désespérément! Un fantôme jaloux et sournois qui devait murmurer au tréfonds de mon cœur, sans que j'aie pu même en prendre conscience alors que je me trouvais dans les bras de Thierry: « *Comment peux-tu te conduire ainsi, Sabine? Tu n'as pas honte? Si tôt après mon enterrement — moi qui t'ai tout donné, et particulièrement ce yacht où tu te vautres dans un lit qui aurait dû n'être réservé qu'à nous deux, en compagnie d'un garçon dont tu ne sais pratiquement rien! Tu oses me ridiculiser à ce point!* »

Ce que je vais écrire peut paraître abominable à ceux qui ont le culte des disparus: je n'éprouvais aucun remords! Comment aurais-je pu réaliser à ce moment que nous n'étions plus seulement deux dans la cabine, Thierry et moi, mais trois, avec le fantôme de Joseph! Il avait réussi à se faufiler entre Thierry et moi au moment précis où nous voulions nous aimer! C'était monstrueux! Un Joseph goguenard dont l'ombre se révélait inquiétante alors qu'il avait su se montrer tellement secourable de son vivant! Allait-il revenir ainsi, à chaque fois que je trouverais un amant, pour m'empêcher de connaître enfin la jouissance suprême en se vengeant de n'avoir pas été capable de me l'apporter lui-même ?

Finalement, Thierry et moi passâmes une nuit exécrable ! Nous étions déjà habillés depuis longtemps et sortis sur le pont circulaire quand le jour se leva sur la baie de Cannes. Le premier homme de garde que nous rencontrâmes était un marin, grec comme tous ses camarades, mais qui heureusement comprenait le français. Je lui dis :

— Vous informerez le commandant que nous sommes retournés à terre. Au revoir.

Je me hâtai vers la passerelle, toujours suivie de mon Thierry qui faisait une drôle de tête, et bien décidée à ne pas rester une minute de plus sur ce bateau que je commençais à haïr ! Cette coque de luxe ne venait-elle pas d'être le témoin silencieux et presque ironique de ce qui s'était soldé pour moi par un véritable fiasco ?

Nous courûmes presque en dévalant la passerelle jusqu'au quai... A cette heure-là, il n'y avait heureusement pas de curieux pour assister à une pareille déroute ! Cannes dormait encore.

Dès que nous fûmes dans la voiture, je demandai à Thierry :

— La gardienne t'a bien laissé la clef de la garçonnière ?

— Bien sûr ! La voilà...

— Il te reste sûrement encore de l'argent sur ce que je t'ai donné hier matin ?

— Pas mal, même...

— C'est bien : je suis contente de voir que tu n'as pas tout dépensé. Ça prouve que tu peux être sage, si tu le veux. Je voulais aussi te féliciter pour ton complet bleu, je trouve qu'il te va admirablement. Seulement je vais te faire une confidence : je te préfère de beaucoup en blouson et en jean...

— Qu'est-ce que tu diras quand tu me verras dans mon uniforme d'Ange Noir !

— Et sur ta moto ! A propos, n'est-ce pas cet après-midi que nous devons aller en prendre livraison chez ton copain de Juan-les-Pins ?

— Tu as de la mémoire !

— Toujours, quand il s'agit de gâter les gens que j'aime... En route ! Nous retournons à la garçonnière où nous inaugurerons la salle de bains et le lit.

— Le lit ? répéta-t-il, inquiet.

— Mais oui ! On va remettre ça, chéri... Nous ne pouvons pas rester sur une pareille défaite ! N'oublie pas qu'après, la Harley-Davidson t'attendra !

— Bon, on y va...

Je démarrai la Bentley et, pendant que nous roulions, je repris :

— Sais-tu ce que nous allons faire d'abord ? Nous arrêter au bar du Martinez, qui doit être en train d'ouvrir pour y prendre le confortable petit déjeuner que nous n'avons même pas eu envie de commander à bord ! Ensuite tu te sentiras beaucoup plus gaillard et après, vive « notre » garçonnière ! On y sera plus détendus que sur le *Sabine*. Pas vrai, mon Thierry ?

Effectivement, les choses se passèrent nettement mieux et je fus à peu près comblée. Il est vrai que l'ombre néfaste de Joseph ne se profilait pas sur les murs de la garçonnière : ici il n'avait aucune raison de venir me tourmenter. C'était le premier endroit, depuis mon mariage, qu'il n'avait pas choisi et payé lui-même. J'étais enfin « chez moi » !

A quatre heures nous étions à Juan-les-Pins, au dépôt de Harley-Davidson. Celle de Thierry était fin prête. Il l'enfourcha aussitôt. Sans attendre que le vendeur lui ait donné toutes les explications pour la conduire, il était déjà en train de faire des tours d'essai. Et plus ça pétaradait, plus ça résonnait dans la cour, plus il jubilait. A chaque fois qu'il repassait devant moi, il me lançait un regard de triomphe qui semblait dire :

« Reconnais que je la mérite, ma moto, après les galipettes de tout à l'heure ! » Ce n'était pas vingt-trois ans qu'il avait, mais cinq ou six, en tout cas moins que l'âge de raison... Et cela me ravissait.

Enfin, il arrêta son manège pour me demander :

— Tu ne veux pas faire un petit tour avec moi ?

— Je ne suis pas habillée pour, mon chéri ! Ce qu'il faut pour monter là-dessus, ce n'est pas ce tailleur Chanel, mais la fameuse tenue d'Ange Noir dont tu m'as parlé... Le mieux serait maintenant que tu suives la Bentley pendant que je rentrerai chez moi. Comme ça tu pourras repérer l'itinéraire et tu verras où j'habite... Mais, dès que je franchirai la grille du parc, tu me feras le plaisir de retourner dans ta garçonnière où tu attendras que je t'appelle. Mais ce ne sera peut-être pas avant demain matin vers onze heures.

Il parut déçu, ce qui ne me déplut pas.

— Pourquoi pas ce soir ?

— Parce que je dois dîner avec mon frère pour régler certains problèmes domestiques.

— Tu pourrais le voir à un autre moment...

— Nous avons toujours vécu ensemble et ce n'est pas ton entrée en tornade dans mon existence qui modifiera nos habitudes... Paco est très gentil, tu sais ! Quand vous vous connaîtrez, je suis sûre que vous vous entendrez admirablement tous les deux.

— Alors jusqu'à demain, j'ai quartier libre ?

— Oui, mais interdiction de ramener une fille dans ton nouveau domicile, sinon je me fâche tout rouge !

— Tu dois être très excitante quand tu es en colère...

— Ne fantasme pas... Je te couperais immédiatement les vivres et comme tu ne pourrais plus payer le loyer de la Croisette, tu serais obligé de retourner t'enterrer du côté de La Bocca.

— Je garderais quand même la moto puisqu'elle est à moi !

— Pas sûr ! Ça ne doit pas être donné, l'entretien d'un pareil engin ?

— Oh ! Je me débrouillerais...

— Comme tu l'as toujours fait, n'est-ce pas ?

— Je m'en servirais pour faire le coursier en transportant des plis urgents ou n'importe quoi d'autre... Mais ne t'inquiète pas ! Je n'ai aucune envie de courir des filles qui m'emmerderaient uniquement parce qu'elles voudraient profiter de la moto... Je t'ai toi, ça me suffit.

— C'est encore heureux ! Sais-tu ce que tu pourrais faire pour t'occuper, ce soir ? Retourner dans ta H.L.M. chercher les vêtements que tu veux garder, fermer la fenêtre qui doit être restée ouverte, boucler la chambre, rendre la clef au gérant et lui annoncer que tu pars sans laisser d'adresse.

— Bonne idée !

— Ensuite, tu te rendras dans cette boutique que tu m'as dit connaître et où on trouve les combinaisons en cuir, les bottes, les lunettes, les gants, enfin tous les accessoires vestimentaires indispensables à un Ange Noir... Comme je n'ai pas le temps de t'accompagner, tu achèteras deux tenues complètes : une pour toi et une pour moi, sans oublier les casques de protection. Tu n'as pas à te faire de souci pour ma taille : un rien m'habille et tout me va !

— Ce n'est pas compliqué : je sais déjà ce qu'ils ont dans le magasin... La grande, la moyenne et la petite taille, avec pour chacune un modèle destiné aux gros et l'autre aux minces.

— Pour moi ce sera taille moyenne et mince. Tu me la remettras quand nous nous retrouverons demain.

Nous repartîmes vers Cannes, moi dans ma voiture et lui derrière, sur sa Harley. Il m'était déjà arrivé d'être suivie quand je me trouvais au volant de la Bentley par des automobilistes attirés aussi bien par la voiture que par sa conductrice, mais jamais encore je n'avais roulé sur une route de la Côte escortée par un motard aussi docile qui ne cherchait pas à me dépasser en me faisant un bras d'honneur. J'étais comblée ! La seule chose qui m'inquiétait était qu'il roulait sans casque, puisqu'il n'avait pas encore eu l'occasion d'en acheter un. Tête nue, les cheveux au vent et rayonnant de fierté sur sa machine vrombissante, il était superbe, mon Thierry ! Pourvu qu'un agent trop zélé ne lui dresse pas une contravention pour absence de casque ! Ce serait un mauvais présage pour ses grands débuts sur la moto de ses rêves... La chance voulut que nous n'en vissions pas un.

Arrivés devant l'entrée des *Lilas Blancs*, il observa scrupuleusement mes consignes et je franchis seule la grille, en lui faisant de la main par la portière le V de la victoire en guise d'au revoir. Dans mon rétroviseur, je le vis faire aussitôt demi-tour et s'enfuir. De manière inattendue, cette séparation tout à fait provisoire me causa un petit pincement au cœur... Ce n'était pas qu'il commençât déjà à me manquer, mon motard d'amour... Non, ce n'était chez moi ni de la passion ni de la jalousie, son corollaire, mais uniquement de l'orgueil... La seule idée que celui dont j'étais persuadée de parvenir à faire bientôt mon valet de plaisir aurait peut-être l'outrecuidance, malgré ses promesses, d'enlever une autre fille avant moi sur la monture d'acier que je venais de lui offrir m'était insupportable !

Quand je m'arrêtai devant le perron, ce ne fut pas Otto qui m'ouvrit la portière, mais un Paco vert de rage, qui m'apostropha :

— Sais-tu quelle heure il est ? Je t'attends depuis midi.

— Mon pauvre chéri, tu dois être mort de faim !

— Tu es fière de tes exploits ?

— Pas mécontente... Mais quels exploits ?

— Le dîner galant suivi d'une nuit sur le *Sabine*...

— Ah ! Tu es déjà au courant ? Mon Dieu, que les nouvelles vont vite à Cannes...

— Ça frise le scandale !

— Quoi ? N'ai-je pas le droit de faire tout ce qui

me plaît sur un bateau dont je suis l'unique propriétaire ?

— C'est possible, mais tu n'as pas le droit de ridiculiser la mémoire de ton mari quelques jours après son décès sur le yacht qu'il t'a offert, et ceci sous les yeux d'un équipage qui a tout fait pour retrouver son corps quand l'accident est arrivé ! Quelle opinion veux-tu que ces hommes-là aient maintenant de toi ?

— L'opinion d'une bande de marins grecs, qui seraient sûrement au chômage dans leur pays s'ils n'avaient pas eu la chance d'être engagés sur le *Sabine*, m'importe peu ! S'ils sont choqués, ils n'ont qu'à retourner chez eux... Le commandant aurait-il eu l'audace de t'appeler pour te faire part de leur indignation collective ?

— C'est moi qui l'ai appelé à tout hasard, inquiet de ne pas te voir revenir à midi comme tu me l'avais annoncé.

— Inquiet ? Dis plutôt que c'est l'espionnite aiguë qui te ronge quand il s'agit de mes moindres faits et gestes ! Eh bien, pour te rassurer, je vais t'annoncer une bonne nouvelle qui va certainement te faire plaisir : ce soir nous dînons ici tous les deux, toi et moi, en tête à tête comme nous le faisions dans le deux pièces de Beausoleil à une époque pas tellement lointaine... Content ?

— Serais-tu déjà lassée de ton champion motocycliste ?

— Certainement pas. Il est adorable ! Je te le présenterai demain... Ainsi tu cesseras de me poser des questions à son sujet. Espérons que tu n'oublieras pas ta promesse de te montrer gentil avec lui. Ça m'ennuierait tellement d'être contrainte de faire un choix entre vous deux !

Le repas, servi par Otto, se déroula paisiblement. Mais à la fin, le café ayant été servi et Otto s'étant retiré à l'office, j'annonçai à Paco :

— J'ai pris la décision de vendre le *Sabine* qui est un gouffre pour l'entretien, et sur lequel je n'ai aucune envie de faire des croisières, même en invitant beaucoup de monde. Au bout de huit jours de mer tout le monde finit par se disputer. C'est toujours ainsi que ça se termine sur un bateau, où l'on est condamné à tourner en rond, même si ses dimensions sont respectables... Déjà, pendant mon voyage de noces sur ce paquebot italien qui était dix fois plus grand que le *Sabine*, j'ai pu remarquer qu'au bout d'une semaine beaucoup de gens ne se parlaient plus et ne se saluaient même pas quand ils se croisaient sur l'un des ponts ! Si l'on veut se brouiller définitivement avec quelqu'un, il n'y a qu'à l'inviter à bord d'un yacht, ce doit être radical... Donc, je liquide le *Sabine* et je te charge de l'opération avec, bien entendu, 10 % pour toi sur le prix de vente que tu obtiendras. Ça ne devrait pas faire une somme négligeable, étant donné ce que doit valoir ce bateau. As-tu une idée de ce qu'on pourrait en retirer ?

— Ton mari m'a confié, mais avec interdiction absolue de te le dire à l'époque, puisque c'était un cadeau qu'il te faisait, avoir dépensé entre l'achat au lord anglais et les travaux d'aménagement un peu plus de trois millions de dollars.

— Quand nous les aurons récupérés, nous les placerons en écoutant les conseils des banquiers de Joseph. Ce sera une bonne rente pour nos vieux jours... Qu'en dis-tu ?

— Mais tu n'as pas besoin de tout cet argent en ce moment !

— On n'a jamais assez de réserves, Paco ! Ce magot supplémentaire deviendra une sorte de garantie de sécurité comme l'ont été « nos » perles au temps de notre misère...

— Personnellement l'absence de ce yacht, si beau soit-il, ne me fera aucun chagrin. Mais à toi ?

— Encore moins ! N'oublions pas qu'il a porté malheur à Joseph et qu'il faut toujours se séparer d'un objet ou d'une demeure — quels qu'ils soient — qui portent la poisse... C'est un bateau maudit ! D'autre part, on y fait très mal l'amour... J'ai essayé cette nuit et j'ai compris ! Ces deux raisons ne te paraissent-elles pas suffisantes ?

Et comme il ne répondait pas, je poursuivis :

— Tu ne pensais tout de même pas que j'étais montée à bord avec Thierry uniquement pour lui faire admirer la salle des machines et boire une coupe de champagne ? Maintenant, j'ai sommeil... J'ai tellement mal dormi, la nuit dernière ! Bonsoir, mon Paco. Oublie comme moi le *Sabine* : ça vaudra mieux pour nous deux.

Installée dans mon lit, j'attendis jusqu'à minuit pour que la maison soit complètement endormie avant de décrocher le téléphone. Un simple petit contrôle pour voir si Thierry était bien rentré, s'il n'avait personne dans son lit et s'il ne se moquait pas de moi.

« — Allô ! Tu es seul ?

« — Évidemment !

« — Je ne te réveille pas ?

« — Je viens seulement de me coucher. C'est que j'en ai eu des choses à faire, après t'avoir quittée ! Heureusement que j'avais la moto ! Ce que ça peut être pratique pour se faufiler dans les embouteillages ! J'ai commencé par aller acheter les uniformes et les casques... J'ai mis tout de suite le mien pour repartir vers La Bocca et j'ai bien fait ! A la sortie de Cannes, il y avait deux flics-motards qui ne m'auraient pas loupé, surtout qu'ils sont tous jaloux de ceux qui roulent en Harley-Davidson. L'État est trop pingre pour leur en offrir. Ensuite j'ai commencé mon déménagement... Quel boulot ! J'ai été obligé de faire deux aller et retour entre la H.L.M. et la Croisette.

« — Tu n'avais pourtant pas tant d'affaires que cela ?

« — J'en ai pas mal quand même, avec les cassettes pour mon walkman et mes affiches de motos que je ne voulais pas laisser là-bas. C'est bien la moto, seulement on ne peut pas mettre grand-chose dans les sacoches. Il faudrait une petite remorque...

« — Ce ne serait plus une moto, chéri, mais un pousse-pousse motorisé ! Et ce serait surtout beaucoup moins sexy ! C'est tellement beau de voir passer un motard qui chevauche son bolide avec la silhouette d'un voyageur sans bagages...

« — Ou d'un voyageur et d'une voyageuse... J'ai aussi ton uniforme au complet. On se voit quand demain ?

« — Tu v[illegible] me cher[illegible]to à quatorze heures. Ça va[illegible]

« — C[illegible]

« — [illegible] pas d[illegible]on équipement dans [illegible] que je [illegible] enfin faire mon baptême [illegible]e sur la [illegible]rrière.

« — C'es[illegible]omis ! Je [illegible]erve même une super-surprise !

« — Laquelle ?

« — Motus et bouche cousue ! C'est un secret.

« — Maintenant on dort. Je raccroche. Bonne nuit, chéri.

« — Bonsoir, belle salope ! »

J'ai adoré cette insulte. Dans sa bouche elle devenait un compliment et grâce à elle j'étais sûre qu'il n'y avait pas de femme allongée à côté de lui pendant que nous parlions. Si cela avait été le cas, je l'aurais senti dans l'embarras pour répondre à mes questions, et puis il ne se serait pas risqué à me dire au revoir comme ça. De toute façon, tout ce qui lui arrivait depuis trois jours était trop beau et trop subit pour qu'il pût déjà commencer à me mentir.

Le lendemain, au cours du déjeuner, Paco me demanda sur un ton désinvolte destiné à faire croire qu'il n'attachait pas beaucoup d'importance à sa question :

— C'est bien aujourd'hui que tu as l'intention de me présenter ta nouvelle conquête ?

— Oui. Et ce sera même tout à l'heure, au moment du café, que nous pourrions prendre sur la terrasse.

— Je suis curieux de le connaître...

— Plus que lui sûrement ! C'est un garçon qui me donne l'impression de n'être pas très curieux du monde ni des gens... Du moment qu'il peut rouler sur sa moto, il est heureux !

A quatorze heures précises — ce qui prouvait que Thierry obéissait scrupuleusement à mes ordres —, alors que nous dégustions notre café assis sous l'un des parasols de l[illegible] caractéristique d'une motocyclette [illegible] à hauteur de la grille d'entr[illegible] qui j'avais donné l'ordre de [illegible], revint quelques instants p[illegible], pr[illegible] de Martien... Un garçon [illegible] d'une autre [illegible] intégralement vêtu de noir, portant un casque, de grosses lunettes lui mangeant le visage, chaussé enfin de hautes bottes de cuir qui lui donnaient une démarche de conquérant.

Arrivé en notre présence, il s'arrêta et eut une courte hésitation avant de relever ses lunettes sur le casque et de me demander, nous voyant assis devant la petite table ronde où se trouvaient les tasses :

— Peut-être suis-je en avance ?

— Au contraire, tu me prouves une fois de plus que tu as compris que l'exactitude est la politesse des rois ! Voici mon frère Paco... Thierry Bontemps...

La poignée de main entre eux ne fut pas des plus cordiales. Paco s'était levé en regardant avec une certaine stupeur ce visiteur qui ne ressemblait à aucun de ceux ayant déjà eu l'honneur d'être reçus aux *Lilas Blancs* du temps où le roi Joseph y régnait avec sa reine Sabine.

— Tu as laissé ta moto devant la grille ? demandai-je pour commencer par un sujet qui lui tenait particulièrement à cœur.

— J'ai trouvé plus prudent de la rentrer. C'est qu'elle fait des envieux, tu sais, ma Harley-Davidson ! Je l'ai déjà remarqué partout où je suis passé...

— Elle est pire qu'une jolie femme ! Mais que transportes-tu dans ce gros paquet ?

— C'est ta tenue d'Ange Noir, avec le casque et le reste...

— Donne vite ! Je grimpe dans ma chambre pour essayer tout cela et toi, pendant ce temps, tu restes ici et tu fais plus ample connaissance avec mon Paco chéri... Veux-tu un peu de café ?

— Je ne pourrais pas plutôt avoir une bière fraîche ?

— Elle arrive tout de suite, avec « le col bien tassé et la mousse au fond », comme disent les garçons de café ! En montant, je donne l'ordre à Otto de te l'apporter... Et prenez votre temps tous les deux parce que moi, c'est bien la première fois de ma vie que je vais m'habiller en scaphandrier-parachutiste ! Mais dis-moi, Thierry, tu n'as pas trop chaud sous ton casque ? Tu devrais le retirer pour bavarder avec Paco.

Il obtempéra aussitôt et je rentrai dans la maison avec mon baluchon.

Quand je revins une demi-heure plus tard, équipée des pieds à la tête en Ange Noir, ils étaient silencieux. Avaient-ils quand même un peu parlé en mon absence ? C'est Thierry, un peu plus tard, qui me raconta leur conversation, échangée sur le mode aigre-doux. Je me permets une petite anticipation dans mon récit en la relatant tout de suite :

« — Ma sœur m'a expliqué, avait commencé Paco, que vous êtes un champion motocycliste ?

« — Champion... enfin je voudrais bien le devenir !

Seulement ce n'est pas facile : il y a de la compétition et les copains ne vous font pas de cadeau ! Mais maintenant que je vais pouvoir m'entraîner sur une bonne machine, je le deviendrai peut-être...

« — Je n'ai jamais eu envie de faire de la moto, même quand j'avais votre âge... Mais quel âge avez-vous au fait ?

« — Vingt-trois...

« — Et quelle sensation éprouvez-vous en moto ? La griserie de la vitesse ?

« — L'indépendance... Quand on est là-dessus à plus de cent à l'heure, personne ne peut vous embêter !

« — Sauf les gendarmes !

« — Oh, ceux-là ! Ils seront toujours là pour emm... le monde ! Ils ne sont pas comme Sabine qui aurait plutôt tendance à s'occuper des gens.

« — Ma sœur a trop bon cœur... Et vous ?

« — Moi ? Je ne sais pas.

« — Vous l'aimez quand même un peu, Sabine ?

« — C'est surtout son genre qui me plaît... Elle est décontractée... Et, malgré sa fortune, elle ne se prend pas au sérieux. C'est la chic fille, quoi !

« — Je pense que vous savez qu'elle a été mariée ?

« — Et même qu'elle est veuve... Il était comment, son mari ?

« — Il ne vous ressemblait pas du tout ! Un homme remarquable qui, lui aussi, avait beaucoup de cœur... Il était généreux et adorait sa femme... La générosité, je ne pense pas que ce soit votre qualité dominante ?

« — Normal ! Pour être généreux, faut avoir les moyens, pas vrai ? Mais si l'on n'a rien à donner ! Seulement, maintenant que j'ai ma moto, je vais offrir à Sabine des belles balades !

« — Vous êtes prudent au moins ?

« — Assuré tous risques pour moi et pour mon passager si j'en emmène un... Aimeriez-vous que je vous emmène un jour, vous aussi ?

« — Merci pour l'invitation mais on verra ça plus tard... Qu'avez-vous pensé du dîner et de la soirée d'hier sur le *Sabine* ?

« — Ce n'était pas mal mais personnellement, pour la navigation, je préférerais l'un de ces canots à moteur qui filent à plus de cent à l'heure... Ce sont les motos de la mer ! L'autre jour il y en avait deux qui faisaient la course au large de Cannes... Quand ils viraient, ils laissaient derrière eux des immenses gerbes d'eau et ils faisaient un de ces bruits ! Ça résonnait dans toute la baie !

« — A part la moto, vous avez une autre activité ?

« — J'aime assez la photo.

« — Comme opérateur ou comme modèle ?

« — Les deux... Au moment du Festival, il y a souvent des filles qui me photographient sur la Croisette parce qu'elles me prennent pour une vedette ! Il paraît que je ressemble à Delon jeune... Certaines même me demandent de leur signer un autographe sur un bout de papier.

« — Et vous le faites ?

« — Pour rigoler, oui ! Je fais un gribouillis illisible, façon star, et elles repartent contentes. Quelles idiotes ! Notez bien que ça me plairait d'être quelqu'un de très connu !

« — Ça viendra peut-être ?

« — Si Sabine continue à m'aider, ce serait possible.

« — Parce que vous avez l'intention de vous faire aider par elle, comme ça, pendant toute votre vie ?

« — Pourquoi pas ? J'ai deux copains de la Côte, pas mieux fichus que moi, à qui c'est déjà arrivé... Ils ont rencontré deux femmes mariées pas trop mal qui, elles aussi, étaient bourrées de fric et qui en avaient marre de leurs maris, qu'elles ont remplacés par mes potes. Et ça gaze très bien pour eux depuis ! Le seul embêtement c'est que les maris sont toujours vivants et ne veulent pas accorder le divorce. C'est débile !

« — Ne croyez-vous pas que le refus des maris soit

plutôt pour vos amis une chance ? Ça m'étonnerait qu'ils aient tellement envie de convoler avec ces dames !

« — Ils ne sont pas fous ! Vous avez raison : il vaut beaucoup mieux que ça continue comme ça pour eux, tant qu'elles paient... Évidemment, pour Sabine c'est très différent puisqu'elle est veuve ! Il n'y a plus de mari.

« — Et son frère, qu'est-ce que vous en faites ?

« — Faut pas vous vexer ! Et puis Sabine m'a dit que vous étiez très gentil... Enfin, un frère, ce n'est pas pareil !

« — N'avez-vous pas l'impression qu'un frère pourrait être pire qu'un mari si vous ne lui plaisiez pas du tout ?

« — Moi ? Mais je ne vous ai rien fait ! Pourquoi m'attaquez-vous ?

« — Je ne tiens pas à ce que ma sœur unique, dont je me suis toujours occupé depuis que nous avons perdu nos parents, tombe dans les pattes d'un petit maquereau de votre espèce ! C'est compris, monsieur Bontemps ? »

Ce fut alors que s'installa le silence pour le moins pesant que vint rompre, quelques minutes plus tard, mon apparition, casquée, lunettée, gantée et bottée...

— Comment me trouvez-vous ? demandai-je, assez sûre de l'effet que je produisais.

— Fantastique ! s'exclama Thierry. Tu es le plus bel Ange Noir qu'on ait jamais vu ! Qu'est-ce qu'ils vont être épatés, les copains !

Paco resta beaucoup plus réservé.

— Alors, tu ne dis rien ? Ne trouves-tu pas que cette tenue renouvelle mon charme ?

La réponse vint, calme et glacée :

— Le seul avantage de cette combinaison de cosmonaute sera de t'éviter d'être reconnue si tu t'exhibes en compagnie de ce voyou...

— Voyou ! Thierry n'est pas un voyou ! C'est un garçon épatant !

Et comme ce dernier se rapprochait, menaçant, de Paco, je hurlai :

— Arrête, Thierry ! Cessez tous les deux de faire les imbéciles !

A cet instant, un grondement d'abord sourd mais très vite beaucoup plus accentué se fit entendre sur la route, à hauteur de la grille du parc.

— Qu'est-ce que c'est ? demandai-je.

— La surprise que je t'avais promise, Sabine ! répondit Thierry. C'est toute la bande des Anges Noirs sur leurs Harley-Davidson... Je leur ai parlé de toi et je leur ai dit à quel point tu t'étais montrée chic pour moi... Alors ils ont décidé de te rendre honneur en nous escortant pour ta première randonnée en moto. Ça te fait plaisir ?

Si ça me faisait plaisir ? Mais c'était inespéré d'être accueillie ainsi et d'être entourée par un escadron d'hommes casqués ! Brusquement je me sentis une âme de femme chef d'État protégée contre les hordes d'importuns. Ma garde personnelle et motorisée se composait aujourd'hui de jeunes garçons pleins de vie et de dynamisme !

Pendant que nous courions vers la grille, Thierry et moi, pour enfourcher nous aussi notre cheval de bataille, il me cria :

— Sais-tu où nous allons ? A Vallauris par les routes de l'arrière-pays.

— Pourquoi Vallauris ? Aurais-tu l'intention de m'offrir une poterie ?

— Elle serait vite cassée ! Non, il y a sur la grande place de Vallauris un bistrot où nous allons souvent et qui s'appelle *Au Rendez-vous des Motards.* C'est notre P.C. Dès que nous y serons, on procédera au baptême de notre Harley. Ça ne se fait pas au champagne mais au rosé de Cassis. Chacune de nos motos a son petit nom personnel. J'ai décidé que la mienne se nommerait *Sabine*, comme ton yacht ! Ça te plaît ?

— Ça m'enchante ! Je préfère de beaucoup me trouver sur une *Sabine* roulante que sur une *Sabine* flottante ! D'ailleurs la flottante ne va pas continuer longtemps à porter mon nom... Ça, je te le garantis !

— Et ton frère, pourquoi ne nous a-t-il pas suivis pour assister à notre départ ? Regarde-le : il est resté tout seul sous son parasol !

— Il boude. C'est sa manie... Ça lui passera !

Cette fois-ci, je n'eus aucune hésitation à monter en selle. Je n'étais plus la très chic Mme Kelmann en tailleur Chanel : je m'étais métamorphosée en Ange Noir ! Comme une bonne motarde chevronnée, j'agrippai des deux mains les hanches de Thierry assis devant moi sur la selle, après avoir ajusté au même moment que lui les lunettes sur mon visage. Nous devions avoir fière allure sous nos accoutrements de cuir !

D'un coup sec et précis du pied, Thierry mit le moteur en marche tandis que moi j'appuyais sur la commande portative permettant de faire s'ouvrir la grille à distance et que j'avais pris soin d'emporter, comme je le faisais toujours lorsque je conduisais la Bentley. La grille s'ouvrit à double battant... De l'autre côté, alignés en demi-cercle, une douzaine d'Anges Noirs casqués et dont je ne pouvais pas voir les visages — mystérieusement masqués comme ceux de membres d'une société secrète — nous attendaient sur leurs Harley-Davidson dont les moteurs tournaient au ralenti, prêts à repartir au quart de tour pour une nouvelle chevauchée fantastique !

Thierry prit la tête du cortège après avoir fait de la main droite un signe qui devait être celui du départ. Tous suivirent, roulant côte à côte par groupes de deux, alors que nous roulions en tête, ouvrant la route. J'étais l'unique « fille » de la bande, tous les autres ayant voulu rester seuls sur leur machine. C'était leur façon de saluer mon entrée dans le club. Et moi je découvrais enfin ce qui devait se passer, alors qu'elle roulait ainsi cramponnée au dos d'un homme, dans les pensées d'une compagne de motard, qu'elle fût son épouse, sa maîtresse ou simplement sa petite amie...

Son premier contact avec la moto avait dû se faire pour elle aussi simplement que pour moi aujourd'hui, en restant plaquée contre « son » Thierry qui roulait à un train d'enfer. Peut-être avait-elle aussi éprouvé la même impression : celle de faire sentir à son compagnon qu'il n'était plus seul sur sa machine, et qu'elle était là pour partager ses émois ou ses risques. Son rôle se réduisait à ne rien faire, pour que tout allât bien... Ayant déjà payé la moto et réglé tous les frais y afférents sans lesquels nous n'aurions pas pu nous déplacer, personnellement j'estimais avoir déjà royalement participé ! En récompense, n'avais-je pas le droit de profiter de ces bienfaits motocyclistes qui se nommaient le bruit, l'odeur d'huile chaude, le vent et la pluie, si elle apparaissait ?

En réalité, après seulement un petit quart d'heure de route, je trouvais déjà ces bienfaits très limités... Jamais je ne partirais pour un long voyage avec un amant sur un tel engin ! Mieux valait la Bentley ou même n'importe quel autre véhicule, à condition qu'il eût quatre roues et que ses dimensions fussent suffisantes pour contenir mes bagages...

Les bagages ! C'était pour moi un point capital auquel je n'avais pas encore songé, tellement j'étais fascinée par l'attrait de cette nouvelle aventure ! Pas une fois, même lorsque je n'avais pas grand-chose à me mettre et que nous avions émigré avec Paco, je n'étais partie sans emporter au moins deux valises contenant ce qui me paraissait être le plus précieux : mes vêtements ! N'étaient-ils pas les tout premiers accessoires de ma séduction ? Mais où les mettre sur cette Harley-Davidson ? Dans les deux sacoches de cuir qui pendaient de chaque côté à l'arrière, sous mes fesses ? Il n'y avait pas beaucoup de place, là-dedans ! Alors comment faire à l'étape ? Pour rouler, la tenue d'Ange Noir était parfaite, l'idéal même en cas d'intempéries, mais dans un restaurant, dans une auberge décente ou encore plus dans un bon hôtel, je ne me voyais guère entrant dans une élégante salle à manger vêtue de mon blouson, de mes bottes et mon casque à la main ! J'en conclus qu'il était amusant de faire de la moto, à condition de ne pas rouler trop vite et seulement pour de petites excursions. Malgré tous ses talents de pilote, qui devaient être avérés, puisque la bande des Anges Noirs n'avait pas hésité à lui confier le commandement, Thierry ne parvint pas, au cours de cette première sortie en ma compagnie, à me convertir aux joies assez spéciales que peut apporter une Harley-Davidson !

Toutefois, je me gardai bien de le lui dire quand nous arrivâmes à Vallauris. Pendant que nous roulions il m'avait d'ailleurs été impossible de lui confier mes impressions, le vent et la vitesse se chargeant de happer mes moindres paroles ! Et un tel aveu de ma part aurait trop cruellement déçu mon jeune amant alors qu'il faisait de son mieux pour me satisfaire, ayant très bien compris à qui il avait affaire.

Notre arrivée tonitruante au *Rendez-vous des Motards* ne passa pas inaperçue. Le club des Anges Noirs, dont je devais donner l'impression d'être l'égérie ce jour-là, avait envahi les lieux. La nouvelle *Sabine* fut baptisée au vin rosé de Cassis et, la chaleur aidant, tout le monde se débarrassa des lunettes et des casques. On put enfin voir les visages ruisselants de sueur et de plaisir. Il faut croire, aux exclamations enthousiastes qui accompagnèrent l'apparition du mien, que j'obtins un réel succès... Vous savez : ce genre de triomphe très relatif qui n'est réservé qu'à celle qui a eu la modestie de cacher sa beauté pendant quelques kilomètres ! Avec mon sourire enjôleur, j'achevai de conquérir tous ces garçons qui venaient de me découvrir.

Moi-même, en les regardant à mon tour, je fus agréablement surprise de constater que leurs traits n'avaient rien d'inquiétant. Certains même étaient assez beaux et ils me changeaient de tous ces viveurs aux visages fatigués qui hantaient les réceptions prétentieuses où je m'étais pavanée en compagnie de mon époux et d'où j'étais repartie écrasée de lassitude. Si bien qu'à chaque fois je rentrais avec une sensation de soulagement vers ce havre de fraîcheur qu'étaient *Les Lilas Blancs*... Mais hélas, cela faisait croire au bon Joseph que j'étais tout simplement satisfaite de me retrouver enfin seule avec lui dans l'intimité conjugale ! En réalité, j'appréhendais avec angoisse le moment fatidique où je devrais me livrer à des caresses que j'endurais de plus en plus difficilement.

Sans aller jusqu'à prétendre que ces Anges Noirs, redevenus pour un temps de simples clients de bistrot, me parurent tous attirants, je me pris presque pour leur reine parce que mon Ange à moi, Thierry, était de loin le plus beau du lot ! Cela prouvait que je ne m'étais pas trompée dans mon choix !

Le baptême de *Sabine* terminé, toute la troupe réendossa l'uniforme de parade et nous repartîmes, encore plus pétaradants, pour clore la cérémonie par un défilé sur la Croisette. C'était une idée de Thierry et rarement, je l'avoue, je ne me suis autant amusée !

Personne ne pouvait m'identifier sous mon casque, le visage caché derrière mes lunettes et le corps cramponné au pilote de la moto de tête... En revanche, moi, au passage, j'aperçus quelques figures de connaissance qui se bouchaient les oreilles pour tenter d'échapper au tintamarre que nous faisions et qui étaient loin de se douter que les mèches platine s'échappant du casque de la seule « fille » de l'équipée étaient celles de « la ravissante Mme Kelmann » ! Quel scandale cela aurait fait si on l'avait su ! Une fois de plus j'aurais eu droit aux honneurs de la presse, mais j'ai tout lieu de penser que les commentaires n'auraient pas été dithyrambiques... Oser s'afficher en plein jour sur la Croisette, à califourchon sur une moto et derrière les fesses d'un inconnu une semaine à peine après le décès de son époux ! N'était-ce pas une curieuse façon de porter le deuil ?

Les Anges Noirs eurent le tact de nous abandonner, mon pilote et moi, à hauteur de notre repaire d'amoureux, après nous avoir dépassés et salués les uns après les autres d'un large geste de la main qui semblait vouloir nous dire « bonne chance ! ».

Revenue dans la garçonnière, je m'effondrai sur le lit. Ce périple m'avait brisée. Quand Thierry me demanda :

— Qu'est-ce qu'on fait maintenant ?

Je ne trouvai qu'une réponse :

— Pour le moment, on dort !

Il parut surpris. Comment une petite randonnée sur notre Harley-Davidson avait-elle pu m'éreinter à ce point alors que pour lui c'était la vraie, la seule cure de jouvence existant au monde ! Qu'y avait-il de plus vivifiant que la moto ? Avec tout cet air qui vous fouette le visage... J'imaginais sa déception, bien qu'il n'osât rien dire... « Sa » Sabine volcanique était là, allongée, encore vêtue de son blouson de cuir et n'ayant pas retiré ses bottes, après avoir tout juste eu le courage de se débarrasser de son casque et de ses lunettes, les yeux clos comme si elle n'avait plus la force de les ouvrir... Elle dormait déjà, la séductrice, assommée de fatigue... Et ça se permettait de vous traiter de haut, comme si vous n'étiez encore qu'un gamin ! Mais que faire ? La laisser dormir et repartir faire un tour sur la moto ? Filer retrouver les copains qui devaient être déjà arrivés à Juan-les-Pins ? Et si elle se réveillait pendant ce temps-là ? Elle ne serait pas du tout contente de se retrouver seule ! Elle serait même capable de tout laisser tomber comme elle l'avait déjà fait comprendre : *« Tu n'auras qu'à en trouver une autre pour payer l'essence de ta moto ! »* Une phrase qu'on ne pouvait pas oublier !

Pour éviter les histoires, il n'y avait qu'une solution : s'allonger à ses côtés, en blouson comme elle, et patienter en faisant semblant de dormir... A moins de la secouer pour le bon motif ? Ça lui plairait peut-être ? On ferait ça en Anges Noirs ! Ce serait formidable ! Elle n'avait jamais dû connaître une pareille sensation ! C'était peut-être ça qu'il lui fallait pour prendre enfin son pied ? Si on essayait...

Mais ça ne donna rien ! Je dormais trop profondément. Découragé, Thierry n'eut plus qu'à rester allongé bien sagement, tout dépité de l'effet que m'avait produit l'escapade en moto.

Quand je me réveillai deux heures plus tard, il était toujours là, en blouson et botté comme moi, me regardant.

— Qu'est-ce que tu fais ? lui demandai-je.

— Je te tiens compagnie. J'ai essayé de dormir comme toi, mais je n'ai pas pu ! Je n'avais pas sommeil, moi. La moto, ça me réveille...

— Mon pauvre Thierry ! Tu m'as regardée dormir ?

— Il fallait bien...

— Je suis ravie de savoir que tu me contemples même quand je me repose... Comment suis-je dans le sommeil ?

— Tu ne changes pas ! Il y a peut-être pourtant quelque chose de mieux : tu te tais.

— Vilain ! Maintenant on se lève, on se déshabille, on se baigne, on se rhabille et on va dîner quelque part. J'ai faim, pas toi ?

— Bien sûr que si ! Où va-t-on ?

— N'importe où, puisqu'on sera en motards... Toi encore, tu as des vêtements ici pour te changer, mais pas moi ! Ce soir, je suis condamnée à rester en Ange Noir ! Ça ne m'ennuie pas, d'ailleurs. Peut-être vais-je même y prendre goût ?

— Et après le dîner ?

— On reviendra ici, et on fera l'amour. Ça te plaît, ce programme ?

Nous l'appliquâmes à la lettre, mais quand, au retour du restaurant déniché à Biot, nous nous retrouvâmes débarrassés de tout et nus dans le lit, Thierry eut beau faire des efforts, ce fut un désastre ! Au matin, j'étais folle de rage et lui complètement désemparé. Il me faisait presque pitié.

Pendant que je revêtais à nouveau mon déguisement d'Ange Noir, il me demanda sur un ton qui manquait nettement d'enthousiasme :

— Je te ramène chez toi en moto ?

— Surtout pas ! Appelle un taxi par téléphone.

— On se revoit à quelle heure ?

— Tu le sauras dans l'après-midi.

Sans que je le lui eusse demandé, il m'embrassa, mais sans aucune flamme. Je ressentis l'horrible impression que ça commençait déjà à devenir chez lui une habitude.

Dans le taxi qui me ramenait au Cannet, j'essayai de faire le point. Et brusquement la lumière se fit dans mon cerveau... Ce que je pouvais être sotte ! Ma petite sieste de l'après-midi n'avait pas suffi à réparer la fatigue causée par les trépidations de la moto. Voilà pourquoi, n'étant pas moi-même en bonne condition, nos exploits de la nuit s'étaient soldés par un fiasco... La garce ! J'avais rudement raison le jour où j'avais prédit à Thierry que sa moto pourrait devenir pour moi une rivale.

En me voyant revenir toujours casquée et cuirassée selon les canons de l'élégance à l'honneur chez les Anges Noirs, Paco me demanda :

— Aurais-tu désormais l'intention de t'habiller tout le temps ainsi ?

— Tu trouves que ça ne me va pas ?

— Tu le sais bien : tout te va, Sabine, même les déguisements de petit voyou.

— Je ne suis pas en voyou, figure-toi, mais en Ange Noir ! Ça ne te dit rien ?

— Non, mais te connaissant mieux que personne au

monde, je suis persuadé que tu es un ange blond qui serait capable d'avoir des idées tout à fait noires !

— Justement, à propos d'idées noires, j'ai l'impression qu'elles commencent à me menacer...

— Qu'est-ce que tu racontes ? Moi qui te croyais en pleine euphorie depuis quelques jours ! C'est la promenade en moto qui a produit cet effet ?

— Je n'en referai plus jamais ! J'ai compris... Cette machine est peut-être dangereuse pour son conducteur, mais je crois qu'elle l'est encore plus pour une femme amoureuse...

— Je ne comprends pas ?

— C'est pourtant simple... Si cette femme réalise qu'entre elle et une Harley-Davidson, un garçon débordant de vitalité préfère la moto et qu'en plus celle-ci parvient, dès le premier contact avec sa rivale féminine, à la mettre hors de combat, que peut-elle faire, la femme vaincue ?

— Laisser tomber l'homme sans hésitation !

— Mais pourtant, si celui-ci a des côtés attirants ?

— L'intelligence, peut-être ?

— Plutôt ce côté « voyou » que tu m'as accusée d'avoir moi-même à cause de mon déguisement. Je trouve que ça lui va bien.

— Tu as drôlement changé, Sabine, depuis le temps où tu ne recherchais que des hommes riches !

— J'aime toujours l'argent, mais je suis convaincue que la richesse de l'un n'est faite que pour compenser la pauvreté de l'autre ! Le vieux principe des vases communicants... Seulement, si le pauvre commence à se moquer de moi, rien ne va plus !

— Dis-le carrément : tu en as assez de lui ? C'est normal à ton âge. Et je ne suis pas inquiet : avec ta fortune, tu n'auras aucun mal à en lever beaucoup d'autres... Un de perdu, dix de retrouvés ! Veux-tu que je t'aide à t'en débarrasser ?

— Comme tu as su si bien le faire avec ce pauvre Joseph ? Surtout pas ! On a eu de la chance avec la police la première fois, alors ne tentons pas le diable. Non. Je vais garder Thierry encore quelque temps pour lui donner sa dernière chance.

— C'est-à-dire ?

— Celle de me satisfaire enfin physiquement ! Tu comprends ?

— Et s'il n'y parvient pas ?

— Il n'aura plus qu'à repartir sur sa moto.

— Que tu lui laisseras en cadeau de rupture ? C'est raisonnable. Mieux vaut terminer ce genre d'aventure au plus vite. Même si un garçon donne l'impression d'être le plus gentil de la terre, il peut devenir brusquement enragé s'il ne trouve plus d'os à ronger.

— Je te prie de ne pas te mêler de ça ! Maintenant je vais me changer et retrouver mes habits de femme du monde. A tout à l'heure, pour le déjeuner.

Je montai l'escalier sans attendre une réponse dont je n'avais que faire.

Vers seize heures, alors que je n'avais pas encore songé à le joindre, ce fut Thierry qui m'appela :

« — Alors ? Quelles nouvelles ?

« — Tu en auras demain en début d'après-midi.

« — Mais ce soir ?

« — Je dîne avec un autre ami. Tu dois te douter que j'en ai plusieurs...

« — Et moi ?

« — Tu te passeras de moi. Ça te permettra de réfléchir sur les inconvénients qui peuvent découler d'une nuit ratée.

« — Ce n'est pourtant pas ma faute ?

« — Tu as raison : c'est celle de la Harley-Davidson qui m'a crevée.

« — Tu la détestes ?

« — Je ne veux plus jamais monter dessus ! A demain... »

N'était-ce pas la bonne méthode, de le faire attendre ? Sinon il se croirait très vite indispensable ! Bien sûr, j'avais menti : aucun autre ami ne sortirait avec moi ce soir. Je n'avais dit ça que pour tenter de le rendre jaloux. J'ignorais, hélas, si j'y étais parvenue. Thierry était-il seulement capable d'être jaloux ? Peut-être d'un rival qui aurait une moto plus belle que la sienne ! Un drôle de garçon, ce Thierry...

Je ne bougeai pas des *Lilas Blancs*. Au dîner, Paco affichait une mine réjouie : il croyait sans doute avoir complètement récupéré sa petite sœur chérie. Et je lisais dans son regard combien il était satisfait de la tournure que prenaient les événements. Il se voyait déjà bientôt débarrassé d'un rival autrement plus inquiétant que Joseph Kelmann... parce que choisi par moi ! Et j'étais sûre qu'il brûlait de me proposer une nouvelle fois de m'aider à me débarrasser de Thierry...

Le lendemain en fin d'après-midi je retrouvai mon motard dans sa garçonnière. Sa première question fut :

— Tu n'es pas en Ange Noir ? Moi qui voulais t'emmener dîner à Golfe-Juan chez Testou pour y déguster la meilleure bouillabaisse de la Côte ! Toute la bande sera là et les copains amèneront leurs « filles » qu'ils te présenteront. Il y en a de pas mal du tout mais rassure-toi : tu seras quand même la plus belle !

— J'espère bien !

— Seulement tu ne peux pas arriver là-bas habillée comme ça ! Les autres filles croiraient que tu les snobes et leurs mecs seraient très déçus si tu ne portais pas notre uniforme ! Tu m'as pourtant bien dit que tu ne voulais pas t'exhiber en robe sur la moto ?

— Je t'ai aussi dit que je ne voulais purement et simplement plus faire de moto du tout ! La promenade d'avant-hier m'a amplement suffi ! Ils sont très gentils, tes copains, et ta moto est superbe, mais ce cirque ainsi que le baptême de la Harley au rosé de Cassis dans le bistrot de Vallauris m'ont fait comprendre que ce genre de plaisir trépidant n'est pas du tout fait pour moi ! Donc, nous n'irons pas chez ton roi de la bouillabaisse, ni ce soir, ni demain, ni jamais. Par contre je reviendrai te chercher avec ma voiture dans deux heures au plus, pour t'emmener dîner dans un endroit où tu n'as sans doute encore jamais mis les pieds... Ce sera une surprise... Il n'y a qu'un seul petit ennui : pour pouvoir être admis à entrer là où nous dînerons, le smoking est aussi indispensable que le harnachement imposé par ton club pour avoir le droit de faire une virée en Harley-Davidson... Comment faire pour te rendre présentable, mon pauvre chéri ?

— Deux heures, c'est plus qu'il ne m'en faut pour me débrouiller... Je connais une boutique rue d'Antibes qui ne paie pas de mine mais qui s'appelle quand même L'Homme Chic ! On peut y louer toutes sortes de fringues distinguées pour noces, soirées, banquets ou enterrements. Je m'y précipite. Quand tu reviendras ici je serai impeccable. Tu verras... Mais où se trouve-t-elle, ta surprise ?

— A Cannes. A tout à l'heure, et tâche de ne pas me décevoir !

Je ne sais trop pourquoi l'idée venait de me passer dans la tête mais j'avais brusquement décidé de redevenir une femme élégante... Finis les casques de protection, les grosses lunettes et les bottes en cuir épais ! Je sais que je suis une femme impossible et surtout une éternelle insatisfaite, comme toutes celles qui ont été trop rapidement gâtées par l'existence : quand je veux quelque chose, il me le faut tout de suite, mais je m'en lasse très vite, attirée par une nouvelle envie... Tel était également mon comportement dans le choix de mes compagnons de plaisir. Le seul homme qui ait réussi à franchir sans encombre cette succession ininterrompue de caprices, c'est Paco, dont je ne pouvais pas me passer à certains moments et que je détestais à d'autres ! Nous étions du même sang, lui et moi, ce sang hongrois qui ne connaît aucune mesure parce qu'il véhicule tour à tour la douceur et la violence, le charme slave et l'ambition, l'amour et la haine.

Ce n'était pas encore, comme avait semblé se l'être imaginé Paco avec une certaine délectation, que j'en eusse déjà assez de Thierry mais il était certain que ce jeune loup, malgré ses efforts et sa bonne volonté, n'était pas parvenu à rassasier mon besoin de sensualité... Et je commençais à me demander s'il y parviendrait jamais car, finalement, nous avions tenté l'expérience dans des endroits fort différents : une H.L.M., une cabine de yacht luxueuse, une garçonnière sur la Croisette.

Au fond, Thierry ne devait être un garçon pleinement épanoui que sur sa Harley-Davidson, sans prêter grande attention à la femme qui s'y trouvait aussi, assise derrière lui et s'agrippant à ses hanches. Mais je voulais quand même lui laisser une dernière chance...

Je connaissais le Thierry déchaîné des discothèques, le Thierry à peu près civilisé capable de dîner à bord d'un yacht, le Thierry Ange Noir dont le plus grand plaisir était de réveiller la nuit un paisible quartier lorsqu'il le traversait en trombe sur son bolide... Il me restait à découvrir le Thierry sachant porter le smoking avec désinvolture au cours d'une soirée mondaine... De quoi aurait-il l'air en smoking ? Pourvu qu'il ne me rappelle pas tous ces commis de restaurant que j'avais connus au cours de mes premières aventures monégasques ! S'il en était ainsi, ce serait la preuve irréfutable qu'en dépit de mes largesses et de ma compréhension à son égard, je n'étais pas arrivée à faire de lui le partenaire idéal. Et ce serait pour moi une nouvelle défaite qui serait inacceptable !

Pour éviter un pareil échec il était indispensable que je fisse moi-même l'effort d'apparaître éblouissante à ses côtés : cela stimulerait son propre besoin de se montrer sous l'apparence du séducteur-né auquel aucune femme n'a le courage de résister. S'il remportait ce triomphe dans le lieu où j'avais décidé de l'emmener pour m'afficher ostensiblement en sa compagnie, ce serait gagné ! Ensuite, dès que nous retrouverions notre garçonnière, grisé par ce succès de mâle envié qui se « tapait » — le mot n'est peut-être pas très distingué mais n'est-il pas le seul approprié à la circonstance ? — la femme la plus désirable de la soirée, peut-être pourrait-il enfin remplir le devoir de reconnaissance que j'attendais désespérément de lui depuis quatre nuits et qui me libérerait définitivement de cette insoutenable frustration qui m'obsédait.

Cette créature étincelante, dotée de la féminité ravageuse capable d'éveiller les désirs les plus fous chez un homme, je ne fus pas longue à la parer quand je me retrouvai dans mon boudoir des *Lilas Blancs* pendant que, de son côté, Thierry devait être en train d'essayer fébrilement un smoking dans cette boutique, L'Homme Chic, dont il m'avait parlé avec un certain enthousiasme.

Mes placards regorgeaient de vêtements et d'accessoires de mode, je n'avais que l'embarras du choix ! J'optai pour une longue robe noire que je n'avais encore jamais portée et dont le décolleté avait toutes les audaces. Et, sous prétexte de protéger ce décolleté des traîtrises des nuits fraîches de la Côte, je recouvris mes épaules d'une cape de renard blanc que tout le monde ne pouvait pas porter et qui me permettrait de faire, en compagnie de mon beau Thierry, une entrée aussi remarquée que celle tellement réussie deux années plus tôt au cabaret de Monte-Carlo, après que Joseph m'eut offert la première cape en zibeline de ma vie ! L'effet de tant de blancheur contrastant avec la sobriété de ma longue robe noire serait saisissant ! Ce serait d'ailleurs une tenue de circonstance, puisqu'une veuve aussi récente se devait, pour la bienséance, de porter au moins les teintes du demi-deuil.

Alors qu'ainsi vêtue je me contemplais avec une réelle satisfaction dans la triple glace en pied, témoin de mon élégance depuis le jour de mon arrivée aux *Lilas Blancs*, une question me taraudait : quels bijoux devais-je porter ? Parce que enfin, jusqu'à ce soir et pendant toutes les équipées que nous venions de vivre, Thierry ne m'avait jamais vue parée du moindre bijou ! Le moment n'était-il pas venu de jeter tous mes feux ? Et qui sait ? L'éclat des pierres précieuses contribuerait peut-être à aviver la flamme de mon partenaire pour que je puisse connaître enfin ce feu d'artifice sensoriel que je voulais absolument m'offrir ? Mais laquelle de mes bagues conviendrait le mieux pour l'éblouir ? Le rubis... Ne s'accorderait-il pas avec son caractère impétueux qui, me semblait-il, pouvait à certains moments virer vers le rouge ? L'émeraude... j'avais entendu dire qu'elle pouvait parfois porter malheur ! Et il est vrai que je la portais à mon annulaire gauche le jour où j'étais allée rejoindre mon yacht à Saint-Tropez... Il y avait aussi le diamant de la bague de fiançailles... Mais ne serait-ce pas d'assez mauvais goût que de le porter le soir où j'avais l'intention de sceller plus solidement ma liaison avec un « fiancé » beaucoup plus jeune que Joseph ? Et si je me passais de bague et me limitais à un collier ? Pourquoi pas celui de perles noires qui créerait un effet supplémentaire sur mon décolleté entouré de renard blanc ? Mais les mauvaises langues trouveraient peut-être que j'exagérais dans ma recherche ostentatoire du demi-deuil ! Non, pas de perles noires ! Pas de collier ! Mais quoi alors ? Et brusquement, l'idée salvatrice et lumineuse jaillit : les boucles d'oreilles de mon destin ! Ces deux perles précieuses en forme de poire ! Le prétendu cadeau de mariage de Paco que j'avais laissé dormir dans le coffre de ma chambre depuis des mois en me promettant de ne l'en ressortir que pour un événement exceptionnel... Or, si Thierry réussissait, cette nuit ne serait-elle pas exceptionnelle ? Et il ne se doutait même pas que ces perles miraculeuses pouvaient exister ! Ce seraient elles qui l'inspireraient pour accomplir des prouesses car, même entièrement nue dans le lit, je les garderais. Ce serait mon unique parure et mon seul vêtement pour vivre enfin ce moment de jouissance tant espéré !

Ce ne fut cependant pas la première chose que Thierry remarqua lors de mon entrée dans la garçonnière mais l'ensemble de ma toilette le fascina. Son admiration se traduisit par ce jugement :

— Je te garantis que tu ne fais pas fauchée !

— Et toi, laisse-moi t'examiner... Sais-tu que ça te va très bien le smoking ? C'est à croire que tu as l'habitude d'en porter un tous les soirs... Approche-toi pour que je refasse ton nœud de cravate : tu l'as trop serré, ça fait larbin ! Voilà : c'est mieux... Pas de pochette de couleur avec un smoking ! Laisse cette détestable habitude aux nouveaux riches et aux parvenus... Remplace-la par un mouchoir blanc qui fait distingué parce qu'il n'attire pas l'attention. Tourne-toi et marche un peu... Tu as loué aussi ces souliers vernis noirs ?

— Je les ai achetés.

— Tu as bien fait. J'avais complètement oublié de te parler de cet élément vestimentaire essentiel : c'est à la qualité de ses chaussures que l'on reconnaît un homme soigné.

— Le patron de L'Homme Chic m'a dit que c'était ce genre de chaussures qu'il fallait porter avec le smoking. Quand j'ai été chez lui, j'avais des souliers jaunes : je reconnais que ça n'allait pas très bien.

— Je suis fière de toi, Thierry ! On fera très vite de mon amant sinon un homme du monde, du moins un garçon du demi-monde, ce qui n'est déjà pas si mal à notre époque ! Approche... Embrasse-moi mais sans me démaquiller ! Ce sera ta récompense pour avoir compris quel compagnon je voulais auprès de moi ce soir...

Incontestablement et en tenant compte du peu de temps qu'il avait eu pour réussir pareille métamorphose, il était très présentable. Il faisait peut-être encore un peu mannequin de vitrine mais, après une ou deux danses, il se départirait de son élégance forcée et les choses s'arrangeraient.

— Maintenant que nous sommes prêts, nous pouvons partir.

— Où va-t-on ?

— Tout près d'ici : au Palm Beach. Il y a une soirée de gala où je tiens à me montrer avec toi. Tu devrais être fier ! Ce sera ma toute première sortie de jeune veuve... Ça ne te flatte pas d'être mon consolateur ? La Bentley nous attend en bas. Ce soir je suis venue avec le chauffeur, que tu ne connais pas encore. Il s'appelle Otto : il est très bien. Ça fera plus cossu pour arriver et pour repartir du Palm Beach où il y a toujours une nuée de photographes massés à l'entrée pour traquer les célébrités. Demain tu en seras devenu une puisqu'on te verra à côté de Mme Kelmann dans les gazettes... Ça ne te plaît pas ?

— Si les copains Anges Noirs me voient, qu'est-ce qu'ils vont être soufflés !

— ... et béats d'admiration pour ton exceptionnelle réussite ! Seulement un succès pareil, ça doit se mériter ! Cette nuit, quand la voiture nous aura ramenés ici, tu devras gagner tes galons de maréchal de mon cœur ! Ne trouves-tu pas que c'est joli, cette appellation ? En route !

Nous fîmes sensation au gala. Suivie par mon nouveau faire-valoir et précédée par l'un des maîtres d'hôtel qui se confondait en salamalecs, je rejoignis la table que j'avais fait réserver intentionnellement en plein centre pour être vue de tout le monde. Sur notre passage je reconnus des gens que j'avais déjà rencontrés dans toutes les réceptions ou festivités de la Côte. Ce qu'ils se disaient, je n'avais pas besoin de l'entendre ! Je le devinais... Et j'étais secrètement ravie de pouvoir faire naître ainsi une atmosphère de scandale public dans le cénacle d'envieux et d'imbéciles qui ne demandent qu'à s'y montrer ! Je les imaginais en train de chuchoter entre eux : « *Non, mais regardez-la celle-là ! Elle n'a pas été longue à se consoler de la disparition de son mari ! Et quelle disparition ! Bien étrange... Elle serait dans le coup que cela ne nous étonnerait pas ! C'est une petite intrigante dont l'ambition et les appétits sont démesurés... Elle prétend être la dernière descendante d'une grande famille magyare ruinée par la révolution bolchevique... C'est à voir ! On dit aussi qu'elle aurait été femme de chambre dans un palace à Monte-Carlo... En tout cas elle n'a pas hésité à se faire épouser par le juif Kelmann pour redorer son blason ! Et ce dont vous pouvez être certain, c'est qu'en soubrette qu'elle a été elle ne va pas être longue à faire danser l'anse du panier ! La voici qui s'affiche déjà avec un gigolo ! N'est-ce pas une honte ?* »

Seulement voilà, j'avais fait un héritage tellement fabuleux qu'il faisait taire très vite les commérages. L'argent arrange tout, comme je l'avais expliqué à Thierry la première nuit que nous avions passée ensemble à La Bocca... Et puis lequel de ces parasites ne mourait pas d'envie d'être convié à de nouvelles réceptions aux *Lilas Blancs* ou même de profiter d'une croisière de charme sur le *Sabine* ?

Mon motard-gigolo sut rester imperturbable pendant cette traversée d'un Palm Beach peuplé de décolletés et de smokings. Ce fut pour lui une sorte de marche triomphale vers une gloire assez spéciale qu'il n'aurait pas pu prévoir une semaine plus tôt ! J'étais de plus en plus fière de lui : d'abord parce qu'il était le plus beau garçon de la soirée et ensuite parce que son regard de feu avait plané avec une totale désinvolture sur ce ramassis de privilégiés qui n'avaient pas semblé du tout l'épater ! Dès que nous fûmes installés à notre table, il me confia à mi-voix :

— J'ai l'impression que nous avons produit un certain effet... C'était bien ce que tu recherchais ?

— Exactement, chéri. Plus tu me connaîtras et plus tu t'apercevras que je ne suis pas femme à cacher sa joie de vivre quand celle-ci veut bien se présenter dans son existence. J'ai horreur de l'hypocrisie ! Si j'ai dû en faire preuve au cours de ma période de fiançailles, ce fut uniquement parce qu'il fallait bien gagner la bataille de mon mariage mais, maintenant que Joseph est enterré, je n'ai plus aucun complexe à avoir ! Je suis décidée à tout étaler au grand jour, même ma vie privée dont tu commences à faire un peu partie et où tu resteras tant que tu sauras me satisfaire. Si nous allions danser ? Ce sera l'occasion de nous faire encore un peu plus détester !

Il n'était pas question de se déhancher comme au Sans-Souci. Nous étions au Palm Beach où j'étais déjà venue danser plusieurs fois avec mon époux pour lui faire plaisir. Joseph adorait le tango, rien que le tango, et il faisait passer par l'un des maîtres d'hôtel des pourboires royaux à l'orchestre pour que celui-ci en joue le plus possible, même au risque de susciter le mécontentement des autres clients qui ne supportaient plus *La Comparsita* ou telle autre mélodie rabâchée ! Quand Joseph dansait le tango, son visage poupin reflétait toute la nostalgie d'une pampa qu'il n'avait jamais connue mais qui lui rappelait peut-être la sauvagerie de certaines plaines d'Europe centrale. Il en était presque émouvant, mais le plus souvent horripilant. Pauvre Joseph !

Heureusement, ce soir c'était un slow qui nous était offert, à Thierry et à moi. Le rythme du slow convient à tout le monde, grands et petits, gros et moins gros, jeunes et vieux, sans que personne paraisse trop ridicule. Thierry s'en tira à la perfection pendant que je me blottissais contre lui comme si j'étais une amoureuse qui raffolait des thés dansants ! Nous formions un couple harmonieux et passionné : le cocktail idéal pour exciter ceux qui nous regardaient avec envie... Nous étions vraiment un défi ! Le slow terminé, nous revînmes à notre table et, comme je l'avais prévu au moment de notre départ de la garçonnière, Thierry était maintenant complètement décontracté. Il avait perdu le côté guindé que lui avait imposé le port du premier smoking de sa vie et il me plut infiniment ! Et encore plus après qu'il m'eut dit, une fois assis :

— Au fond, ce n'est pas mal le slow ! Ça permet d'être plus près l'un de l'autre...

— Et moi, ça m'a donné faim !

Après le dîner, dont le menu fut celui irrémédiablement banal de tous les galas de ce genre, il y eut un spectacle, avec des girls empanachées et des attractions, qui valait largement celui du cabaret de Monte-Carlo qu'appréciait tant mon défunt mari. Mais, de là où il reposait maintenant pour toujours, Joseph devait quand même se consoler de ne pas pouvoir applaudir en constatant qu'il n'y avait pas d'illusionniste dont il aurait rêvé de connaître tous les trucs...

La représentation terminée et après un dernier slow d'honneur, que nous nous offrîmes pour notre seul plaisir, nous abandonnâmes la table pour rejoindre la sortie. Les meilleures plaisanteries ne sont-elles pas les plus courtes et le plus délicieux moment de la soirée — celui pour lequel j'avais tout manigancé — ne m'attendait-il pas dans la garçonnière ? En retraversant la salle du Palm Beach, suivie d'un Thierry de plus en plus à l'aise, je ne parlai à personne mais j'adressai cependant quelques sourires complices à ceux qui me saluaient discrètement. Sourires voulant dire : « Je sais très bien que ma conduite doit vous paraître scandaleuse mais je m'en moque ! La preuve : regardez-moi... Ai-je l'air triste ou malheureuse ? »

Sur le perron, alors que nous attendions l'arrivée de la voiture mandée par un chasseur, l'un des directeurs du Palm Beach, qui m'avait été présenté par Joseph un jour où nous étions venus pour l'une des inévitables « soirées tango », me dit, très obséquieux :

— Nous sommes heureux, madame Kelmann, que vous nous ayez fait ce soir l'honneur de revenir... Il y avait longtemps que nous ne vous avions vue parmi nous... Puis-je me permettre aussi, ayant appris ce qui s'est passé, de vous adresser...

— Vos condoléances, cher monsieur ? Je les accepte, mais que voulez-vous ? Le passé, c'est le passé... Maintenant que j'ai pu retrouver un excellent cavalier — je désignai Thierry sans le nommer ni le présenter —, vous me reverrez...

La Bentley, conduite par Otto, était là. Nous nous installâmes à l'arrière, Thierry et moi, le plus dignement possible pendant que le chasseur refermait la portière après avoir retiré sa casquette pour nous saluer et que le directeur restait courbé en deux sur son perron dans une attitude de profond respect qui était un peu trop accentuée pour me plaire.

Dès que nous fûmes dans la garçonnière, après que j'eus renvoyé Otto en précisant que je téléphonerais le lendemain en fin de matinée aux *Lilas Blancs* pour préciser à quelle heure il devrait venir me rechercher, je dis à Thierry :

— Tout à l'heure, quand je suis arrivée ici, tu m'as expliqué, en me voyant ainsi habillée et parée, que je ne faisais pas fauchée... Je sais que c'était dans ton vocabulaire une façon pittoresque d'exprimer ton admiration, mais pas une fois au cours de cette merveilleuse soirée que nous venons de passer tu ne m'as dit que tu me trouvais belle ? Sais-tu qu'une femme, même sûre de ses charmes, adore que son amant lui fasse de temps en temps ce genre de compliments ?

— Pourquoi l'aurais-je dit puisque tu le sais ? Tu étais la femme la plus sexy de la soirée ! Et pourtant, ce n'était pas le choix qui manquait ! Si ça peut te faire plaisir, apprends que je ne t'aurais échangée contre aucune des gonzesses qui se trouvaient là !

— C'est vrai, ce mensonge ? Embrasse-moi ! Tu n'as pas pu le faire au Palm Beach, à cause des convenances, pendant que nous dansions avec tant de sérieux... Mais n'en avais-tu pas un peu envie ?

— Tu ne t'en es donc pas aperçue ? Tu ne sentais pas que je bandais ?

— Ça ne m'a pas du tout déplu... C'est même la première fois où je t'aie senti en si grande forme.

M'attirant contre lui, il m'embrassa avec une fougue que je ne lui avais encore jamais connue... presque en brute ! Au fond, il n'était pas autre chose que cela : une jeune brute dont les instincts se réveillaient enfin au contact d'une femme élégante, soigneusement maquillée, exhalant un parfum ensorcelant, totalement différente de toutes les petites pépées qu'il avait draguées jusqu'ici dans les discothèques. Ce soir, bien qu'il fût en smoking, je sentais vraiment en lui le motard qui voulait s'offrir une femme du monde... Mon erreur avait été de me présenter d'abord en « fille » jouant mal la simplicité alors qu'il lui fallait, au contraire, celle qu'il n'avait encore jamais eu l'occasion de rencontrer, qu'il n'eût même osé approcher : la jeune veuve insolente et fortunée qui ne cherche qu'à s'encanailler... Pendant qu'il m'embrassait goulûment à m'en faire presque mal — un mal exquis ! —, je me félicitai d'avoir eu l'idée de lui faire découvrir la madame Kelmann des grands jours...

M'arrachant avec regret à son étreinte, je lui demandai :

— T'es-tu seulement jamais donné la peine de déshabiller une femme dont tu avais envie ?

Il me regarda, éberlué :

— Pourquoi l'aurais-je fait ? Elles commençaient toutes à se dévêtir avant que je ne le leur demande ! Elles étaient toujours pressées !

— Eh bien moi, ce soir, je saurai prendre tout mon temps. C'est toi qui vas me déshabiller... Et très doucement, avec délicatesse... C'est fragile une femme, Thierry, et ses vêtements doivent être respectés... Commence par me débarrasser de cette cape de renard blanc que tu vas poser sur ce fauteuil... C'est bien : il n'y a rien de tel qu'un homme qui vous veut pour savoir se montrer attentionné... Tu ne te déshabilleras toi-même que quand je serai complètement nue et que tu m'auras portée tendrement sur le lit... Maintenant, baisse-toi pour me retirer mes escarpins : voilà le plus beau geste de soumission que puisse avoir un amant à l'égard de sa maîtresse... Embrasse-moi les pieds : ne sont-ils pas les plus jolis du monde ? Tu peux prendre le temps de les regarder pendant que je dégrafe ma robe. Malgré toutes les rencontres que tu as déjà pu faire, je suis sûre que tu n'en as jamais contemplé d'aussi réussis ! Les pieds tant vantés de la belle Aude ne pouvaient qu'être vulgaires en comparaison des miens !... C'est de mieux en mieux, mon amour ! Embrasse aussi mes chevilles avec ce même talent dont tu viens de faire preuve pour goûter mes lèvres... Tu te civilises... Relève-toi maintenant : il reste encore ma petite culotte : retire-la gentiment... Voilà qui est fait ! Ne bouge pas !

Je me collai contre lui :

— Tu ne peux pas savoir à quel point j'aime me frotter nue contre un homme encore tout habillé, surtout quand il est en smoking... Pour moi il n'y a rien de plus érotique ! Et à toi, ça ne te fait rien ?

— Tu es terrible !

— Je suis femme, c'est tout... Embrasse-moi à nouveau, mais sans que nos lèvres se séparent pendant que tu me déposeras sur le lit... Aimes-tu mon corps ?

— C'est le plus désirable que j'aie jamais connu !

— Un corps de femme, s'il est bien proportionné, est la plus belle chose du monde... Offre-toi ce régal visuel en pensant que, dans quelques instants, tu vas pouvoir me posséder... Mais il y a encore une chose dont je voudrais que tu me parles : mes boucles d'oreilles. Tu vois : je ne les ai pas retirées, exprès. Pendant que tu me feras l'amour, je n'aurai pour tout costume que ces perles très rares. N'es-tu pas fasciné ?

— Quand j'étais petit ma mère fredonnait souvent une vieille rengaine qu'elle adorait : « *C'est la femme aux bijoux, celle qui rend fou !* » C'est cela que tu veux, n'est-ce pas ? me rendre fou de toi ?

— De moi et de tout ce que je t'apporte ! Comme cela, tu n'auras plus jamais envie de me quitter pour une autre. Tu m'as l'air de commencer à comprendre, voyou d'amour... Franchement, comment les trouves-tu ces perles ?

— On dirait des petites poires... Ça doit valoir cher ?

— Une fortune, chéri !

— Un cadeau de ton mari ?

— De mon frère, pour mon mariage.

— Ah ! C'est peut-être très beau mais je n'aime quand même pas ton frère ! Pas sympa, le mec ! Comment s'appelle-t-il, déjà ?

— Paco ! J'adore son prénom... Et tu as tort de ne pas aimer mon Paco : c'est le plus merveilleux de tous les frères ! Mais oublie la famille et occupe-toi de moi... Porte-moi sur le lit et déshabille-toi ! J'adore voir se dévêtir un homme qui va me prendre... Le plaisir de l'attente devient alors un supplice divin !

Quand ce fut fait et juste avant qu'il ne se rue sur moi dans le lit, je criai :

— Attends encore une toute petite seconde ! Recule un peu pour que je puisse mieux te contempler, moi aussi... C'est tellement beau un mâle, debout et nu, qui vous désire ! Il n'a rien besoin de dire : son corps parle pour lui ! Viens...

Enfin ce fut la jouissance que j'attendais depuis des années ! Une nuit fantastique ! Celle à laquelle toute femme a droit, même si elle ne la vit qu'une fois dans son existence ! Raconter cela est impossible... Il n'y eut pas de limites : ni dans le plaisir, ni dans le temps, ni dans l'invention... Quand je me réveillai, des rais de lumière éclatants filtraient à travers les doubles rideaux, dans la pénombre de la chambre. Dehors c'était le grand jour. Je n'avais aucune notion de l'heure et je m'en moquais éperdument... Mais où donc était Thierry ? Sans doute dans la salle de bains ? J'appelai... Pas de réponse ! Ma cape de renard se trouvait toujours là, posée sur le fauteuil, ainsi que ma robe sur une chaise, mes escarpins et ma petite culotte sur le tapis... Par contre je ne vis pas le smoking de Thierry, ni sa cravate noire, sa chemise, ses beaux souliers vernis, ses chaussettes, ni son slip ! Je sautai du lit et courus à la salle de bains : pas de Thierry ! Personne non plus dans le living-room ni dans le vestibule ! J'étais seule... Et brusquement, sortant cette fois de ma torpeur amoureuse, j'ouvris les placards du dressing-room où il rangeait ses vêtements et son linge : ils étaient vides ! Le lot de cassettes et les affiches rapportées de La Bocca grâce à la Harley-Davidson le jour de son emménagement sur la Croisette avaient disparu. Il ne restait plus rien du jeune champion qui s'était enfin révélé pour moi un as pendant la nuit... Volatilisé, le bel Ange Noir ! Envolé sur sa moto magique qui devait avoir déserté, elle aussi, le parking privé installé sous l'immeuble ! C'était effarant ! Complètement réveillée cette fois et dégrisée de ma soûlerie de jouissance, je commençai à tourner en rond dans la garçonnière, telle une femme totalement désorientée...

Il m'avait fait cela, le misérable, profitant de mon sommeil d'amante repue de plaisir pour s'enfuir en emportant tout ce qu'il possédait ! Et mon petit sac du soir dans lequel se trouvaient mon rouge à lèvres, mon poudrier, une bonne liasse de billets et mon carnet de chèques, disparu lui aussi ! Celui que j'avais pris l'habitude d'appeler « mon Thierry » s'était conduit en vulgaire voleur malgré tous les cadeaux que je lui avais déjà faits et alors qu'après le plaisir complet qu'il venait enfin de m'apporter, j'aurais été toute prête à lui donner tout ce qu'il m'aurait demandé !

Quel imbécile ! C'était à peine croyable ! Mais qu'est-ce qui avait bien pu lui passer brusquement par la tête ? Je ne voyais qu'une explication : une autre femme, plutôt une « fille », selon sa façon de parler, devait s'être incrustée dans sa vie. Et cette autre « fille » ne devait pas supporter l'idée d'avoir une rivale possédant d'aussi redoutables armes que les miennes !

Des armes ? La première était de savoir l'heure. Le téléphone m'apporta la réponse : seize heures ! La matinée avait été escamotée par les restes de plaisir transformés en béatitude de rêve... Le deuxième coup de fil à donner de toute urgence devait être adressé à ma banque pour faire opposition à tout chèque qui serait présenté avec ma signature falsifiée. Elle n'était pas très difficile à imiter et le petit salopard m'avait déjà vue faire assez de chèques pour s'en inspirer. Si c'était un professionnel il ne devait pas manquer de pratique dans pareil exercice de style ! Prévenir immédiatement la banque au cas où l'on me volerait un chéquier, c'était mon mari qui me l'avait appris, et non Paco... Quel bon conseiller, Joseph ! Le plus inouï n'était-il pas que la première fois où pareille mésaventure m'arrivât, ce fût par la faute de celui dont je venais d'acquérir quelques heures plus tôt la certitude de pouvoir faire mon amant ?

Heureusement, je connaissais par cœur le numéro de ma banque. C'était encore Joseph qui m'avait conseillé de l'apprendre le jour où il m'avait fait ouvrir un compte personnel à mon nom de jeune femme. Je l'entends encore me disant : « C'est indispensable, étant donné la situation que tu vas occuper. Tu risques d'être exposée à de nombreux vols ! Même si un seul chèque que tu n'as pas libellé disparaît, appelle immédiatement la banque pour faire opposition. » Le plus gênant fut de répondre au directeur de la banque, qui me demanda au téléphone :

« — Madame Kelmann, auriez-vous une idée des circonstances ou même de l'heure à laquelle ce vol aurait pu avoir lieu ? »

Impossible de dire toute la vérité ! Comment expliquer que ça s'était passé dans une garçonnière où je venais d'installer un jeune blanc-bec qui avait profité du sommeil réparateur dans lequel m'avait plongée une nuit d'amour, pour s'esquiver en emportant tout ce qui lui avait paru intéressant ? J'aurais été la risée de la banque et très vite la rumeur se serait répandue, me couvrant de ridicule.

« Vous ne savez pas ce qui vient d'arriver à la veuve Kelmann ? Ce beau gigolo, avec lequel elle s'est affichée sans la moindre pudeur au gala du Palm Beach, eh bien, il l'a volée ! Après tout, c'est bien fait pour elle ! Quand on a la chance d'avoir réussi à se faire épouser par un milliardaire et de devenir aussi rapidement sa veuve, on fait attention au choix de ses relations. »

C'est pourquoi je me contentai de dire :

« — J'ai été passer une soirée au Palm Beach avec un ami pour me changer un peu les idées et surtout pour essayer de m'arracher à mon chagrin ! C'est pendant cette soirée que j'ai perdu mon sac où se trouvait le chéquier.

« — Je pense, madame, que vous connaissiez bien ce monsieur.

« — Comment peut-on être sûr de tous les gens que l'on connaît ? Mais si j'ai pris la peine de vous informer de cette disparition que je viens de constater en me réveillant aujourd'hui, cela ne veut pas dire du tout que le chéquier ait déjà été utilisé !

« — Certainement pas ! S'il y a réellement eu vol,

l'auteur devrait se montrer assez habile pour ne pas trop se hâter de tirer des chèques, et comme je donne tout de suite des instructions à notre service spécialisé, vous n'avez aucune inquiétude à avoir ! Si un chèque nous était présenté, soit directement, soit par l'intermédiaire d'une autre banque où il aurait pu être déposé, avec une fausse signature, je vous en avertirais aussitôt. Non seulement il ne serait pas débité mais il nous permettrait sans doute de remonter rapidement jusqu'à son auteur... Cependant, je crois qu'une sage précaution pour vous serait de porter immédiatement plainte auprès de la police.

« — La police ?... Si je pouvais éviter de la déranger pour une affaire aussi bénigne et assez banale, après tout, je crois que ce serait préférable... A bientôt, monsieur le directeur, et merci pour les précautions que vous allez prendre. De toute façon, dès demain vous recevrez un mot de moi confirmant l'opposition verbale que je viens de faire par téléphone. »

Quand je raccrochai, je savais très bien que ce serait stupide de ma part de mêler la police à mes affaires de cœur ! Paco était la seule personne à qui je pourrais peut-être confier ma déconvenue. Il saurait agir avec sa discrétion habituelle. Je n'avais plus maintenant qu'à me rhabiller et, dès que ce serait fait, à appeler un taxi qui me ramènerait aux *Lilas Blancs*. Mais brusquement, alors que je me recoiffais à la diable dans la salle de bains où il ne restait même pas une brosse ni un peigne, Thierry n'ayant pas manqué non plus d'emporter ses objets de toilette, je m'aperçus que je n'avais plus de boucle à l'oreille droite ! Par contre celle de l'oreille gauche était toujours à sa place... Je me souvins alors de ce qui s'était passé pendant la nuit : à un moment où nous étions en pleines effusions, Thierry avait murmuré :

« — Tu as les plus belles oreilles du monde, mon amour ! On dirait des petits coquillages... Mais ces boucles, qui sont certainement splendides, me gênent pour les déguster... Elles sont magnifiques, ces perles, mais toutes froides, tandis que tes lobes charnus sont brûlants, comme le reste de ton corps... Si tu les protèges ainsi c'est sans doute parce que tu n'aimes pas qu'on t'embrasse les oreilles ?

« — J'adore ça, au contraire ! Ça me donne des frissons...

« — Alors retire l'une de ces boucles pour que je puisse au moins te faire frissonner d'un côté ! »

J'ôtai aussitôt la boucle de droite et la déposai sur la table de chevet pendant que mon amant me faisait connaître une exquise griserie ! Je n'eus ni le réflexe ni le temps de faire de même avec la perle de gauche, la langue gourmande de Thierry suivait déjà les moindres contours de mon oreille droite... Ensuite elle poursuivit son exploration en descendant le long de mon cou, et négligea l'autre oreille pour ne pas interrompre sa descente... Voilà pourquoi la boucle de gauche était restée à sa place ! Celle de droite ne pouvait qu'être encore sur la table de chevet... Je revins dans la chambre pour la récupérer : elle n'était plus là, ni sur la table, ni par terre sur le tapis, ni sous l'oreiller, ni dans le lit, ni sous le lit, nulle part ! J'eus beau me baisser et même me mettre à quatre pattes pour la retrouver, ce fut peine perdue. Quand je me relevai, je devais être blême ! Le misérable l'avait emportée avec lui avant de s'enfuir ! S'il ne s'était pas attaqué à la boucle de gauche, ce n'était pas par un reste d'attention, mais parce qu'il n'aurait pas pu la retirer de mon lobe percé sans me réveiller !

Ça, c'était pire que tout ! L'une de nos perles porte-bonheur qui ne nous avaient jamais quittés depuis Vienne, mon frère et moi ! Et, phénomène étrange, quand Paco avait fait croire à Joseph que l'une de ces boucles avait été perdue, il lui avait dit que c'était celle qui se trouvait du côté du cœur, ce désastre toucherait encore plus la sensibilité du bon Joseph. Cette fois, au contraire, c'était la boucle de droite qui n'était plus là !

Seulement, elle n'était pas restée cachée dans son sac de toile soigneusement dissimulé dans le deux pièces de Beausoleil... Elle s'était volatilisée dans la poche d'un petit escroc! Quand j'annoncerais cela à Paco, il deviendrait fou, et il y aurait de quoi! Malgré l'immense fortune que je possédais maintenant, ces perles n'avaient-elles pas continué à représenter tout notre capital initial ? Celui dont nous avions pris l'engagement commun, Paco et moi, de ne jamais nous dessaisir, sauf si notre situation devenait vraiment désespérée !

J'aurais préféré que ce voyou — le seul nom qui lui convenait vraiment, comme l'avait bien décelé Paco dès qu'il l'avait vu — ait emporté la cape de renard blanc qui se trouvait toujours sur le fauteuil... Les fourrures se remplacent facilement, et j'en avais tant d'autres! Mais l'une de ces perles rarissimes — ce reliquat des bijoux légués par la comtesse magyare mourante à nos parents, pour leur permettre de survivre avec leurs enfants à la tourmente qui avait bouleversé notre Hongrie —, c'était pire qu'un vol, c'était un crime ! A cette seconde je compris que, si l'on parvenait à retrouver ce Thierry Bontemps, il faudrait que son châtiment fût exemplaire ! Il méritait tout, y compris la mort, pour avoir accompli le plus ignoble des forfaits : profiter du moment où une femme s'abandonnait totalement au sommeil pour la dépouiller de la moitié du seul trésor qui pour elle n'avait pas de prix ! Que pourrait devenir et à quoi servirait maintenant la perle restante en l'absence de sa jumelle ? Le châtiment du motard devait être définitif ! Ce serait moi-même qui y veillerais...

Moi qui n'avais jamais pleuré de ma vie parce que j'étais brouillée depuis ma jeunesse avec les larmes qui défigurent et qui enlaidissent — je n'en avais même pas versé une pour l'enterrement de nos parents —, eh bien, ce jour-là, je pleurai dans la garçonnière, en attendant le taxi... Oh ! Ce n'était pas un exutoire à mon chagrin, mais seulement des larmes de rage ! Si quelque passant me vit monter dans le taxi vers dix-sept heures, échevelée, le rimmel dégoulinant sur mes joues, en cape de renard blanc et avec une seule boucle à l'oreille gauche, il dut sûrement me prendre pour une folle. Et il n'aurait pas été tellement dans l'erreur : aucune femme sur la Croisette, ni ailleurs, ne s'est sentie plus bafouée et plus humiliée que l'éblouissante Mme Kelmann cet après-midi-là...

Je n'avais même pas d'argent sur moi pour régler la course du taxi. Une fois arrivée, je chargeai Otto de le faire. Paco, qui se trouvait sur la terrasse, me demanda en me voyant arriver dans une pareille tenue et dans cet état :

— La soirée s'est prolongée ?

— Beaucoup trop !

— Elle a dû te coûter assez cher puisque je constate qu'il ne te restait même plus de monnaie pour payer le taxi qui t'a ramenée !

— Elle nous a coûté cher à tous les deux, Paco ! Regarde mon oreille droite...

— Aurais-tu perdu l'une de « nos » boucles d'oreilles ?

— On me l'a volée...

— Lui ?

— Oui... Avant même que je ne monte me baigner, me changer et reprendre figure humaine, tu vas avoir l'obligeance de m'écouter. J'ai besoin de ton aide...

Je lui racontai tout ce qui s'était passé. Pas une fois il ne m'interrompit mais quand je lui avouai que j'avais enfin connu la jouissance suprême, son visage retrouva cette pâleur qui le rendait inquiétant et qui ne l'abandonna plus jusqu'à ce que j'eusse achevé mon récit, qui se terminait par la découverte de la disparition de la boucle d'oreille. Et, comme il restait muet, je lui demandai :

— Tu ne dis rien ?

— Qu'est-ce que tu veux que je dise ? Ayant jaugé ton partenaire, j'aurais pu prédire ce qui vient d'arriver... Seulement tu ne voulais pas m'écouter en déclarant qu'à l'avenir tu n'en ferais qu'à ta tête... Eh bien, voilà le résultat ! Le moins qu'on puisse constater est qu'il n'est pas brillant !

— Je me suis conduite comme une folle, je le reconnais... Pardonne-moi aussi pour ce que j'ai pu te dire, mon Paco ! Je te promets, à l'avenir, de ne plus te laisser tomber. Tu es mon seul soutien ! Je ne sais pas quoi faire...

— Pour récupérer le loustic ?

— Je ne veux plus jamais le voir, bien qu'il ait réussi à faire de moi une femme comme aucun autre avant lui n'y était parvenu... Je suis sûre que si je me retrouvais en sa présence, il n'obtiendrait plus le même résultat ! On ne peut pas s'abandonner à un homme que l'on sait être un voleur-né... Au contraire, on doit le sentir prêt à tous les genres de vols : celui des sacs, des bijoux et, pire, au vol des sentiments... Un type infect ! Il me dégoûte !

— Pourtant, Joseph ?...

— Qu'est-ce qu'il vient faire là-dedans ?

— Ne crois-tu pas que, pour amasser la fortune dont tu peux profiter, il n'a pas été lui aussi un voleur de grand chemin ?

— C'est possible, seulement lui ne s'est pas moqué de moi ! Des voleurs de sa trempe, je suis prête à en rencontrer tous les jours ! Malheureusement, ces hommes-là ne trouvent jamais le temps de s'occuper vraiment de vous. Ce sont leurs fameuses « affaires » qui priment tout ! Quand ils pensent à leurs épouses ou à leurs maîtresses, ils les gâtent, ils les pourrissent de cadeaux, ils en font trop ! Alors que si, de temps en temps, ils ne cherchaient qu'à leur faire goûter le plaisir sensuel qu'elles attendent désespérément, ils seraient formidables ! Joseph n'était pas meilleur que les autres.

— Et moi ?

— Toi ? Tu es mon amoureux inavouable... C'est ainsi que je t'aime !

— Puisque tu en as assez de cette aventure, aurais-tu besoin de mon aide pour trouver un remplaçant à ce motard ?

— Pas tout de suite ! Il y a deux choses beaucoup plus importantes à régler : d'abord retrouver la perle volée et ensuite punir celui qui vient de me faire un tel coup, alors que je me suis conduite envers lui si gentiment.

— Toi, gentille, Sabine ? Je ne pense pas que tu en sois réellement capable... Disons plutôt que si tu t'es montrée généreuse à l'égard d'un si petit escroc, ce n'était qu'en échange d'une contrepartie charnelle ! Ne s'est-il pas acquitté de sa dette, selon ce que tu viens de me laisser entendre ? Alors qu'est-ce que tu peux lui reprocher ?

— De s'être montré plus retors que moi ! C'est là un affront que je ne lui pardonnerai jamais ! Comment comptes-tu t'y prendre pour le retrouver ?

— Ce ne devrait pas être très difficile. Même si sa moto court vite, il ne doit pas se terrer bien loin. Où veux-tu qu'il aille quand il aura dépensé les billets qui traînaient dans ton sac ? En Italie peut-être ? La frontière est toute proche... Seulement, une fois là-bas, il lui faudra vivre... Ça m'étonnerait qu'il vende sa moto. Il y tient.

— C'est la maîtresse de sa vie !

— Peut-être en existe-t-il quand même une autre à laquelle il tient ou qui le tient et qui a téléguidé en cachette les opérations ? Mais elle a commis l'erreur de se montrer trop pressée... A moins qu'elle n'ait pu admettre qu'il reste une seconde de plus sous ta coupe ? La jalousie fait commettre bien des sottises ! Estimes-tu toujours qu'un garçon pareil méritait tant de sollicitude de ta part ?

Et, comme je ne savais que répondre, il poursuivit :

— Son seul véritable atout, c'est la perle volée... Seulement il ne peut pas la proposer à n'importe qui ! Il faut pouvoir la fourguer... C'est de ce côté-là que je vais orienter mes recherches.

— Avec l'aide de la police ?

— Surtout pas ! Personne ne doit être mis au courant du larcin, et surtout pas la police ! C'est là une affaire « familiale » que nous devons régler discrètement. Tous ceux qui te jalousent seraient trop contents d'apprendre ta mésaventure... Va maintenant dans ta chambre et, pendant que tu seras à ta toilette, je vais téléphoner à un receleur de Beausoleil. Je le connais bien pour avoir souvent servi d'intermédiaire entre lui et des clients ruinés au jeu qui avaient besoin de vendre des bijoux de toute urgence pour retrouver quelques liquidités... Comme ces receleurs se connaissent tous et opèrent conjointement le long de la Côte, ils sont très vite mis au courant des transactions importantes qui s'y font... L'offre de revente d'une perle aussi rare ne peut pas passer inaperçue ! Si ce Thierry Bontemps cherche à la monnayer le plus tôt possible avant de disparaître dans la nature, tu verras que nous serons sur une piste d'ici à une huitaine de jours tout au plus. Le reste ne sera plus qu'un jeu d'enfant. Tu me fais confiance ?

— Je n'ai confiance qu'en toi, Paco !

C'était tellement vrai que je n'avais plus du tout envie de pleurer. Lui seul pouvait, par ses paroles de bon sens, sécher mes larmes de dépit. Un as, Paco !

Selon son pronostic, une semaine plus tard, et vers la fin d'un après-midi où, assise sur le banc de la piscine, j'étais songeuse et morose après la déconvenue amoureuse que je venais de connaître, Paco revint dans son cabriolet avec lequel il était parti immédiatement après le déjeuner, comme les jours précédents, sans me donner la moindre explication. A chacun de ses retours, je lui demandais :

— Où en es-tu ?

Et à chaque fois il m'avait répondu sur un ton volontairement laconique :

— Ça progresse... C'est tout ce que je puis te dire pour le moment.

Mais, cette fois, il ne me laissa même pas le temps de poser ma question et glissa dans ma main droite un petit paquet en disant :

— La voici, la perle subtilisée... Ouvre le paquet.

C'était elle, en effet, intacte et toujours éclatante ! Je ne pus m'empêcher de sauter au cou du messager, qui avait retrouvé son bon sourire, en lui demandant :

— Comment t'y es-tu pris ?

— Ça n'a pas été bien compliqué... Trois jours après que je lui eus expliqué au téléphone ce qui venait de se passer, le receleur de Beausoleil m'a rappelé pour m'annoncer que l'un de ses confrères d'Antibes l'avait contacté au sujet d'un bijou assez rare ayant une grande valeur : une perle en forme de poire pour boucle d'oreille... Nous brûlions ! Je répondis aussitôt que ça pourrait m'intéresser, à condition qu'il ne parle à aucun autre client éventuel de cette affaire... Rendez-vous fut pris pour aujourd'hui. J'en reviens à l'instant. Ça s'est passé dans un petit café d'Antibes, situé sur la place de la gare. Ça n'a pas été long ! Mon receleur de Beausoleil était là avec le copain d'Antibes qui l'avait relancé et qui avait en effet sur lui la boucle d'oreille emballée dans ce morceau de papier que tu vois là. Nous avons un peu discuté du prix mais pas trop... J'ai eu l'impression que le vendeur, sans doute affranchi sur notre situation par mon ami, n'avait qu'une idée : se débarrasser au plus vite d'un bijou aussi difficile à refiler puisqu'il ne constituait que la moitié d'un tout ! Finalement nous nous sommes mis d'accord. J'avais pris la précaution, avant d'aller au rendez-vous, de passer par ma banque où j'avais prélevé suffisamment de liquide sur ce fameux compte personnel que j'ai ouvert quand nous avons partagé, toi et moi, la somme rondelette que j'avais réussi à extorquer à ton fiancé pour payer la boucle gauche prétendument disparue au cours des avatars survenus à notre noble famille ! Avoue que c'est plutôt cocasse, cette nouvelle pérégrination de nos perles vagabondes !

— Pas si drôle que cela ! Cette fois ce n'est plus Joseph mais toi, mon pauvre Paco, qui as été obligé de casquer !

— Rassure-toi : il y a une sérieuse marge entre le prix que j'ai demandé à Kelmann pour la boucle de gauche et celui que je viens de payer pour celle de droite ! Ceci établi, étant donné que le receleur d'Antibes a certainement prélevé une part substantielle sur l'opération, ton charmant protégé — qui s'y connaît sûrement moins bien en bijoux qu'en motos ! — a dû retirer du produit de son vol à peine le quart de sa valeur réelle ! Ce qui prouve une fois de plus, s'il était encore besoin de l'affirmer, que ce Thierry Bontemps n'est qu'un minable sans aucune envergure ! Le plus grand mystère de toute cette aventure reste pour moi de savoir comment une fille de ta classe a pu s'amouracher d'un pareil gredin ! Enfin, n'en parlons plus ! Ce que je voulais ajouter, c'est qu'une fois tout le monde d'accord au café d'Antibes, mon ami de Beausoleil n'a pas manqué de fêter cela par une succession d'apéritifs dont je me serais volontiers passé ! Mais ce rite imbécile m'a quand même permis de poser quelques questions au « fournisseur » de la perle... C'est ainsi que j'ai pu apprendre qu'il n'a pas rencontré directement le prétendu détenteur de notre boucle d'oreille. Si cela avait été le cas, peut-être aurais-je maintenant quelques précieuses indications sur l'adresse où vit ce personnage depuis qu'il t'a faussé compagnie, ce qui nous permettrait de lui faire sa fête en lui administrant la correction qu'il mérite ! Car, je te le répète, il n'est pas question que la police intervienne dans une telle affaire qui doit rester strictement privée si tu ne veux pas devenir la risée de toute la Côte d'Azur qui t'envie ! Nous sommes bien du même avis, n'est-ce pas ?

— Ça m'ennuierait quand même beaucoup qu'on ne puisse pas retrouver ce salaud !

— J'ose espérer, maintenant que le trésor de famille est reconstitué, que tu ne vas pas t'abandonner à nouveau à ses caresses trop expertes ?

— Si je le rencontre, je le tue !

— Ce serait encore une erreur, chérie... La disparition brutale d'un mari dans l'existence d'une jeune et jolie femme suivie de celle d'un amant de passage, ce serait un peu excessif ! Néanmoins, si tu tiens absolument à avoir quelques renseignements sur la destination que ce dernier a prise, je peux te donner une très vague indication recueillie de la bouche même du receleur d'Antibes après le troisième apéritif qui réussit à lui délier la langue... Celui qui a servi d'intermédiaire pour la transaction serait, selon lui, un personnage vendant des Harley-Davidson dans les parages de Juan-les-Pins... Ça te dit quelque chose ?

— Si ça me dit ? Mais ça me suffit amplement, Paco ! Sur les souches d'un autre chéquier j'ai le nom et l'adresse du garage où ce bonhomme expose ses motos. C'est à lui que j'ai payé la moto de Thierry ainsi que le montant de la carte grise et de la police d'assurance ! Le chéquier est facile à retrouver, il est dans l'un des tiroirs du petit secrétaire placé dans mon boudoir. Dès demain j'irai demander à ce commerçant pourquoi il s'est permis de faire une telle transaction. C'est d'autant plus scandaleux qu'il m'a dit très bien savoir que Thierry n'avait pas le sou ! Le bijou qu'il l'a chargé de vendre ne pouvait donc que m'avoir été volé...

— Tu n'iras pas ! Ce n'est pas le rôle de madame Kelmann de se déplacer ainsi pour fustiger un commerçant indélicat. Laisse-moi agir : ce sera beaucoup mieux fait et le bonhomme aura la trouille ! Il lâchera le morceau sur le nouveau domicile où se cache ton coquin... Ensuite, à nous deux, monsieur l'Ange Noir ! J'ai un compte à régler avec lui depuis le jour où il a eu l'insolence de me dire, pendant que nous t'attendions sur la terrasse, le jour où tu étais montée endosser ta ridicule tenue de motarde, qu'il était tout à fait dans ses intentions de se faire entretenir par toi ! Ça, je ne l'ai pas digéré !

Le lendemain, vers la même heure, alors que j'attendais une fois de plus le retour de Paco parti régler ses comptes avec celui qui ne serait jamais plus rien pour moi, Otto vint m'annoncer que l'on me demandait au téléphone, précisément de Juan-les-Pins. Ce ne pouvait être que lui.

« — Paco ?

« — Non, madame... Est-ce bien à madame Kelmann que j'ai l'honneur de parler ?

« — Elle-même, monsieur.

« — Je suis le docteur Belin, directeur de la clinique Sainte-Marthe à Juan-les-Pins.

« — Qu'y a-t-il, docteur ?

« — Il y a, madame, que votre frère, M. Paco Homir, nous a été amené il y a environ deux heures, à la suite d'un accident...

« — De voiture ?

« — Pas exactement... Mais il est déjà remis de sa commotion. Il va mieux... La preuve, c'est qu'il demande à vous voir... Vous serait-il possible de venir avant la tombée de la nuit ? Ce qui nous permettra, après votre visite, de lui donner un sédatif qui le fera dormir et demain, après une bonne nuit, il sera en voie de complet rétablissement... Je suis persuadé qu'il pourra rejoindre son domicile d'ici deux ou trois jours au plus.

« — Deux ou trois jours tout de même ? Mais quel genre d'accident est-ce, docteur ?

« — Ce n'est pas facile de vous l'expliquer par téléphone, madame. Il serait préférable que ce fût de vive voix.

« — J'arrive tout de suite, docteur ! Le temps de monter dans ma voiture... Pourriez-vous être assez aimable pour m'indiquer l'adresse de votre clinique, ainsi que son numéro de téléphone... Parlez : je les note... Merci, docteur, et surtout prévenez tout de suite Paco que sa sœur arrive ! Je suis sûre que ça le réconfortera. »

Et à Otto, qui attendait dans le vestibule :

— Vite, la voiture ! Vous venez avec moi... Vous pourrez m'être utile...

— Il s'est passé quelque chose de grave, madame ?

— M. Paco a eu un accident et a été transporté dans la clinique d'où l'on m'appelait... Mais le directeur n'a pas voulu me donner de précisions... Mon Dieu ! Pourvu que ça ne soit pas plus sérieux qu'il n'a voulu me le dire ! Otto, je suis affreusement inquiète... Vite ! Sortez la Bentley du garage pendant que je cours chercher mon sac dans ma chambre.

Pendant que je gravissais l'escalier, je ne pus m'empêcher de me répéter : « Mais qu'est-ce que j'ai bien fait au ciel, s'il existe, pour que cette nouvelle tuile me tombe sur la tête ? Maintenant c'est Paco... Je suis sûre que ma réussite trop rapide gêne tout le monde, ceux d'ici-bas comme ceux de l'au-delà. Pauvre Paco... »

Je crois que jamais Otto ne conduisit aussi vite ! Une demi-heure plus tard nous étions à la clinique Sainte-Marthe dont je n'avais encore jamais entendu parler mais qui avait bonne apparence. Le Dr Belin, homme affable, me reçut tout de suite dans son cabinet.

— Madame Kelmann, votre frère est dans une chambre très calme du premier étage qui donne sur le jardin. Mais avant que vous ne le voyiez, il me faut vous prévenir de certaines choses parce que vous pourriez être un peu affolée de le retrouver allongé sur un lit avec la tête, le visage et le bras droit recouverts de pansements...

— Il est tombé ?

— On l'a plutôt fait tomber...

— Lui aussi ?

— Comment lui aussi ?

— Vous ne pouvez pas comprendre, docteur...

— Il y a eu une bagarre...

— Où cela ?

— Ici même, à Juan, dans un garage où l'on expose des motocyclettes... Mais, comme il peut heureusement parler, il vous expliquera ça mieux que moi... Je reconnais que c'est assez surprenant ! Mais ce qu'il faut ce soir, c'est ne pas lui poser trop de questions et le laisser s'exprimer tranquillement. Je vous laisserai seule avec lui dans sa chambre et je demanderai à l'infirmière qui le veille de sortir de la pièce pendant la durée de votre visite. Ainsi vous pourrez parler plus facilement... Nous montons ?

— Je vous suis, docteur.

Il est certain que si je n'avais pas été prévenue, j'aurais été effrayée de voir mon Paco enveloppé de tant de bandelettes ! Seules deux petites ouvertures permettaient de voir des yeux noirs brillants qui étaient bien ceux de mon demi-frère. Un autre trou avait été ménagé pour la bouche. Le nez par contre était caché, ainsi que les joues, le front, le haut du crâne et le bras droit... Le cou, le thorax, le bras gauche et tout le reste du corps étaient libres.

— Cher monsieur, dit le médecin à Paco, en me désignant, je pense avoir amené en consultation la meilleure des guérisseuses... Je vous laisse en famille... Si vous sentiez que la fatigue ou la fièvre vous gagnait, n'hésitez pas à tirer sur ce cordon de sonnette qui se trouve à portée de votre main gauche et Mlle Sylvaine, l'infirmière, reviendrait aussitôt pour vous faire une piqûre ou pour vous faire absorber un calmant. Vous-même, madame Kelmann, soyez gentille de sonner Mlle Sylvaine au moment où vous repartirez.

Il s'en alla. Une fois de plus, Paco et moi nous nous retrouvions en tête à tête... Mais quel tête-à-tête ! Le décor n'était plus celui d'un banc romantique au bord d'une piscine et encore moins celui d'une terrasse où l'on savoure une coupe de champagne, mais les murs ripolinés et nus d'une chambre de clinique rappelant ceux de l'hôpital de Fréjus où l'on m'avait présenté le corps de Joseph...

Paco me regardait toujours avec cette intensité fiévreuse lui donnant peut-être son plus surprenant attrait. Je lui dis :

— Je sais par ce docteur qu'il y a eu une bagarre chez le concessionnaire Harley-Davidson... Donc viens-en tout de suite aux faits... Pourquoi une telle algarade avec ce marchand ? En arrivant dans son hangar peut-être l'avais-tu provoqué d'emblée, tellement tu étais furieux ?

— Ce n'est pas avec lui que ça s'est passé ! Au contraire, c'est un homme plutôt pondéré. Il a fait de son mieux pour essayer de nous séparer. Et quand tout a été terminé, c'est lui qui a appelé une ambulance pour me faire transporter ici... Il n'y a pas d'autre reproche à lui faire que celui d'avoir accepté d'aller chez ce receleur, qui était l'un de ses amis, pour lui porter la boucle d'oreille. Ton Thierry n'a pas osé le faire lui-même parce qu'il devait craindre d'être tout de suite suspecté de l'avoir volée ! Avec le marchand de motos, le spécialiste avait confiance, le connaissant depuis longtemps... Et sais-tu ce qu'il lui a dit en lui présentant la perle ? Que l'un de ses clients l'avait reçue d'une femme très riche qui avait le béguin pour lui et qui la lui avait donnée pour lui permettre de s'acheter un canot automobile en la vendant ! Avoue qu'il est plutôt culotté, ton petit ami !

— Il n'est plus mon petit ami ! Ensuite ?

— Au moment où j'expliquais au marchand que ce Thierry avait bel et bien volé le bijou pendant que tu dormais, celui-ci est arrivé sur sa moto, escorté de deux Anges Noirs également sur leurs machines et revêtus de ces tenues qui semblaient tellement te fasciner il y a encore quelques jours ! Dès qu'il m'a reconnu, ton amoureux de pacotille a foncé sur moi en gueulant :

« — *Fumier ! Pourquoi es-tu ici ? Pour me dénoncer ?* »

« — Ce monsieur a très bien fait de venir ! lui a répondu le patron du garage. Tu m'as raconté des salades, Thierry ! Cette boucle d'oreille n'était pas à toi, tu n'avais pas le droit d'en disposer ! Tu l'as volée ! D'ailleurs ce n'est pas la première fois que ça t'arrive... Sais-tu qu'on te connaît chez les motards, mon bonhomme ? Les deux fois où tu es venu avec Mme Kelmann j'ai été gentil parce que j'ai senti que celle-ci tenait absolument à te faire plaisir... Et puis ça la regardait ! Pas moi ! Seulement aujourd'hui, avec ce coup du bijou que vient de m'expliquer monsieur, ça ne marche plus ! Si tu reviens me voir maintenant, je suis sûr que c'est pour toucher ta part de la vente à mon vieil ami d'Antibes ? Eh bien figure-toi que je ne te la remettrai pas ! Je vais retourner en vitesse chez l'acheteur et lui rendre tout le fric, y compris les dix pour cent que je comptais prendre sur une affaire que je croyais honnête... Et je reprendrai le bijou que je restituerai tout de suite à sa propriétaire. Comme cela il n'y aura pas d'histoires ! Ce n'est pas un vieux briscard tel que moi qui ira en tôle pour avoir essayé de rendre service à un morveux de ton genre ! Tu t'es déjà fait offrir la moto par la dame... tu trouves que ça n'a pas suffi ? Tu as essayé de la truander en plus ? Sais-tu ce que tu mérites : une bonne paire de claques et un grand coup de pied au cul ! »

» Le sentant très en colère — c'est un solide gaillard, ce vendeur de Harley-Davidson —, j'ai essayé d'intervenir :

« — Inutile de vous mettre dans cet état, monsieur... Moi, vous voyez, je garde mon calme. Et d'autant plus que j'ai déjà récupéré la boucle d'oreille que j'ai rendue à ma sœur... Quant à l'argent, vous vous arrangerez avec l'acheteur d'Antibes que je connais, moi aussi. Je suis convaincu qu'il n'osera pas ne pas me le rendre, sinon il ne pourrait plus travailler dans son commerce assez spécial : ces receleurs constituent une sorte de confrérie qui s'entraide mais qui n'aime pas les coups fourrés ! »

» Ce fut à ce moment que, se sachant grillé et réalisant que le fric lui échappait, ton Thierry vit rouge... Sans attendre il se jeta sur moi — j'étais pour lui l'ennemi n° 1 — et il me flanqua en pleine figure un coup de poing qui me fit assez mal ! Il sait cogner, le bougre ! C'est pour cela que maintenant, ma petite Sabine, tu n'aperçois plus mon nez... Mais, malgré toutes les chandelles que je pouvais voir, j'ai riposté en lui décochant dans le bas-ventre, à l'endroit que tu devines, un coup de pied qui l'a fait hurler ! La bonne parade, quoi ! Voyant cela, ses deux copains motards sont venus à sa rescousse : l'entraide musclée des membres du fameux club ! L'un d'eux m'a à moitié assommé avec je ne sais quoi — peut-être une clef anglaise ou un démonte-pneu ? — et l'autre m'a tordu le bras droit. C'est pour cela que j'ai aussi le crâne et le bras bandés... Quand il m'a examiné, le Dr Belin m'a dit que c'était un miracle que mon bras n'ait pas été cassé !

» Se rendant compte que ça commençait à très mal tourner pour moi, le marchand de motos est entré dans la danse et a administré aux trois petits salopards une de ces tripotées que seul doit pouvoir prodiguer un as du judo ou du karaté ayant déjà plusieurs combats à son actif ! Après avoir voltigé en l'air, ils n'ont pas attendu pour sauter sur leurs machines et déguerpir, non pas comme des Anges Noirs mais comme de vulgaires lapins... Si tu avais vu cette débandade ! Seulement moi, j'étais assez amoché et le vendeur m'a dit :

« — On les retrouvera ! Je les connais : ce sont des petites ordures ! Je suis intervenu parce que j'ai compris que, s'ils l'avaient pu, ils vous auraient tué. »

— Toi, Paco ?

— Mais oui, moi ton frère... Ça t'aurait chagrinée, n'est-ce pas ? J'étais en sang... Mon allié m'a tout de suite entraîné vers ma voiture laissée à l'entrée de l'impasse et a pris le volant après m'avoir installé, complètement groggy, à sa droite. Il a foncé jusqu'ici d'où on t'a fait appeler dès que j'ai eu repris mes esprits... Un vrai rodéo, tu vois ! Enfin, maintenant que tu es près de moi, je me sens déjà beaucoup mieux... Pas mal, hein, ton chevalier servant motorisé et ses écuyers ?

— Encore plus méprisable que je ne le pensais... Vouloir tuer mon Paco ! Ce sera moi qui te vengerai, je te le jure !

— Ne te mêle pas de ça, chérie... C'est une affaire qui doit rester entre hommes... Je pense que tu ne me prends tout de même pas pour une mauviette ?

— Tu t'es conduit en héros ! C'est toi qui es mon ange protecteur...

— Tu pourrais dire ton archange, ce serait mieux !

— Si tu veux... Il faut porter plainte à la police !

— Laisse-la de côté... Ne bougeons pas puisque la perle est récupérée. N'est-ce pas l'essentiel ? J'espère au moins que tu l'as replacée dans le coffre, près de ton lit ?

— Revenue de son aventure, elle s'y repose tranquillement auprès de sa jumelle... Mais l'argent que tu as versé au receleur ?

— Il est là, au complet, dans le tiroir de cette table de nuit. J'ai compté... Dès qu'il m'eut confié ici au médecin et pendant qu'on commençait à me donner des soins, le vendeur de Harley est reparti, toujours dans ma voiture, pour Antibes, où il a récupéré le tout... C'est un type qui a des arguments frappants ! Et il est revenu deux heures plus tard me l'apporter triomphalement, alors que je commençais à sortir des limbes, en m'annonçant :

« — Tout y est ! Vérifiez... »

» Et, après m'avoir laissé compter à haute voix pendant qu'il manipulait les billets un par un pour remplacer mon bras déficient, il a placé la liasse dans le tiroir en ajoutant :

« — Surtout ne l'oubliez pas quand vous partirez d'ici ! On n'en parle plus ?

« — On n'en parle plus...

« — Vous ne m'en voulez pas de m'être conduit comme le dernier des imbéciles pour le premier échange ?

« — Je devrais plutôt vous remercier.

« — Le Dr Belin vient de me dire qu'il avait téléphoné à votre sœur et qu'elle arrivait. Quand vous la verrez, soyez aimable de lui présenter mes hommages... C'est une belle femme, Mme Kelmann ! Et je peux vous le dire maintenant qu'on se connaît un peu : la première fois qu'elle est entrée dans mon hangar, en compagnie de ce fameux Thierry et quand elle m'a révélé son nom, j'ai été soufflé ! Je me suis demandé ce qu'elle pouvait bien trouver d'attirant chez un voyou pareil. Il est assez beau gosse, c'est vrai, seulement, avec tout son fric, elle pourrait en trouver des dizaines d'autres infiniment mieux que lui et surtout plus réguliers ! Enfin, l'amour est un drôle de mystère !

« — Comme vous dites !

« — Je vous signale que si j'ai utilisé votre voiture afin de récupérer votre argent au plus vite, je l'ai ramenée : elle vous attend sous la surveillance du portier de la clinique mais, avec votre bras en capilotade vous ne pourrez pas conduire tout de suite. Il faudra vous montrer raisonnable. Au revoir, monsieur, et bon rétablissement !

« — Au revoir et bonne chance à vous. »

» Peut-être le reverrons-nous un jour, Sabine ? Qui sait ?

— C'est un type bien...

— Ça, c'est beaucoup dire ! Je crois plutôt qu'il ne tient pas du tout à ce que la police se mêle de ses affaires ! Il y a beaucoup de gens qui la craignent, figure-toi !

— Pas toi ?

— Comment voudrais-tu qu'elle s'intéresse à moi ? Je ne suis qu'un sous-fifre, un petit régisseur... C'est toi la vedette ! Maintenant, sœurette, il faudrait que je dorme... Pour une fois, c'est moi qui ai sommeil. Embrasse-moi en imagination à travers mes pansements et emporte le magot qui attend dans le tiroir. Fourre-le dans ton sac en essayant de ne pas te le faire piquer, cette fois. Otto conduit ?

— Oui.

— Je suis plus tranquille... A l'avenir il faudra te méfier des Anges Noirs : s'ils te repéraient seule au volant de la Bentley, tellement reconnaissable puisque c'est une voiture qui se fait rare, ils seraient très capables, pour se venger d'avoir perdu la bataille, de te porter un sale coup !

— Ils oseraient s'attaquer à Mme Kelmann ?

— Surtout à elle ! Dans leur optique, ce n'est pas juste que tu possèdes autant d'argent et qu'eux en aient aussi peu !

— Ne t'inquiète pas. C'est moi qui prendrai les devants pour leur administrer une correction exemplaire ! Je ne peux pas tolérer que l'un d'eux, qui a eu la chance insigne de pouvoir devenir mon amant, ait essayé de te défigurer !

— Quelle sottise comptes-tu donc encore faire ?

— Ce n'est pas une sottise de te venger, mais la stricte justice !

— Ne pense plus à tout cela et laisse cet Ange Noir déchu aller à tous les diables sur sa moto démoniaque.

— Pourtant, à cause de l'engouement irraisonné que j'ai ressenti pour ce garçon infernal, n'ai-je pas été la responsable indirecte de tes blessures ?

— Je t'adore trop pour le penser, petite sœur ! Et

puis, c'est connu : quand on aime très fort, il faut s'attendre à souffrir... alors !

Je sonnai l'infirmière pour la prévenir que je m'en allais.

Dès que celle-ci fut dans la chambre, je lui dis avant de sortir :

— Je vous le confie, mademoiselle... Occupez-vous bien de lui : c'est le seul homme de ma vie auquel je tienne vraiment.

C'était la première fois depuis mon installation aux *Lilas Blancs* que j'y passais une soirée et une nuit sans la présence de Paco, prêt à surgir à mon moindre appel. De le savoir attentif à mes moindres désirs était pour moi une sorte de réconfort secret. Il savait très bien que lorsque je ne l'avais pas à mes côtés, je me sentais assez faible, malgré toutes mes velléités d'évasion et d'indépendance. Quand mon mari vivait, il lui était souvent arrivé de s'absenter pendant vingt-quatre ou quarante-huit heures, happé par ses affaires, mais Paco, lui, n'avait jamais bougé.

Cette soirée solitaire me fut profitable pour préparer mon plan de représailles : le double affront que je venais de subir, entre le vol de l'une des perles et l'attaque perpétrée contre celui qui était pour moi l'être le plus cher au monde, exigeait une vigoureuse correction. Sans être particulièrement rancunière, je n'aime pas que l'on me fasse des vilenies, surtout quand j'ai su me montrer généreuse. A cette époque, parce que je dépensais ma fortune à mon gré, j'étais persuadée de me conduire en femme très charitable. Aujourd'hui, alors que les années ont passé, je me demande si je n'étais pas seulement une abominable égoïste n'agissant qu'en fonction de son bon plaisir et pour maintenir sa renommée de jeune beauté fastueuse...

J'eus du mal à trouver le sommeil, même après un

coup de fil à la clinique Sainte-Marthe pour obtenir des nouvelles récentes de Paco. La réponse m'annonçant qu'il dormait paisiblement me parut à peine satisfaisante. Au fond, je crois n'avoir jamais été aussi inquiète que cette nuit-là...

Le lendemain matin, toujours conduite par Otto, je retournai à la clinique et pus constater que non seulement mon frère allait nettement mieux mais qu'il avait aussi retrouvé son moral d'acier. Il fut même décidé avec le médecin que je reviendrais vers seize heures pour le ramener aux *Lilas Blancs*. Lors de ce retour, je conduisais la Bentley avec Paco assis à côté de moi pendant qu'Otto nous suivait au volant du cabriolet que ne pouvait pas encore conduire le blessé et qui était resté stationné devant la clinique. Ce trajet s'effectua à une allure modérée. Quand nous traversâmes Cannes, je me remémorai le déplacement que j'avais fait quelques jours plus tôt sur ce même parcours, seule au volant de la Bentley et suivie non pas par Otto conduisant la voiture de mon frère, mais par un Thierry triomphant sur sa Harley-Davidson fraîchement acquise, auquel je voulais indiquer le chemin qu'il devait prendre à l'avenir pour venir me rendre visite au Cannet... Un Thierry que j'apercevais ce jour-là dans mon rétroviseur et que je trouvais beau comme l'Ange des Ténèbres ! Aujourd'hui, avec Paco devenu mon nouveau héros qui venait d'être blessé pour avoir voulu défendre mes intérêts, j'avais complètement changé de mentalité ! Oubliant même la nuit d'amour sublime due au motard, je n'avais plus qu'une idée en tête : retrouver ce dernier le plus vite possible pour venger mon frère ! Comment m'y prendre pour de telles retrouvailles ? Je ne savais pas trop mais j'étais sûre d'y parvenir : l'heure du châtiment ne pouvait pas ne pas sonner.

En moins d'une semaine, Paco récupéra la grande forme qui avait toujours été la sienne et moi-même je ne restai pas inoccupée, ruminant et préparant ma vengeance en prenant bien soin de ne pas lui en parler. S'il avait connu mon projet qui présentait, je l'avoue, un côté assez diabolique — mais comment m'y prendre autrement avec un suppôt de Satan ? —, mon frère aîné m'aurait certainement déconseillé de le mettre à exécution ! Et si je l'avais écouté, c'eût été bien dommage puisqu'il n'y aurait eu aucune sanction contre le criminel qui avait voulu le tuer. Les projets que l'on garde pour soi tout seul, sans en confier un mot à quiconque, pas même au plus proche membre de sa famille, sont toujours ceux qui réussissent le mieux !

Pendant la semaine de convalescence de Paco, je m'absentai trois ou quatre fois dans l'après-midi sous prétexte de faire des achats strictement personnels à Cannes mais, suivant les sages recommandations de Paco, je n'utilisai pas la Bentley : même en la laissant conduire par Otto, elle était trop facilement repérable par n'importe quel membre de la redoutable bande des Anges Noirs. Je ne me déplaçais qu'en taxis, beaucoup plus discrets et, grâce à cette tactique, les préparatifs de mon expédition punitive furent rapidement menés à bien.

La semaine suivante mes absences furent plus longues. Je partais toujours en taxi à dix heures et ne revenais guère avant minuit. Paco, qui se montrait à nouveau inquiet à mon sujet, finit par me demander un soir :

— Mais enfin, qu'est-ce qui t'arrive encore ?

— Rien de très passionnant, mon chéri... Pour me changer les idées après la série noire qui vient de nous accabler, je prends mon temps pour visiter tout l'arrière-pays qu'au fond je connaissais très mal et qui est admirable ! C'est tellement plus reposant que la Côte proprement dite. Elle est devenue un gigantesque boulevard à la circulation démentielle !

— Et tu préfères faire ces promenades en taxi plutôt qu'avec ta voiture conduite par Otto ?

— Oui, parce que leurs chauffeurs, nés dans le pays, connaissent beaucoup mieux qu'Otto, qui est autrichien, les petits restaurants de charme, les villages authentiques et les plus jolis sites à voir.

— Tu es vraiment une drôle de fille ! marmonna Paco qui préféra ne plus me poser d'autres questions sur mon emploi du temps, sachant très bien que je lui mentais effrontément.

Le cinquième soir, je revins beaucoup plus tôt, vers dix-neuf heures.

— Tes investigations touristiques auraient-elles été moins intéressantes aujourd'hui ? questionna Paco sur un ton sarcastique.

— Au contraire, je viens de faire l'une des randonnées les plus excitantes de ma vie !

— Comment cela, excitante ?

— Je t'expliquerai ça un autre jour... Ça m'a donné faim ! Si nous faisions avancer le dîner ? Ensuite je monterai me coucher parce que je tombe de fatigue... Demain tout ira très bien.

Je me souviens m'être montrée assez gaie pendant le repas. J'étais satisfaite : grâce à un hasard presque providentiel, mon plan de vengeance avait parfaitement réussi...

Le surlendemain, alors que Paco et moi nous trouvions, selon notre déjà vieille habitude, sur la terrasse, prêts à prendre avant le dîner notre apéritif préféré — une coupe de champagne —, il me demanda en désignant un journal posé sur la table, à côté de la bouteille de Veuve Clicquot rosé apportée par Otto :

— As-tu lu le journal aujourd'hui ?

— Ma foi non. Tu sais, les journaux et moi, nous sommes un peu brouillés ! Depuis l'enterrement de Joseph, ils m'ignorent ! Il faut croire que je ne les intéresse plus, maintenant que le grand homme a disparu... Une veuve, ça ne compte pas !

— Ne t'en plains pas trop ! Il vaut mieux laisser planer le silence pendant quelque temps après ce qui s'est passé ! Et c'est heureux qu'on n'ait pas publié ta photo entrant ou sortant du gala du Palm Beach en joyeuse compagnie ! Mais ne t'inquiète pas : dans quelques mois, on recommencera à vanter les charmes de la ravissante madame Kelmann, le jour où tu auras fait ce que j'appellerais ta « rentrée officielle » dans le monde. Pour le moment, il est préférable qu'on nous oublie un peu tous les deux... Par contre, dans le canard qui est là sur cette table on parle de quelqu'un que tu as bien connu...

— Qui cela ?

— Un certain Thierry Bontemps... Ça ne te rappelle rien ?

— Qu'est-ce qu'il a encore fait ?

— Oh ! Quelque chose d'assez banal que tout le monde peut faire : il s'est tué...

— Non ?

— Oui.

— Suicidé ?

— Même pas ! Comme tu avais eu, un jour où tu étais en colère contre moi, l'exquise gentillesse de le dire à mon égard : il n'en aurait pas eu le courage... c'était un lâche qui ne m'a attaqué que parce qu'il se savait escorté par deux de ses camarades motards. Mais il s'est dépêché de ficher le camp avec eux quand il a réalisé que les choses commençaient à mal tourner à la suite de l'intervention du garagiste... Non, il s'est tout bêtement tué dans un accident de la route sur la belle Harley-Davidson que tu lui avais offerte... Je t'assure que tu devrais jeter un coup d'œil sur le journal, où c'est expliqué en troisième page comme un vulgaire fait divers ne présentant pas grand intérêt. C'eût été quand même un peu fort qu'on lui consacrât la une avec sa photo comme cela est souvent arrivé quand tu t'exhibais en compagnie du cher Joseph... Seulement pour toi c'était normal : tu le méritais ! Lui, il n'a eu droit qu'à un entrefilet de quelques lignes... Mais lis donc, chérie, ce qui est dit dans le journal...

Le texte était en effet court, relatant qu'un boucher de Valbonne, passant avec sa camionnette sur la route de Cabris à Grasse, avait été intrigué par la présence d'un casque de motocycliste qui traînait sur la route. S'étant arrêté pour l'examiner de plus près, il avait aperçu, au fond du ravin qui longeait la route à droite, une motocyclette retournée et, allongé à quelques mètres d'elle sur le sol, le corps du pilote immobile. Ayant fait arrêter une autre voiture qui passait, le conducteur de cette dernière avait foncé à Grasse pour chercher du secours et alerter les gendarmes. Quand ceux-ci arrivèrent, ils descendirent dans le ravin et purent constater que le motocycliste, n'ayant plus son casque, avait été tué sur le coup. Très vite il fut identifié : il s'agissait de Thierry Bontemps, sans profession, âgé de vingt-trois ans et domicilié chez sa mère, commerçante à Grasse. Il n'y avait aucun témoin de l'accident survenu dans un virage de la route, qui est assez sinueuse, et il semblait qu'il ait été dû à un excès de vitesse. La motocyclette de grosse cylindrée était une Harley-Davidson.

C'était tout, mais il n'y avait aucun doute à avoir : il s'agissait bien de celui qui avait été pendant quelques jours mon « motard d'amour »...

Et comme, ma lecture terminée, je demeurais silencieuse, Paco demanda :

— Ça ne te fait quand même pas un peu de peine ?

Ma réponse fut encore plus lapidaire que le compte rendu du journal :

— Dommage pour lui ! S'il avait persévéré, il serait sûrement arrivé un jour à très bien faire l'amour...

Je n'avais aucun autre commentaire à faire. Paco me regarda, assez étonné, pendant quelques secondes avant de dire :

— Ça devait lui arriver : ces motos sont un danger public !

— Tu viens d'avoir le mot juste : un véritable danger.

Notre repas fut silencieux. Cette fois ce n'était pas — comme cela s'était passé à bord du *Sabine* quand nous avions voulu y faire l'amour, Thierry et moi — l'ombre de Joseph qui s'interposait entre mon jeune amant et moi mais celle du motard qui rôdait méchamment entre Paco et moi. Et c'était aussi pénible !

Le repas terminé, nous revînmes sur la terrasse. La bouteille de champagne était encore là, aux trois quarts pleine dans son seau à glace. Et pendant que nous nous installions dans les fauteuils de jardin, je dis à mon frère :

— Verse-moi un verre, Paco. J'ai encore des choses à te dire... Toi-même, tu n'as certainement pas oublié la soirée que nous avions passée tous les deux ici à cette même place après l'enterrement de Joseph, également devant une bouteille de champagne rosé ?

— Oui. Pourquoi ?

— Tu te souviens aussi des révélations que tu m'as faites ce soir-là ?

— J'ai estimé qu'il valait mieux que tu connaisses la vérité sur la façon exacte dont était mort ton mari.

— Et tu as bien agi, mon Paco ! Ce soir, c'est moi à mon tour qui vais te raconter comment est mort le motard qui a essayé de te tuer... Et quand tu le sauras, tu ne pourras plus jamais penser que ta sœur ne t'adore pas ! Laisse-moi parler comme tu l'as fait après l'enterrement... Ne m'interromps surtout pas, sinon je crois que je n'aurai pas la force de continuer ! voilà...

— Tu sais très bien que je ne pouvais pas supporter deux choses : que ce petit salaud ait volé la boucle d'oreille et qu'il ait failli te défigurer, toi le dernier et le plus beau des Homir ! Après avoir bien réfléchi, j'en suis arrivée à la conclusion que le seul châtiment qu'il méritait était la mort. Comme pour Joseph. A cette grande différence près que nous n'avions supprimé Kelmann que parce que nous ne pouvions plus supporter sa présence entre nous deux, alors que la mort de Thierry Bontemps serait une juste punition pour le mal qu'il nous avait fait. Joseph a été à notre égard le plus honnête des hommes et Thierry le plus malhonnête des garçons. Et comme ce dernier faisait preuve de beaucoup plus de passion pour la moto que je lui avais offerte que pour moi, j'avais également un affront intime et personnel à laver. Aussi le moyen le plus indiqué — même le plus cynique pour lui ! — de mettre fin à ses vilenies ne serait-il pas de le faire mourir en pleine gloire d'*Ange Noir* sur sa Harley-Davidson ? Pour obtenir ce résultat, il fallait un accident minutieusement préparé, ce qui a été ma véritable occupation pendant toutes ces journées et ces soirées prétendument consacrées au tourisme en taxi dans l'arrière-pays.

» Je sais que tu n'es pas assez bête pour m'avoir crue quand je te racontais ce mensonge énorme ! Mais je voulais garder le secret le plus absolu tant que je n'étais pas sûre de la réussite finale.

» Le résultat étant là, comme tu viens de l'apprendre par la lecture du journal, je me sens assez fière de la méthode que j'ai choisie.

» Pour commencer apprends qu'à chaque fois que j'utilisais un taxi, ce n'était nullement pour sillonner les routes charmantes de l'arrière-pays mais seulement pour me déposer le matin à la gare de Cannes et venir m'y reprendre le soir. Sauf avant-hier où tu m'as vue rentrer beaucoup plus tôt puisque nous avons partagé ici un dîner où tu as pu constater que j'étais d'excellente humeur... Il y avait de quoi ! Bien que j'aie fait semblant de n'apprendre que tout à l'heure, par le journal que tu m'as mis sous les yeux, la nouvelle de l'accident, je savais déjà depuis ce jour-là que Thierry Bontemps n'était plus. Ce qui me remplissait d'aise... Tu vas penser que décidément ta petite sœur adorée manque totalement de cœur ? Eh bien tu aurais tort, Paco aimé... Et toi aussi tu devrais être plutôt content... Je ne garde mon cœur que pour toi seul et je ne le galvauderai jamais avec un autre homme, même s'il me donne la plénitude charnelle. Le cœur a ses raisons que le corps ignore ! L'inverse est aussi vrai.

» Chaque matin, une fois descendue du taxi, j'allais à pied à un garage tout proche où m'attendait une petite voiture louée en cachette de toi et de tout le monde. La location était payée en liquide au propriétaire qui me cédait également la carte grise, établie à son nom, pour que je puisse circuler sans difficultés. Donc pas de traces bancaires... Pas question non plus d'utiliser la Bentley pour réaliser mon projet ! Intentionnellement j'avais choisi une voiture d'apparence modeste — une Volkswagen exactement —, mais solide et capable de résister aux coups ou aux heurts s'il y en avait ! Dès ma première randonnée au volant de ce nouvel engin de locomotion, je me dirigeai vers Grasse... Sans doute as-tu remarqué qu'à chacune de ces mystérieuses escapades, qui t'intriguaient, j'étais toujours vêtue d'un simple jean, pour faire le plus anonyme possible au volant de cette voiture populaire qui était loin d'être neuve ! Enfin, comble du raffinement, pour que personne ne puisse repérer la belle Mme Kelmann, quand je venais chercher ma petite voiture allemande, je m'affublais d'une perruque brune cachant ma fausse mais admirable blondeur. Ainsi je redevenais un peu cette jeune fille que tu es le seul résident de la Côte d'Azur à avoir connue brune au temps où elle déambulait en ta compagnie dans les rues de Vienne... L'idée qu'il m'a fallu retourner à mes origines hongroises pour procéder à l'exécution d'un sale voyou ne te fascine-t-elle pas ?

» Ainsi camouflée et portant des lunettes teintées, j'arrivai à Grasse au volant de la Volkswagen. Tu sais que, comme toi, j'ai une excellente mémoire : je me souvenais très bien — pour l'avoir lue sur son permis de conduire motocycliste qui traînait sur la table de sa chambre minable de La Bocca au tout début de notre rencontre — de l'adresse mentionnée qui se trouvait à Grasse. Je me doutais que c'était celle de sa mère, dont il m'avait dit qu'elle y tenait une parfumerie. Grasse est une ville ne manquant pas de charme, mais elle est si petite qu'on a tôt fait le tour des boutiques de parfums ! Celle de Mme Bontemps mère fut vite repérée. Je m'arrêtai à proximité sans me faire remarquer et je stationnai dans la Volkswagen banalisée, fermement décidée à attendre le temps qu'il faudrait ! Pourquoi cette filature discrète ? Simplement parce que mon instinct de femme m'incitait à penser qu'à moins d'être définitivement brouillé avec elle — ce que je ne pensais pas être le cas —, tôt ou tard un fils revient voir sa mère, ne serait-ce que pour quémander quelques subsides s'il se trouve dans la panade ! Ce qui ne pouvait manquer d'arriver bientôt, dans son cas, puisqu'il n'avait pas pu encaisser le produit de la vente de la perle ! J'attendais avec une certaine fébrilité l'apparition de mon bel escroc sur sa superbe moto devant la boutique maternelle.

» L'attente dura plus d'une semaine, comme tu as pu toi-même le constater en me voyant partir régulièrement tous les jours, en ignorant la raison secrète d'absences aussi répétées. Si je prolongeais ma patiente observation jusque tard dans la soirée, c'était parce que je pensais qu'il viendrait peut-être embrasser (ou taper) sa mère après la fermeture de la boutique. Finalement, c'est au beau milieu de l'après-midi d'avant-hier que le miracle tant souhaité par moi s'est produit ! Recroquevillée dans la Volkswagen, j'entendis et reconnus de loin le vrombissement caractéristique de la Harley-Davidson... Il apparut — superbement casqué, botté, lunetté et vêtu de cuir — le dangereux Ange Noir de mes débordements sexuels ! Te dire que cette vision fit battre mon cœur, c'est la vérité, mais pas de la manière dont l'Ange l'aurait sans doute souhaité... Certes, il battait à se rompre, ce cœur de femme bafouée, mais plus du tout en cœur d'amoureuse: en cœur de justicière.

» Je n'attendis pas trop longtemps. La visite à maman fut courte: peut-être s'était-elle terminée par un refus de crédits supplémentaires ? Le quémandeur n'avait même pas jugé bon de quitter son casque pour embrasser la chère femme ! Et il enfourcha sa monture pour repartir immédiatement. Mais j'étais parée, prête à bondir moi aussi dans la Volkswagen dont les accélérations n'étaient peut-être pas comparables à celles de la Harley, mais qui offrait l'avantage inestimable d'être plus solidement construite et surtout beaucoup plus stable qu'un deux-roues. Et je suivis, mon pare-chocs avant presque collé au porte-bagages de la monture de l'Ange Noir pendant la traversée de la ville, qu'il fit à une allure modérée, peut-être par crainte qu'un agent zélé n'apprécie que modérément les exploits d'un Ange Noir dans cette petite bourgade tranquille.

» J'ignorais absolument où nous allions et comment tout se terminerait quand il prit, avec la Volkswagen toujours collée aux fesses, la route de Cabris... Parcours de rêve pour ceux qui raffolent de virages ! Cette fois-ci, mon motard préféré ne me suivait pas. Il me précédait, tel un authentique représentant de la police. Possédant évidemment un rétroviseur, mon guide ne manqua pas d'être intrigué par cette voiture prolétarienne qui avait l'outrecuidance d'oser le suivre d'aussi près ! Sa curiosité s'accentua quand il constata, toujours dans le rétroviseur, que le véhicule était conduit par une fille brune dont il ne pouvait apercevoir le regard caché derrière des verres teintés mais dont le nez émergeant des lunettes donnait l'impression d'être drôlement impertinent... Peut-être y avait-il pour lui une aventure à tenter avec une telle audacieuse, même si, étant donné sa voiture teintée de vétusté, elle ne devait pas être bien argentée ! Mais, après tout, on ne peut pas tomber à tous les coups sur la propriétaire d'une Bentley et d'un yacht !

» Il ralentit pour que je puisse le dépasser, ce qui lui permettrait de se faire une opinion plus précise sur l'objet de sa nouvelle convoitise au moment où il la verrait de plus près et de profil... Profitant de ce que nous étions seuls sur la route et que je ne voyais poindre aucun véhicule en face, je me plaçai à sa hauteur — ce qui était, je le reconnais rétrospectivement, une manœuvre des plus risquées, puisque ainsi je roulais à gauche ! Mais qui veut la fin emploie tous les moyens... Et je lui criai en riant, après avoir baissé la vitre de ma portière droite :

« — Retirez ce casque et vos lunettes pour que je puisse voir si vous êtes réellement beau gosse ! »

» Subjugué par une telle demande et cédant à son orgueil de tombeur patenté — car lui aussi était bouffi d'orgueil ! Tous les hommes le sont, excepté toi, Paco, qui sais être l'humilité même ! —, d'un mouvement brusque il fit le geste que je lui demandai en jetant sans hésiter et par bravade son casque sur la route... Il m'apparut alors dans toute sa beauté de mâle portant fièrement ses cheveux au vent, tel qu'il m'avait déjà fascinée un jour en traversant Cannes... C'était le jeune dieu infernal qui ressuscitait !

» Je l'imitai en me débarrassant à mon tour de mes lunettes et de ma perruque... Jamais je ne pourrai oublier l'expression que prit alors son visage : il retrouvait brusquement au hasard d'une route cette blonde Mme Kelmann dont il s'était si odieusement moqué ! Pourtant, elle n'était plus au volant de sa Bentley, mais d'une voiture misérable ! Ce ne pouvait être qu'une hallucination... Bien que nous roulions doucement, je crus que, de saisissement, il allait perdre le contrôle de sa machine ! Et pour accroître son émoi, je criai à nouveau :

« — C'est bien ce que je pensais : tu es un beau salaud, en fait d'Ange Noir ! »

» L'instant propice était arrivé pour moi, comme pour toi, Paco, quand tu avais précipité Joseph par-dessus la rambarde du yacht... Tu avais su profiter du bon moment que tu n'aurais peut-être jamais retrouvé après ! J'ai fait comme toi... J'ai accéléré à fond en donnant un grand coup de volant à droite pour heurter la moto et son passager. Le résultat fut immédiat : la brillante machine bondit dans le vide du ravin bordant la route et, après un deuxième coup de volant donné dans l'autre sens, je me retrouvai seule dans mon vieux véhicule qui fonça le plus vite qu'il le put vers Cabris... Pendant que je roulais ainsi, une seule pensée m'occupait l'esprit : "C'est fou ce que c'est facile, quand on roule en voiture, de faire basculer quelqu'un qui ne circule que sur deux roues ! Paco avait raison quand il affirmait que c'était très dangereux, la moto..."

» Deux kilomètres plus loin, ayant eu la chance de ne croiser aucune autre voiture, je m'arrêtai et quittai la route pour m'engager sur ma gauche dans un petit chemin transversal qui ne devait sûrement pas mener à un endroit habité. Je me cachai, moteur arrêté, derrière une haie touffue dont les aubépines blanches et odorantes me tournaient un peu la tête ! Je goûtai le silence complet après le tintamarre de la Harley-Davidson roulant à côté de ma Volkswagen dont je m'extirpai aussitôt pour examiner le côté droit de la carrosserie. On y voyait à peine une petite éraflure à l'avant, qui pourrait facilement disparaître sous un coup de peinture. Le pare-chocs était intact ! C'est solide, une Volkswagen : ça défie tout, même si ça frôle la mort... Je ne m'étais pas trompée dans le choix de ma location. Je pouvais être pleinement rassurée : pas de trace de choc violent, et comme on dit : "*Pas vu, pas pris !*" Je n'avais plus qu'à allumer une cigarette et à attendre, tranquillement assise dans la voiture bienfaitrice, beaucoup plus rassérénée que lors de mes attentes précédentes tout au long de cette semaine.

» Je sentais qu'il ne réapparaîtrait plus cette fois

mais enfin, rien n'est tout à fait certain tant que l'on n'a pas vérifié de près les choses ou les événements! J'attendis deux bonnes heures, entendant passer de temps en temps sur la route, à trois cents mètres de moi, quelques rares voitures... La chaleur était étouffante et c'était l'heure sacro-sainte où les autochtones des régions méditerranéennes font la sieste. Ces deux heures me permirent d'établir la ligne de conduite que je devrais tenir selon ce qui se passerait sur les lieux. Comme pour la mort de Joseph, il s'agirait d'une "regrettable coïncidence" entre une route très accidentée et une Harley-Davidson conduite par un jeune fou qui roulait trop vite. Coïncidence qui pourrait être interprétée de trois façons...

» Ou personne ne passant à l'endroit fatidique, on ne s'était pas encore aperçu qu'il y avait, gisant au fond du ravin, un bel Ange Noir ainsi que son cheval de bataille. Un cas analogue s'est déjà présenté, les gens circulant sur une route étant beaucoup trop absorbés par la conduite de leur véhicule pour regarder ce qui peut bien se trouver au fond d'un ravin... Ou bien l'Ange Noir, bénéficiant d'une chance quasi surnaturelle, n'avait été qu'assommé par le choc et avait repris ses esprits. Dans ce cas, s'il pouvait encore parler, il ne manquerait pas de désigner celle qui avait cherché à l'envoyer dans l'au-delà. Et la vengeance de sa brigade motorisée serait redoutable pour moi... Ou enfin il avait été tué sur le coup... De toute façon, comme il fallait absolument que je sois fixée une fois pour toutes, car il n'était pas question que je reste dans une telle incertitude, je n'avais qu'une solution : faire demi-tour et revenir vers Grasse à l'allure modérée d'une touriste respectueuse des lois édictées par le Code de la route.

» Je rajustai donc ma perruque brune sur ma tête, replaçai mes lunettes teintées sur mon nez impertinent, jetai un dernier regard de complaisance dans mon rétroviseur pour vérifier que tout allait bien pour ma beauté et j'embrayai doucement.

» Après quelques minutes de trajet j'aperçus, en me rapprochant du lieu fatidique, plusieurs personnes agglutinées sur la route ainsi que des véhicules dont l'utilité ne pouvait être mise en doute : deux voitures de police, une grue rouge de pompiers et une ambulance... Leurs gyrophares ne cessaient pas de tourner pour prévenir les usagers de la route ou les simples touristes comme moi, visitant avec délectation l'arrière-pays, qu'il s'était passé quelque chose de fâcheux... Manifestement un accident grave. Conservant mon calme apparent, mais le cœur battant très fort d'une inquiétude strictement personnelle pour ce qui risquait de m'arriver si on découvrait la vérité, et non pas pour les ou "la" victime de cette petite catastrophe, hélas très fréquente sur nos routes, je demandai en prenant le ton le plus innocent que je pus à un brave gendarme qui réglait la circulation :

« — Que s'est-il passé ?

« — Encore un cinglé qui s'est pris pour un champion sur sa moto...

« — Il s'en tirera ?

« — Il est mort, madame. Pensez donc : au moment du choc il n'avait plus son casque de protection, qu'on a retrouvé sur la route où il devait l'avoir perdu ! Tous des excités, ces jeunes qui méprisent le port du casque ! Vous voyez pourtant que c'est bien utile...

« — Pauvre garçon ! fut mon oraison funèbre. »

» Thierry ne méritait pas plus de ma part. Déjà, je n'avais pu exprimer le moindre mot de chagrin devant le corps de Joseph à l'hôpital de Fréjus. Et pourtant mon époux s'était conduit à mon égard tout autrement que ce voyou ! Voilà, Paco, tu sais tout, maintenant.... Verse-moi un peu de champagne : ce récit m'a donné soif. Mais à qui d'autre que toi pouvais-je le faire ?

Pendant que je buvais, Paco — qui ne m'avait pas interrompue une seule fois — me regardait avec un calme serein qui m'étonna. Vraiment il était mon unique allié !

Ce fut moi qui conclus, au moment où nous rejoignions nos chambres respectives :

— Tu vois, ce qui me console dans tout cela, c'est que maintenant chacun de nous est dépositaire du secret de l'autre... Tu m'as confié celui de la mort de mon mari et je viens de te révéler comment a fini l'un de mes amants... Ne penses-tu pas que, ce soir, nous sommes à égalité ? A quand la belle ?

— Le jour où la lubie te prendra de vouloir te remarier ! Jeune et jolie comme tu l'es, ça paraîtrait normal mais ce serait quand même la plus grande des erreurs.

— Pourquoi ?

— Parce que tu es riche ! Méfie-toi d'un second mari : il ne chercherait qu'à dilapider ta fortune.

— Mais s'il était plus riche que moi ?

— Tu ne serais pas plus heureuse ! Continue les aventures : c'est moins grave et surtout moins dangereux que le mariage ! Et puis si l'une d'elles tournait au vinaigre, comme ça vient d'être le cas, je serais là pour veiller au grain.

— Sois franc, Paco : tu n'aimerais pas beaucoup me voir remariée ?

— Sûrement pas !

# La proie qui s'est enfuie

Au cour
seil de Pau
res mais
fringale s
Thierry —
venu, la
mon insp
connaître
dant mes
ménage
Dans ce
d'une fem
n'avais don
et la durée
certaine
heureuse
quoi ? J'a
cours de
ralité. Plu
envahie p
dont je n'
continuai
sur ce qu
comble é
apporté
une exist
sais, enfi
tout prob

Au cours des années qui suivirent j'ai écouté le conseil de Paco : je me suis contentée d'aventures éphémères mais suffisamment bénéfiques pour calmer ma fringale sans cesse grandissante de plaisir. Grâce à Thierry — je dois le reconnaître —, qui était enfin parvenu, la nuit où il m'avait volée, à me débarrasser de mon insupportable frigidité, je pouvais maintenant connaître ces jouissances que j'avais tant espérées pendant mes années d'initiation à Monte-Carlo et mon mariage avec Joseph.

Dans ce domaine, primordial pour l'épanouissement d'une femme en quête de son véritable équilibre, je n'avais donc plus à me plaindre... Mais si la multiplicité et la diversité de mes rencontres me comblaient d'une certaine façon, je n'étais quand même pas vraiment heureuse ! Il me manquait quelque chose d'autre, mais quoi ? J'aurais été bien incapable de le dire, dans le cours de cette existence aussi facile que dénuée de joie réelle. Plus les années s'écoulaient et plus je me sentais envahie par une sorte de vague à l'âme indéfinissable dont je n'osais parler à personne. Pas même à Paco qui continuait, avec son inlassable dévouement, à veiller sur ce qu'il croyait être « mon bonheur de vivre ». Le comble était bien qu'il avait la conviction de me l'avoir apporté ! Selon lui, jamais je ne pourrais savourer une existence plus agréable que celle que je connaissais, entourée d'un luxe éhonté et débarrassée de tout problème financier... Brave Paco ! N'était-il pas attendrissant, avec toutes ses illusions sur mon compte !

Pourquoi cette sourde insatisfaction continuait-elle à me tenailler ? N'avais-je pas toujours à ma disposition une immense fortune me permettant d'étancher toutes mes soifs ? Fortune qui continuait même de grandir, grâce aux placements judicieux que Paco avait su effectuer, habilement conseillé par les financiers avec lesquels Joseph avait travaillé et qui heureusement étaient encore là, bien vivants.

L'une de ces premières réussites fut la vente du yacht dont je ne voulais plus entendre parler et sur lequel je n'avais jamais remis les pieds depuis la nuit désastreuse passée en compagnie de mon ex-motard d'amour... Il n'avait pas fallu plus de deux mois à Paco pour trouver un acquéreur subjugué par le *Sabine*, et cela sans qu'eût été divulguée la nouvelle que je cherchais à m'en débarrasser au plus vite ! Une telle information, en effet, n'aurait pas manqué de faire descendre vertigineusement sa valeur marchande. L'acheteur fut un Libanais — qui donc disait que ces gens-là étaient ruinés ? — qui le paya sans discuter et sans que cela nous coûtât un centime d'impôts, sur un compte ouvert au Luxembourg. Le prix de vente égalait celui qu'avait dépensé Joseph pour l'achat et pour les travaux d'aménagement à Chypre ! Cela représentait donc trois bons millions de dollars frais qui furent discrètement placés par Paco. Ayant fait depuis des petits, ils continuent à m'assurer un joli matelas de sécurité pour l'avenir. La seule exigence que j'eus, lors de la tractation, fut que l'on débaptisât le navire à l'instant même où il cesserait de m'appartenir. Comment tolérer que des inconnus se permettent de naviguer sur un yacht portant mon prénom !

En revanche, je conservai pendant encore deux ans la Bentley, qui fut remplacée par des Mercedes auxquelles a succédé aujourd'hui une Jaguar qui possède un capot de Daimler — marque distinguée entre toutes puisqu'elle fut celle de la reine mère d'Angleterre — et toujours conduite par le fidèle Otto.

Des *Lilas Blancs* je n'ai guère à parler puisque le lecteur sait déjà que c'est de là que je suis en train de confesser mes noirs souvenirs sur un papier très blanc.

A plusieurs reprises, et pour des séjours plus ou moins prolongés, je me suis absentée de la Côte. Je partais rarement seule, ayant toujours eu besoin d'avoir un homme à mes côtés, mais jamais de femme ! On n'a pas d'amies, quand on est riche et belle. Et il n'aurait su être question d'une dame de compagnie, ce genre de parasite appointé et bavard étant tout juste bon pour les personnes âgées ! Je préférais de beaucoup l'homme de compagnie...

Pour chaque voyage j'en choisissais un différent : l'important était qu'il sût s'adapter au pays, à la ville, au climat, à l'hôtel — partout j'allais toujours dans le meilleur, sachant par expérience que les hôtels de second ordre n'ont que des défauts —, et surtout se rendre utile, aussi bien pour me satisfaire physiquement que pour m'éviter toute fatigue superflue ! Comme l'aurait fait Paco ! A propos de ce dernier, je peux confier que je ne l'ai jamais emmené avec moi. Je préférais — et lui aussi, étant devenu assez casanier — qu'il restât aux *Lilas Blancs*, mon point fixe, où il jouait à merveille le rôle de « la femme au foyer » alors que moi j'étais le vagabond toujours attiré par l'aventure...

D'ailleurs n'était-il pas indispensable que l'un de nous deux demeurât à ce qui était devenu notre P.C. opérationnel pour surveiller le personnel, les placements bancaires et surtout accourir au secours de l'autre sur un appel téléphonique ou sur un simple télégramme si celui-ci connaissait quelque difficulté ? Fort heureusement, pas une seule fois au cours de mes innombrables pérégrinations, en France ou à l'étranger, Paco ne se trouva dans l'obligation de venir me rejoindre d'urgence pour me sortir d'un embarras avec un compagnon de voyage. La pitoyable expérience avec Thierry m'ayant assagie, je faisais très attention au choix de mes partenaires. C'était d'ailleurs la moindre des choses, puisque le plus souvent c'était moi qui payais. Je préférais cette solution, pour pouvoir conserver l'entière liberté de répudier mon compagnon occasionnel à tout moment si je ne pouvais plus le supporter. Lorsqu'une femme en a les moyens — et là je m'adresse à celles qui, étant en train de me lire, se trouvent peut-être dans ce cas —, c'est la meilleure formule pour ne connaître aucune désillusion, ni aucun regret quand survient l'inévitable rupture.

Généralement, mes hommes de compagnie n'étaient ni trop jeunes, ni trop vieux... Je les préférais entre deux âges mais encore vigoureux, bien armés pour satisfaire mes appétits charnels, expérimentés dans les jeux de l'amour, beaux et encore capables de susciter quelques jalousies chez celles qui les voyaient en ma compagnie. Je les voulais également intelligents, habillés avec la sobre élégance qui s'imposait à celui qui devenait « l'ami du moment » de la célèbre Mme Kelmann, sachant aussi se tenir correctement à table, ayant enfin de bonnes manières et une certaine distinction ! L'attrait de la vulgarité avait complètement disparu de mon esprit depuis l'épisode du motard... En somme je me montrais plutôt difficile dans mes choix !

Si l'on ajoute à cela que j'ai toujours eu la conviction intime qu'il n'était pas possible de faire l'amour sur la Côte d'Azur de la même façon qu'à Paris, à Rome, à New York, à Los Angeles, à Miami, à Mexico, à Bangkok ou aux Baléares, on comprendra que mes partenaires étaient vraiment triés sur le volet ! Je pense avoir connu alors ce qu'il y avait de mieux dans le genre. C'est pour cela que j'aurais mauvaise grâce à me plaindre d'avoir vécu une aussi longue période d'existence débridée, même si elle ne m'a pas rendue complètement heureuse... Combien de femmes souhaiteraient avoir connu une pareille chance ! Et c'est précisément à ces dernières que je m'adresse pour leur donner un conseil dont l'importance me paraît essentielle : si vous êtes des femmes libres et sans entraves familiales ou matrimoniales comme je l'étais, n'hésitez pas ! Attaquez-vous de préférence aux hommes mariés... Ce sont à la fois les plus vulnérables, parce qu'ils sont souvent mal mariés et les plus faciles à répudier, parce que, tôt ou tard, ils doivent retourner auprès de leurs épouses, non pas par amour mais à cause des enfants ou, plus prosaïquement, pour des raisons d'ordre budgétaire... Quand vous en avez terminé avec ce genre d'hommes, ils vous laissent tranquilles et s'abstiennent, par prudence, de vous relancer ! Ce qui est très appréciable.

Je me méfiais en revanche des hommes divorcés, qui sont les pires. Ils ont connu tous les inconvénients d'une vie conjugale réglementée par la loi. Quant aux veufs inconsolables, ils n'ont qu'une idée en tête : se remarier au plus vite pour pouvoir parler de leur première épouse à la seconde et établir sans cesse des comparaisons ! Là encore j'écoutai le conseil de Paco : pas de remariage ! J'étais si contente de mon rôle de jeune veuve affolante que, pour rien au monde, je n'aurais changé de nom, m'étant très bien habituée à être Mme Kelmann. Évidemment le rêve eût été que, dans ce lot de postulants à l'union libre qui se succédèrent à une cadence accélérée, il s'en fût trouvé un possédant les capacités physiques du Thierry de la dernière nuit, alliées à l'intelligence d'un Joseph. Mais cet homme-là, je ne l'ai jamais rencontré avant d'avoir franchi — de plus en plus belle parce que de plus en plus femme — le cap de la quarantaine. En réalité, et sans mentir le moins du monde par coquetterie, j'en paraissais facilement six ou sept de moins : trente-trois ans au plus, l'âge où la femme atteint son plein épanouissement et où elle se porte admirablement.

Paco, lui, avait allégrement atteint la cinquantaine mais il était encore resté si beau qu'on pouvait lui en octroyer dix de moins ! Un demi-frère à la quarantaine éternelle et une demi-sœur dont la beauté s'annonçait impérissable, voilà ce que nous étions quand nous nous retrouvions en tête à tête sur la terrasse des *Lilas Blancs* à chaque fois que je revenais de l'un de ces voyages d'agrément où la découverte de nouveaux horizons s'était mêlée à une nouvelle exploration amoureuse... Je voyageais en voiture, en train de luxe ou en avion, et de palais en palais, de couturier en couturier, de bijoutier en bijoutier, de réceptions ou galas en festivités internationales pour essayer de meubler mon ennui progressif.

Ces retrouvailles, pendant lesquelles Paco me posait mille et une questions sur mes aventures, sur mes enthousiasmes ou sur mes déceptions se faisaient toujours devant une bouteille de Veuve Clicquot rosé, pour ne pas faillir à la tradition instituée par Joseph. Et je racontais scrupuleusement tout ! Ce qui avait été brillant et ce qui l'avait été moins, le sublime et le médiocre. Pourquoi aurais-je caché quelque chose à mon seul confident puisqu'il avait eu l'intelligence et l'élégance de me laisser agir entièrement à ma guise comme je le lui avais demandé un certain soir, déjà lointain, où nous avions failli nous brouiller sur le banc de la piscine ?

Pendant ces années de brusques départs et de retours inattendus, je connus le sort de ces frêles et gracieuses embarcations qui hissent toutes leurs voiles pour prendre le large avec l'ambition d'être secouées par des fortes vagues et qui reviennent très vite, le plus souvent meurtries, à leur point de départ où elles sont assurées de trouver un abri sûr. *Les Lilas Blancs* étaient mon port d'attache, et Paco l'intrépide capitaine de ce havre de paix.

Alors que je commençais à en avoir assez de ces périples qui, finalement, s'étaient tous plus ou moins ressemblés, avec leur commencement foudroyant — sur

« les chapeaux de roues », comme l'aurait dit un Ange Noir —, leur suite devenue rapidement plus languissante et l'inévitable fin sans espoir de lendemain, Paco et moi nous trouvions un soir de plus, après le dîner, sur la terrasse. Nous voulions profiter des premières senteurs de la nuit et nous repaître du panorama incomparable de la baie illuminée qui s'élargissait à nos pieds. Après l'un de ces longs silences méditatifs que nous ne détestions pas, mon frère me demanda sur ce ton d'exquise douceur qu'il savait prendre chaque fois qu'il s'inquiétait de ma santé :

— Tu n'es pas souffrante, chérie ?

— Pas le moins du monde ! Pourquoi cette question ?

— Voici déjà quelques jours que je te trouve une mine chiffonnée... Tu as un peu le visage d'une jolie femme qui serait dégoûtée de tout ! Est-ce que je me trompe ?

— Pas tellement... Décidément tu me connais très bien, mon Paco ! Je commence à me rendre compte — il en est grand temps, diras-tu, à mon âge ! — que, depuis la disparition de Joseph, j'ai mené une existence véritablement stupide !

— Pourtant, tous ces voyages successifs ont dû t'apporter quelque chose ?

— Rien du tout. Sinon la certitude que — quel que soit le lieu ou le pays où ils habitent — les hommes sont tous aussi bêtes les uns que les autres. Et que le véritable grand amour n'existe pas !

— Et les femmes ?

— Tu sais très bien qu'elles ne m'ont jamais intéressée ! Il est très agréable de n'être pas obligée de travailler pour vivre mais, à la longue, ça fait de vous une parfaite idiote !

— Peut-être parce qu'ayant eu très tôt une vie aussi facile, tu n'as pas tellement cherché à t'instruire ?

— Pour apprendre quoi ?

— Une foule de choses ! Tout peut devenir intéressant... Je crois que ce qui t'a manqué, c'est une bonne occupation. Sans aller jusqu'à te conseiller de te lancer dans les œuvres de charité, pour lesquelles tu n'es pas faite et qui n'aboutissent le plus souvent qu'à des déboires, il ne serait pas mauvais de développer ta culture générale qui, tu seras la première à le reconnaître, est loin d'être phénoménale ! A ce sujet, il m'est venu, en allant à la banque où j'ai mon compte, une idée qui pourrait peut-être te sourire. J'y ai rencontré hier un homme passionnant...

— Crois-tu qu'il en reste encore ? Et n'as-tu pas l'impression qu'avec notre fortune nous n'avons nul besoin de nous acoquiner avec un financier de plus ?

— Justement, ce n'en est pas un ! Sais-tu ce qu'il fait à la banque ? Comme il parle plusieurs langues, il est derrière le petit bureau installé près de l'entrée au rez-de-chaussée pour accueillir la clientèle étrangère et l'orienter vers les différents guichets. C'est un monsieur très aimable.

— Serait-ce ta dernière trouvaille pour satisfaire mes caprices ?

— Non ! Connaissant tes goûts prononcés pour les beaux mâles, il ne te conviendrait sûrement pas... Il est loin d'être un Adonis. Il n'est même pas du tout ton « type d'homme » : entre deux âges — c'est-à-dire à peu près du mien mais ne pouvant pas le dissimuler —, il porte une barbe poivre et sel... Assez courte, il est vrai, mais c'est quand même une vraie barbe ! Et comme je t'ai toujours entendue dire que tu détestais les barbus... A cet appendice, ajoute des lunettes qui lui donnent un air sérieux... Tu m'as répété mille et une fois que tu ne pourrais aimer un homme portant des lunettes et que les seules lunettes que tu appréciais étaient les teintées, comme celles dont tu t'affubles pour donner du mystère à ta beauté... Les verres de celles de ma nouvelle relation sont blancs, tout ce qu'il y a de plus banal, mais le regard embusqué derrière n'est pas bête... Pour achever le portrait, disons encore que la taille est d'une honnête moyenne et la silhouette celle d'un monsieurtout-le-monde. J'espère que cette description te permet de te faire une petite idée ?

— Oui, et elle n'est pas très excitante. Pourrais-je savoir pour quelle raison tu t'intéresses tant à lui ?

— Une raison majeure : c'est un professeur...

— Non ?

— Oui !

— Et comment se fait-il qu'il travaille dans une banque ?

— Figure-toi, amour de ma vie, qu'il existe sur terre une foule de gens très intelligents et très méritants pour qui les fins de mois sont parfois difficiles... N'ayant personnellement rien d'autre à faire dans cette banque que d'y retirer de l'argent, j'ai pu parler assez longuement avec ce monsieur qui m'a même dit son nom : Gilles Pernaud. Il est professeur de français et d'histoire dans une institution privée bien-pensante de Cannes et se trouve actuellement en vacances — nous sommes début juillet, ne l'oublions pas ! —, jusqu'au quinze septembre. Il profite de ce repos scolaire pour faire quelques petits remplacements susceptibles d'améliorer ses finances. Grâce à ses connaissances linguistiques, il a trouvé cet emploi modeste à la banque et il a bien fait. Il n'existe pas de sot métier, il n'y a que de sottes gens ! Je te signale aussi qu'il est marié, que son épouse s'appelle Clarisse — un très joli prénom ! — et qu'elle est professeur d'éducation physique.

— Peut-être tiens-tu aussi à me dire les prénoms de leurs enfants ?

— S'ils en ont, ma curiosité n'a pas été jusque-là.

— Et que veux-tu faire de ce bonhomme ?

— Mais Sabine, pour toi, ce serait le rêve !

— Pour moi ? Ah, çà, tu redeviens fou, Paco ?

— Je te répète que c'est un professeur ! En général, ce genre de personnage ne manque pas de culture ! De plus, il m'a expliqué qu'ayant beaucoup de temps libre — son travail à la banque prend fin à seize heures quinze —, il pourrait très bien venir te donner des leçons particulières ici, à domicile, pour élargir, si j'ose dire, le champ de tes connaissances. Au moins dans les domaines littéraire et historique qui me paraissent être les plus indiqués pour parfaire ta réputation de femme éblouissante ! En outre, ces quelques heures de leçons chaque semaine ne seraient-elles pas pour toi une excellente occupation ? Cela te changerait les idées... Reconnais aussi que je ne te conseille pas de te lancer dans les mathématiques ! Elles ne te seraient strictement d'aucune utilité, puisque je sais compter pour toi et que la seule des quatre opérations qui t'intéresse réellement est la multiplication, dans laquelle tu es devenue une authentique virtuose lorsqu'il s'agit de tes achats... Que penses-tu de ma suggestion ?

— Tu es vraiment un garçon inouï, Paco !

— Pour se déplacer, M. Gilles Pernaud possède un moyen de locomotion... Oh ! ce n'est pas une Harley-Davidson ! Une simple bicyclette... Donc, il pourra monter jusqu'ici.

— Malgré la côte du Cannet ?

— Il m'a dit qu'étant un fervent de la petite reine, il ne craignait pas les montées et qu'en plus sa machine possédait un dérailleur perfectionné... Le rêve, quoi !

— Après tout, peut-être pourrais-je essayer ? Faire ça ou autre chose...

— Il vaut mieux faire ça ! Bravo, Sabine ! Une fois de plus tu fais preuve d'intelligence. Je vais vous mettre en contact... Ah ! Il y a un point sur lequel il m'était très difficile de discuter avec lui dans le hall de la banque : celui de ses appointements... Des leçons de littérature et d'histoire, cela se paie, mais je n'ai aucune idée des tarifs. Dès demain matin je retournerai à Cannes et je me renseignerai auprès de mon ami barman au Majestic dont les deux enfants vont au lycée. Il doit être au courant du prix des répétitions particulières à domicile. L'avantage de faire venir ce monsieur ici sera que personne ne saura, dans nos relations, que la belle Sabine a pris la décision de devenir une femme savante ! Mais dans quelques mois, quand tu t'exhiberas parmi eux, ils seront étonnés par les progrès de ta culture générale et ils se diront entre eux : « *La mâtine, elle faisait semblant de jouer les belles gourdes mais elle savait une foule de choses !* » Ce sera une façon de les épater... ton prestige deviendra immense !

Au déjeuner du lendemain, de retour de Cannes, Paco m'annonça, triomphant :

— Tout est arrangé avec le professeur. Il viendra cet après-midi, en sortant de son travail à la banque, pour faire ta connaissance.

— Il viendra à bicyclette ?

— A pied, à cheval ou à bicyclette, on s'en fiche ! L'important c'est que ce ne soit pas toi qui te déplaces. Il m'a dit qu'il serait là au plus tard à dix-sept heures et il donne l'impression d'être un homme précis. S'il ne te plaît pas, pour une raison ou pour une autre, tu me le diras quand il sera reparti et nous en chercherons un autre. De toute façon, tout à l'heure, en guise de dédommagement pour sa course, nous lui offrirons un drink et quelques petits-fours que tu auras commandés à Otto. Il n'a pas une tête à détester le champagne et il ne doit pas en boire tous les jours, dans sa profession !

— Et pour ses appointements ?

— Avant d'aller le revoir, je suis passé au bar du Majestic pour me renseigner auprès de mon copain qui m'a dit que les répétitions de ce genre se paient à l'heure : deux cents francs au maximum, déplacement compris, ce qui n'est pas exagéré. Quand j'ai annoncé ce tarif à M. Pernaud, il m'a paru être tout à fait d'accord. Ceci prouve qu'il ne doit pas rouler sur l'or, l'excellent homme ! Le tout sera de savoir combien d'heures il pourra te consacrer par semaine. Nous en parlerons avec lui quand il sera là.

— Et si moi je trouve ces leçons fastidieuses ?

— On les arrêtera, chérie ! Tu n'es pas venue sur terre pour t'ennuyer !

— Après tout, ça m'amusera peut-être ?

— Il serait préférable que cela t'intéresse... Si ça ne vous dérange pas, tous les deux, j'aimerais assez assister aux deux ou trois premières leçons pour vérifier qu'il connaît bien son métier et surtout pour voir comment tu t'en tires !

— Ah, non, Paco ! J'ai horreur d'être surveillée pendant que je travaille ! Déjà à Vienne, quand j'allais au collège, j'aimais bien mes professeurs mais je détestais les pions ! Tu ne vas pas te mettre à jouer les pions dans ma vie, à notre âge ! Ce serait ridicule !

A dix-sept heures précises celui qui allait peut-être devenir mon « prof », comme disent les jeunes, se présentait à la grille du parc derrière laquelle, selon mes instructions, Otto l'attendait pour l'aider à garer sa précieuse bicyclette à l'abri de la concupiscence des connaisseurs. Une bicyclette peut se voler encore plus facilement qu'une Harley-Davidson ! Davantage par curiosité que par déférence, j'étais venue à sa rencontre avec Paco et je fus assez agréablement surprise. C'était un bel homme pouvant avoir en effet approximativement l'âge de Paco tout en donnant l'impression d'être sensiblement son aîné, ce qui provenait du collier de barbe, très soigné, je le reconnais, qu'il avait sans doute laissé pousser pour se donner vis-à-vis des élèves, toujours un peu chahuteurs, une apparence plus respectable. Derrière les verres de ses lunettes, ses yeux avaient toute la douceur d'un regard de myope. Sobrement vêtu d'un complet gris, il avait une certaine allure due à sa démarche plutôt élégante. Sa voix était agréable, teintée d'un peu de timidité qui lui donnait un charme discret, lorsqu'il me salua en s'inclinant sans la moindre flagornerie :

— Permettez-moi, madame, de vous présenter mes hommages...

Je les acceptai immédiatement avant qu'il ne s'adresse à Paco :

— J'ose espérer, cher monsieur, n'être pas trop en retard ?

— Vous êtes l'exactitude même, répondit Paco. Maintenant vous connaissez madame Kelmann, qui a bien voulu me confier la défense de ses intérêts depuis la disparition de son regretté époux.

Pour couper court à ces civilités, que je déteste parce qu'elles sont inutiles, j'enchaînai :

— Cher monsieur Pernaud, vous me feriez un grand plaisir si vous acceptiez le champagne de l'amitié qui nous attend sur la terrasse...

Et, pendant que nous nous dirigions vers la maison en traversant les massifs d'hortensias, notre invité s'exclama :

— Quel magnifique parc, madame ! Ce doit être un véritable enchantement que de vivre ici !

— Et vous, cher monsieur, vous habitez Cannes ?

— Dans un appartement bien modeste, madame, et malheureusement un peu bruyant, parce qu'il se trouve situé en plein cœur de la vieille ville. Son seul avantage est de ne pas être trop éloigné de l'institution où j'enseigne.

— M. Paco m'a dit que vous étiez marié ?

— C'est exact. Mon épouse et moi formons, depuis quinze ans déjà, un couple très uni... Clarisse est également dans l'enseignement mais dans une tout autre discipline que la mienne. Elle est professeur d'éducation physique dans deux institutions privées : celle où j'enseigne, dont les élèves sont uniquement des garçons, et le cours Sainte-Marie, réservé aux jeunes filles.

— Elle doit avoir beaucoup de travail ?

— Mon Dieu oui ! Et même pendant les vacances ! En ce moment, par exemple, elle se trouve en montagne près de Castellane avec la colonie de vacances du cours

Sainte-Marie. C'est vous dire qu'elle n'arrête jamais !

— Vous avez des enfants ?

— Hélas ! non, car nous les aimons beaucoup... Ce doit être sans doute pour cela que nous avons eu l'un et l'autre la vocation de l'enseignement, où nous nous sommes d'ailleurs rencontrés.

Paco, qui nous avait laissés converser pendant le trajet, demanda dès que nous fûmes arrivés sur la terrasse :

— Vous aimez, bien sûr, le champagne, monsieur Pernaud ?

— Ne m'en veuillez pas, mais je n'ai jamais pu m'y habituer !

— C'est vrai ? C'est pourtant délicieux le champagne !

— Pas pour moi, cher monsieur ! A chaque fois que j'en ai bu, j'ai fait des bêtises !

— Quelles bêtises ? demandai-je.

— Oh, madame ! De toutes petites... Je n'ai pas les moyens d'en faire de grosses ! Mais je préfère quand même m'abstenir. Si vous aviez un jus de fruits quelconque, je m'estimerais comblé.

Otto assura le service — Veuve Clicquot rosé pour Paco et moi, jus d'orange pour le sobre professeur — pendant qu'installés dans les fauteuils de jardin nous devisions. Mais quand je dis « nous »... ce fut lui qui parla.

Une fois de plus Paco ne m'avait pas menti : il était passionnant, ce professeur qui, malgré son métier, ne faisait preuve d'aucun pédantisme. Jamais de ma vie — et j'étais loin d'être encore la petite jeune fille qui écoutait à Beausoleil les paroles de son aîné comme si elles eussent été des oracles ! — je n'avais entendu quelqu'un dire des choses aussi intelligentes. Certes Joseph et quelques-uns de ceux avec qui j'avais fait mes voyages n'étaient pas des sots, mais ce timide petit professeur les laissait bien loin derrière lui pour l'érudition et pour sa façon d'en faire profiter les autres avec gentillesse et simplicité. Paco et moi, fascinés comme nous ne l'avions encore jamais été dans le domaine culturel, l'écoutions bouche bée. Il possédait surtout le don, que je n'ai jamais retrouvé chez un autre interlocuteur, de deviner à l'avance les questions que l'on désirerait lui poser et d'y répondre avant même que l'on n'ait eu le temps de les formuler ! Une sorte de mage ou de devin de la pensée qui avait réalisé que le dialogue est superflu quand l'un des interlocuteurs connaît tout : les questions et les réponses ! J'ignorais si mon frère était comme moi, mais je découvrais enfin un authentique cerveau qui ne s'encombrait ni d'argent, ni de luxe, ni d'épate pour s'imposer le plus naturellement du monde.

Que ce fût sur l'histoire — la grande et même la toute petite —, la littérature, ancienne ou moderne, les pièces de théâtre, les films, les concerts, il se révélait éblouissant, en dépit de sa modestie — Paco et moi l'aurions laissé parler ainsi pendant des heures s'il ne s'était brusquement exclamé :

— Mon Dieu, madame, je suis impardonnable ! Voilà plus d'une heure que je vous ai pris un temps qui doit être précieux... Cette soirée est tellement douce sur votre terrasse que je me suis laissé aller à bavarder... Il faut absolument que je me sauve !

— Vous ne voulez pas rester dîner avec nous, monsieur Pernaud ?

— Oh non, madame Kelmann ! Vraiment ce serait abuser...

— Mais ne nous avez-vous pas dit que votre épouse était absente ? C'est donc que vous serez seul ce soir ?

— La solitude ne m'a jamais fait peur, madame... Elle n'existe que si l'on n'a rien à faire, et j'ai toujours du travail devant moi, ne serait-ce que pour m'instruire moi-même ! Plus je vieillis et plus je m'aperçois que je ne sais encore rien... Mais, avant que je ne vous quitte, il me paraît indispensable que nous nous mettions d'accord sur deux points : quel jour de la semaine préféreriez-vous que je vienne et combien d'heures de leçons pourriez-vous m'accorder ?

— Ce serait plutôt à moi de vous poser pareilles questions, puisque je sais par M. Paco que vous êtes occupé dans la journée au moins jusqu'à seize heures...

— Si cela vous était possible, ce serait en effet plus pratique pour moi de venir en fin d'après-midi, comme aujourd'hui.

— Mon cher mari vous aurait dit : C'est parfait...

— Quel jour vous conviendrait le mieux ?

Ce fut Paco qui répondit par une question qu'il m'eût été difficile de poser :

— Étant donné que madame Kelmann est décidée à parfaire sérieusement sa culture générale, combien de leçons par semaine estimez-vous qu'il faille envisager ?

— C'est assez difficile à dire aujourd'hui, cher monsieur. Ce n'est pas au cours de ce premier entretien, où j'ai eu tort de trop parler, que j'ai pu me rendre compte du degré de culture générale de madame Kelmann. Mais je pense que trois leçons de deux heures chacune par semaine constitueraient une bonne cadence au début... Plus, ce serait trop ! Par exemple, comme nous sommes aujourd'hui mardi, nous pourrions commencer demain mercredi de dix-sept à dix-neuf heures. Nous laisserions un jour d'intervalle et je reviendrais vendredi à la même heure pour la même durée. Ensuite, je vous laisserais le repos du week-end avant de revenir vous ennuyer lundi prochain à dix-sept heures. Et ainsi de suite : les lundi, mercredi, vendredi. Si j'estime que c'est nécessaire pour stimuler vos progrès, peut-être vous laisserai-je, chaque vendredi, un ou deux devoirs écrits à faire pendant le week-end. Mais rassurez-vous : ce ne seraient que des petits devoirs de vacances... N'est-ce pas tout indiqué à cette période de l'année ?

— Des devoirs de vacances ? Mais quand j'étais au collège, à Vienne, je détestais cela ! N'est-ce pas, monsieur Paco ?

— A qui le dites-vous, madame Kelmann ! Et qui vous aidait à les faire ?

— Vous, monsieur Paco !

— Comme c'est amusant ! dit le professeur. Vous vous connaissez donc depuis aussi longtemps ?

— Depuis toujours, monsieur Pernaud ! répondis-je pour deux.

— Mais alors, monsieur, je ne vois aucun inconvénient à ce que vous continuiez à remplir ce rôle de, disons, « répétiteur » discret pendant le week-end pour que ma charmante élève puisse me présenter le lundi des devoirs tout à fait convenables... Bien entendu, puisque nous sommes en vacances, ce petit secret restera entre nous et quand j'apposerai mes corrections sur les devoirs, ce ne sera pas vous, monsieur Paco — dont je suis censé ignorer la collaboration clandestine — que je sanctionnerai, mais uniquement madame Kelmann... Nous sommes bien d'accord tous les trois ?

— Nous le sommes ! dis-je, répondant une fois de plus pour Paco et pour moi.

Le professeur ne voulant décidément pas — par une sorte de retenue élégante, je crois — accepter l'invitation à dîner, nous le raccompagnâmes jusqu'à la grille du parc, où l'attendait sa bicyclette. Une nouvelle fois il s'inclina devant moi en disant :

— Ce n'est pas le rôle d'un professeur de baiser la main de l'une de ses élèves... Mais croyez quand même, madame Kelmann, que le respect sera toujours là entre nous... Ce n'est pas parce qu'une femme n'a pas eu la possibilité — ou l'envie, ce qui me semble plus approprié à votre cas — de pousser ses études qu'elle n'est pas respectable... Je dirais même que, si elle ne demande à s'instruire que plus tard, alors qu'elle pourrait très bien continuer à vivre — comme elle l'a déjà fait pendant des années — sans se soucier de ce problème, secondaire pour une jolie femme, elle n'en devient que plus estimable. Merci de me faire confiance ! Je suis persuadé que vous deviendrez rapidement l'une de ces femmes exceptionnelles dont on pourra dire : « Elle a tout : la beauté, le charme, l'intelligence et même de la culture. » C'est bien cela que vous souhaitez ?

— Vous m'avez très bien comprise. A demain.

Ayant serré ensuite la main de Paco, il enfourcha sa selle pendant que mon frère ouvrait la grille en lui criant :

— Faites attention à la descente ! Elle est très raide.

— J'ai souvent pensé, quand je m'essouffle à grimper des côtes, que le vélo idéal serait celui qui posséderait sur son dérailleur une vitesse spéciale permettant d'inverser en une seconde les côtes, qui se transformeraient en descentes ! Celui qui inventerait un pareil mécanisme deviendrait vite millionnaire ! Au revoir...

Il repartit doucement sans faire le bruit odieux d'un motard. « Quelle différence avec Thierry ! » fut ma dernière pensée en le voyant s'éloigner.

Remontée dans ma chambre après le dîner avec Paco, j'étais songeuse. Nos seules paroles échangées vers la fin du repas avaient été :

« — Que penses-tu du professeur que je t'ai trouvé ?

« — Tu avais raison : à entendre tout ce qu'il nous a raconté sur les sujets les plus divers, c'est un homme certainement très instruit.

« — Souhaitons qu'il soit aussi pour toi un bon professeur !

« — La seule chose qui m'embête est l'idée d'être obligée de faire des devoirs de vacances !

« — Tu devrais au contraire être enchantée ! Bien que tu n'en aies nul besoin, cela te rajeunira et ce sera pour toi une excellente occupation ! Enfin, c'est promis : je t'aiderai... Nous tricherons un peu tous les deux... Ne l'avons-nous pas déjà fait pour des choses beaucoup plus graves ? »

Allongée dans mon lit, je ne pensais même plus à notre passé commun plutôt sulfureux. La silhouette du petit professeur arrivant et repartant sur sa bicyclette m'occupait entièrement l'esprit... N'était-ce pas stupéfiant de se dire qu'il pouvait encore exister un homme pareil à notre époque de profit et de veulerie ? Un homme qui détestait le champagne et probablement toutes les boissons alcoolisées, que la fréquentation de gens fortunés ne semblait pas du tout impressionner, qui chérissait tellement les enfants que, n'ayant pas pu en avoir lui-même, il avait décidé d'instruire ceux des autres, qui semblait tout savoir comme un Pic de La Mirandole, sans faire preuve de la moindre ostentation... Un homme paraissant se contenter de l'existence étriquée d'enseignant qu'il devait être obligé de mener, un personnage souriant qui n'était cependant pas très beau, ni plus très jeune... Un homme à part comme je n'en avais encore jamais rencontré dans mon existence stérile... Un homme en comparaison duquel je me sentais véritablement ignare, un homme qui était peut-être celui dont j'avais besoin pour m'aider à m'arracher à l'univers insipide dans lequel j'avais évolué depuis plus de vingt ans.

Quand je me demandais avec une angoisse cachée ce qui pourrait bien me manquer pour que mon bonheur fût complet, n'était-ce pas la présence auprès de moi d'un homme tel que celui-ci ? J'aimais beaucoup Paco, mais il était quand même un demi-frère de sang et je ne pouvais compter sur lui pour mettre de l'ordre dans ma vie de fille solitaire... Quant à Joseph, à part les sommes astronomiques qu'il avait dépensées pour créer ce qu'il croyait être mon bonheur, il n'avait jamais eu aucune place dans mon cœur. Et l'Ange Noir Thierry ? Et tous les autres après ? Des utilités pour assouvir mon désir physique, rien de plus !

Quand je repense aujourd'hui aux heures de rêverie passées cette nuit-là dans ma chambre après avoir fait la connaissance de Gilles Pernaud, je suis persuadée que c'est dès ce moment-là que je suis devenue amoureuse — mais cette fois incontestablement et irrémédiablement ! — de celui qui deviendrait dès le lendemain mon professeur...

Je ne fis cependant aucune confidence à Paco. Le plus extraordinaire n'était-il pas qu'en croyant me trouver un professeur, mon frère venait de me fournir une fois de plus un amant et — qui pouvait savoir ? — peut-être même plus que cela ? C'était bien la première fois aussi que je lui cachais quelque chose ! Si j'en étais là, cela ne signifiait-il pas que mon secret me paraissait trop important et trop profond pour être livré à qui que ce fût ? Sincèrement, je souhaite que toute femme puisse connaître, comme ce fut alors mon cas, un moment pareil dans son existence : avoir enfin un secret qui n'est qu'à elle et qu'elle conserve jalousement ! L'insolente Sabine Kelmann tombée brusquement amoureuse éperdue d'un professeur pauvre alors que des hommes richissimes et célèbres s'étaient montrés disposés pendant des années à la combler de cadeaux, n'était-ce pas une situation insensée ? Risible même, aux yeux de certains ? Et puis, pourquoi m'occuper de l'opinion d'autrui plus que je ne l'avais fait jusqu'ici ? Pourquoi modifier mon comportement parce que celui que je souhaitais maintenant pour compagnon n'était ni « dans le vent », ni play-boy, ni voyou, ni milliardaire ? Là aussi je voulais triompher, sachant, grâce à cet instinct qui ne nous trompe jamais, nous les femmes, que ma détermination serait beaucoup plus tenace que toutes les envies éphémères que j'avais pu satisfaire jusqu'alors sans rencontrer la moindre difficulté.

Ce fut dans cet état d'esprit que je pris ma première leçon d'histoire dans le boudoir attenant à ma chambre... Oui, sur les conseils de mon « prof » qui jugeait que la terrasse ou le bord de la piscine n'étaient pas des endroits favorables à la concentration de l'esprit, je choisis la pièce la plus discrète de ma demeure, à l'abri de la curiosité du personnel et suffisamment éloignée de la surveillance exaspérante de Paco.

Pendant ces deux premières heures, j'appris une foule de choses étonnantes qui s'étaient passées en France dans des temps révolus. Et particulièrement quelques-uns de ces mots dits « historiques » qui, comme me l'expliqua très bien Gilles Pernaud, avaient en fait été transmis de génération en génération par la tradition populaire, tels que le : « *Courbe la tête, fier Sicambre* », prononcé par l'archevêque de Reims au baptême de Clovis jusqu'au : « *La République n'a pas besoin de savants !* » lancé pendant la Révolution française par un membre de l'Assemblée constituante avant qu'on n'envoie Lavoisier à l'échafaud, en passant par les sympathiques « *Poule au pot tous les dimanches* » et le « *Paris vaut bien une messe* » du bon roi Henri IV. Et encore beaucoup d'autres qu'une Hongroise, résidant dans un aussi beau pays depuis tant d'années, se devait de connaître pour pouvoir les glisser de temps en temps dans sa conversation où ils produiraient un effet certain puisqu'on ne les y attendrait pas du tout !

Il était sensationnel, mon « prof » d'histoire, mais ce dont il ne s'apercevait pas, emporté comme il l'était par la fougue de l'enseignement, c'était que, l'observant comme seule sait le faire une femme qui veut bien se taire, je le trouvais — malgré ses lunettes et un vague commencement de calvitie — de plus en plus séduisant ! Si on m'avait dit, seulement quelques années plus tôt, que ce serait lui mon véritable « type d'homme », je ne l'aurais jamais cru ! Et pourtant c'était la vérité ! J'avais trouvé l'oiseau rare !

En même temps que je l'observais, je me demandais également, dans le secret de ma flamme grandissante, à quoi pouvait bien ressembler cette Clarisse dont il nous avait parlé et qui avait eu la chance de l'épouser. Dans mon imagination en pleine ébullition, elle devait être un mélange de cette Jeanne d'Arc qui ne rêvait que de « *bouter les Anglais hors de France* » et de cette comtesse du Barry qui criait: « *France, ton café f... le camp!* » D'avance, déjà je la détestais ! N'occupait-elle pas la place qui m'était due ?

Les deux heures écoulées, avec la précision de quelqu'un qui respecte les horaires scolaires et dans un geste qu'il devait faire à la fin de chacun de ses cours, Gilles sortit d'une poche intérieure de son veston une montre à chaîne qu'il consulta avant d'annoncer:

— Pour aujourd'hui, c'est terminé. Vous avez très bien travaillé...

— Mais je n'ai fait que vous écouter !

— C'est ce qu'il fallait : celui ou celle qui ne se donne pas la peine d'écouter n'apprend rien ! Et vous m'avez quand même posé quelques questions pertinentes prouvant que vous avez la curiosité des cerveaux éveillés. Comme convenu, je reviendrai après-demain vendredi à la même heure et je vous donnerai un ou deux devoirs à faire pendant le week-end pour vérifier que vous avez bien assimilé ce que je vous aurai déjà appris. Ce sera là un contrôle indispensable... Pas trop fatiguée ?

— Vous plaisantez ? Et je découvre que l'histoire peut être une science passionnante ! Pour vos appointements, monsieur Pernaud... ?

— Nous nous sommes mis d'accord avec M. Paco. Rien ne presse ! Nous réglerons ça en fin de mois...

— Mais pas du tout ! Je tiens absolument à vous payer moi-même... Voici le premier mois.

Je lui remis quatre mille huit cents francs.

— Vous me donnez beaucoup trop, madame Kelmann ! Puisque nous sommes déjà le huit de ce mois, il n'y aura que trois semaines: ce qui fait trois mille six cents... Voici la monnaie et je vous remercie infiniment.

Il me rendit mille deux cents francs, en ajoutant :

— Je vais vous demander la permission de prendre congé en vous priant de bien vouloir transmettre mes amitiés à M. Paco.

— Mais... je vous accompagne jusqu'à la grille.

— Je vous en prie, ne vous donnez pas cette peine ! Maintenant je connais le chemin. Mes hommages, madame.

Il s'était incliné en me serrant très civilement la main dans laquelle je tenais encore les billets qu'il m'avait restitués. Je le regardai se diriger vers sa bicyclette adossée contre le mur intérieur du parc. Secrètement, j'espérais qu'il m'adresserait, après avoir ouvert la grille, un signe amical accompagné d'un petit sourire. Il n'en fut rien et il commença aussitôt à pédaler avec une étonnante dignité.

J'étais un peu interloquée. C'était bien la première fois que quelqu'un à qui j'avais remis de l'argent, même une petite somme, me quittait d'une façon aussi expéditive... Il s'était montré très poli, mais c'était tout ! Ne l'aurais-je donc pas intéressé pendant ces deux heures de tête-à-tête que nous venions de passer dans l'intimité engageante du boudoir ? Il me paraissait impossible que mon pouvoir de séduction — et Dieu sait si j'avais déployé tous mes efforts ! — ne l'ait pas fasciné comme cela se passait automatiquement dès ma première rencontre avec un homme... A moins qu'intimidé, il ne se fût enfui, craignant de succomber à un charme qui, quand je le voulais, pouvait se révéler ravageur ? C'était la seule explication d'un départ aussi rapide.

Et pourtant, alors que je rejoignais Paco qui m'attendait sur le banc de la piscine, une autre explication me parut infiniment plus plausible. Ce professeur distingué n'était peut-être, dans la réalité quotidienne, qu'un petit-bourgeois terrorisé par sa femme, le professeur d'éducation physique. A quoi pouvait donc ressembler cette Clarisse qui vagabondait actuellement du côté de Castellane avec une colonie de vacances ? Était-elle grande, petite, grosse, maigre, jolie, quelconque ou laide, cette rivale implantée dans l'existence de Gilles depuis quinze ans et qu'il me faudrait abattre, ou tout au moins contraindre à disparaître, pour avoir le champ libre ? Les femmes mariées sont assommantes : elles se trouvent toujours là, en travers de votre chemin, quand il ne le faudrait pas !

Comment m'y prendre pour l'évincer ? Avant tout, faire connaissance avec la dame pour la jauger, la juger et voir si, oui ou non, elle avait quelque pouvoir sur le professeur d'histoire. Pour cela, après-demain, à la fin de sa seconde leçon, je lui parlerais de sa Clarisse en lui disant que je serais ravie de les inviter tous les deux à dîner aux *Lilas Blancs* quand elle voudrait bien redescendre de sa montagne. Il serait très flatté, elle aussi sans doute. Ensuite, ayant acquis des données précises sur l'ennemie, je verrais comment agir... N'avais-je pas déjà parfaitement réussi la liquidation d'un Ange Noir ?

Les leçons se poursuivirent aux jours et heures fixés. Chaque vendredi, avant de partir, mon professeur me laissait quelques « devoirs de vacances » à faire, où je devais récapituler ce que j'avais appris pendant la semaine. Finalement, cela ne m'ennuyait pas et m'obligeait à écrire, ce qui m'était rarement arrivé pendant les années précédentes ! Je suis même convaincue que ces exercices très simples me furent salutaires pour m'entraîner à m'asseoir devant la petite table de mon boudoir et à noircir des feuillets comme je le fais maintenant chaque jour en rédigeant ces souvenirs qu'il me tarde de terminer avant de disparaître.

J'ai la fierté de dire que pour ces devoirs, je n'ai jamais eu besoin d'appeler Paco à l'aide. Je les ai faits toute seule, ce qui a d'ailleurs agacé mon aîné. Pour la première fois sans doute, il avait l'impression de ne plus m'être tout à fait indispensable... Et il commença à en concevoir une rancune sourde mais tenace envers ce professeur qui m'accaparait... Décidément, il n'y avait rien à faire contre la jalousie démentielle de celui que je n'appelais plus, avec le temps, « mon cher Paco » mais carrément « mon vieux Paco ».

Au commencement d'août, Pernaud m'ayant annoncé avec des accents très nets de satisfaction maritale que sa tendre épouse était enfin revenue de sa colonie de vacances, je renouvelai mon invitation à dîner. Je proposai même, pensant Mme Pernaud moins fervente de bicyclette que ne l'était son mari, que mon chauffeur allât les chercher à seize heures quarante-cinq, chez eux à Cannes. Pendant que je prendrais ma leçon donnée par l'époux dans le boudoir, « sa » Clarisse pourrait profiter de la magnificence du parc sous la conduite du plus éclairé de tous les guides : Paco en personne. Vers dix-neuf heures, le quatuor se retrouverait sur la terrasse pour l'apéritif, en attendant qu'Otto vienne annoncer : « Madame est servie. »

Servie, je le fus, quand je fis la connaissance de Clarisse Pernaud. Elle n'était pas laide du tout, contrairement à mes espérances. En y réfléchissant aujourd'hui, une telle pensée, dictée par la jalousie que toute femme porte en elle à l'égard de celle qui partage la vie de celui qu'elle désire, était stupide. Pourquoi un homme ayant autant de prestance morale que lui vivrait-il avec une femme dépourvue de toute allure ? Sans être vraiment ce qu'on appelle une beauté, cette Clarisse ne manquait pas de « chien », avec ses cheveux noirs coupés très court, son visage expressif et sa carrure lui donnant une allure un peu masculine mais piquant la curiosité. En la voyant à côté de son époux, plus raffiné qu'elle, on avait quand même l'impression que c'était probablement elle qui menait la barque du ménage. La voix de l'intellectuel était douce et feutrée, alors que celle de la monitrice d'éducation physique s'affirmait forte et autoritaire, faite pour le commandement et pour en imposer à ses champions en herbe, qu'ils fussent garçons ou filles. Le regard étonnamment clair, ce qui n'est pas si fréquent chez une brune, était net, dévisageant sans complaisance toute personne se trouvant en face d'elle avec l'air de dire : « Si vous voulez jouer au petit jeu de me fixer, ce ne sera sûrement pas moi qui baisserai les yeux la première ! » On lisait dans ce regard le calme de quelqu'un qui est sûr de sa force.

Incontestablement, avec ses lèvres charnues, sa denture éclatante et son sourire aux allures de défi permanent, cette femme, dont l'âge ne devait pas être très éloigné du mien, pouvait plaire... On comprenait qu'un homme sans cesse plongé dans les méandres de l'histoire ou ensorcelé par les subtilités de la littérature ait pu être conquis par la solide réalité d'une créature aussi saine et sans complication. Le « prof » et la gymnaste offraient l'un de ces heureux contrastes qui permettent à un couple de connaître une sorte de bonheur durable.

Si mon coup de foudre pour lui persistait et même s'intensifiait de leçon en leçon, comme cela semblait être le cas, la lutte pour m'approprier un homme aussi bien marié promettait d'être rude ! Mais, n'ayant jamais connu l'échec jusqu'ici, j'étais résolue à triompher. Cela d'autant plus que je sentais, pour la première fois depuis près d'un quart de siècle d'aventures, que celle-ci, très différente de toutes les précédentes, risquait de s'annoncer de mon côté comme pouvant devenir durable. Pourquoi ne se terminerait-elle pas — qui pouvait savoir ? — par un deuxième mariage — pour l'un comme pour l'autre ? Je savais bien que cette nouvelle union paraîtrait aussi inouïe qu'insensée ! La belle et richissime Sabine Kelmann, adulée de tous, liant son existence « pour le meilleur et pour le pire » à celle d'un professeur sans le sou et ayant son avenir derrière lui ! Mais n'avait-on pas déjà connu des situations matrimoniales autrement plus extraordinaires ? La fille du magnat d'Hollywood, le célèbre Jack Warner, épousant un pêcheur napolitain ou les fantaisies d'une star mondiale comme Elizabeth Taylor jetant son dévolu sur un maçon pour en faire son neuvième époux ? Pourquoi la veuve Kelmann à son tour ne convolerait-elle pas avec un professeur ?

Pendant le dîner, ce ne fut pas le professeur d'histoire qui parla mais la monitrice de gymnastique. Elle raconta avec une fierté assez insupportable les exploits sportifs de ses élèves ou les efforts qu'ils venaient d'accomplir sous sa direction lors d'intrépides escalades organisées par la colonie de vacances... Et son mari — qui, dans mon cœur, n'était déjà plus « son » Gilles mais le mien ! — la laissait palabrer avec une admiration béate, en se contentant de hocher la tête en signe d'approbation tacite à chacun de ses récits, comme si la grandeur de l'histoire s'effaçait humblement pour ne plus servir que de ponctuation aux prouesses gymniques de débutants ! Cet homme, qui s'était révélé merveilleusement brillant quand il s'était exprimé devant Paco et moi le premier jour de sa venue aux *Lilas Blancs*, puis tellement convaincant dans ses leçons qui s'étaient succédé, éblouissantes, dans mon boudoir, se taisait devant les banalités proférées par son épouse... Ce n'était pas une compagne, cette femme, mais un moulin à paroles ! J'étais décidée à lui régler son compte au plus vite, pour venger Gilles de l'asservissement scandaleux qu'elle lui imposait. Se conduire ainsi avec un homme d'une telle culture, n'était-ce pas un crime ? Et si celui que je voulais maintenant pour compagnon ne parvenait pas à se libérer de l'emprise d'un tel monstre, il n'y aurait qu'à la supprimer ! Ce serait un nouveau meurtre, mais tellement justifié, celui-là !

Mon exaspération commença à atteindre les limites de la patience lorsque, à la fin du repas, mon ennemie se permit de demander sur un ton de supériorité presque méprisante à Paco :

— Et vous, monsieur, pourquoi ne pratiquez-vous pas la gymnastique ? Tout à l'heure, alors que vous me faisiez visiter le parc pendant que Gilles donnait sa leçon, vous m'avez dit que cela ne vous avait jamais attiré. Savez-vous que c'est une lourde erreur de votre part ? A l'âge que vous devez avoir, ce serait le moyen le plus sûr de conserver encore une forme de jeune premier !

— Mais je n'y tiens pas du tout, chère madame ! Je me sens très bien tel que je suis et le seul fait de voir des gens en maillot de bain faire de la gymnastique collective sur une plage m'a toujours paru ridicule ! M. Pernaud en fait, lui, de la gymnastique ?

— Il n'en a pas besoin ! La bicyclette lui suffit... Voyez la silhouette qu'il a réussi à conserver ! Le vélo est excellent pour la santé ! Vous n'en faites pas non plus ?

— J'en ai horreur ! On a toujours le vent contre soi, dans la figure, et jamais derrière pour vous pousser !

— Dommage ! Vous seriez encore plus bel homme si vous consentiez à perdre quelques kilos...

— Et moi, madame Pernaud ? questionnai-je, de plus en plus agacée de la voir s'attaquer à mon Paco qui était superbe pour son âge et que je ne voulais voir maigrir pour rien au monde, estimez-vous que je suis encore présentable ?

— Vous, madame Kelmann, c'est différent... Vous ne changerez jamais, parce que vous avez toujours été une légende sur la Côte ! Quand on a la chance d'avoir pu entrer de son vivant dans la légende, on n'en sort plus !

— Je consens à le prendre pour un compliment... Donc, pas de gymnastique pour moi ?

— Pas pour le moment...

— Ça tombe bien, parce que je déteste ça ! Toutes ces femmes qui font des gestes en cadence au commandement d'un sifflet en croyant que ça leur permettra de faire de nouvelles conquêtes !

Mais, comme mes problèmes personnels ne la concernaient absolument pas, elle fit aussitôt dévier la conversation :

— Ce qui est admirable ici, c'est cette piscine ! Si mes élèves la voyaient, ils seraient fous de joie !

J'aurais dû prévoir que la seule chose qui pourrait la fasciner serait la piscine ! Normal pour une prof d'éducation physique... Tout le reste, le parc, les hortensias, la villa, la Jaguar, la qualité du repas et du service, celle de l'accueil, mon émeraude et surtout ma beauté, ne présentait pour elle aucun intérêt... Sacrée bonne femme ! Je ne l'inviterais plus jamais ! Plus tôt elle s'en irait et mieux cela vaudrait ! Son mari était tellement plus éblouissant quand elle n'était pas là ! Heureusement, lorsqu'il reviendrait pour ma prochaine leçon, je serais seule avec lui dans mon boudoir pour l'écouter à nouveau avec ravissement. Je serais mieux armée pour passer à l'attaque, maintenant que je connaissais celle qui ne resterait plus longtemps sa Clarisse respectée ! Grâce à cette pie je venais de découvrir la méthode que je devrais employer : contrairement à elle, il suffirait de laisser parler l'historien et de ne l'interrompre — au milieu de ses savantes explications — que très discrètement. Par des œillades assassines bien orientées, par quelques frémissements de narines encore plus éloquents que ceux qui m'avaient si bien servie au temps déjà lointain où Joseph commençait à me faire la cour à Monte-Carlo, par des moues faussement boudeuses pouvant faire croire que j'étais émue, par des soupirs, enfin, susceptibles de réveiller le romantisme qui se cache souvent derrière la retenue polie d'un homme bien élevé.

Après les congratulations de départ, ils eurent à nouveau droit à la Jaguar et aux bons services d'Otto pour ce qu'ils appelaient leur « retour en ville ».

— Ouf ! s'exclama Paco, dès qu'ils eurent disparu, la corvée est terminée ! Tu as quand même eu raison de les inviter, à cause de lui qui m'a l'air d'un brave homme... Elle, je ne sais pas trop... Qu'est-ce que tu en penses ? Son physique n'est pas désagréable, mais le caractère !

— Une femme odieuse ! Elle le terrorise, c'est sûr !

— Crois-tu vraiment qu'un homme pareil puisse être facilement terrorisé ? Et peut-être est-il très épris d'elle ?

— Il ne le sera plus longtemps... Compte sur moi !

— Tu ne vas pas m'annoncer que celui-là aussi, tu veux te l'approprier ?

— C'est un type d'homme qui manquait à ma collection : l'honnête homme cultivé...

— Méfie-toi, Sabine ! C'est là un gibier averti, même s'il est financièrement aux abois... Au cas, assez improbable selon moi, où tu parviendrais à en faire une autre de tes conquêtes, débrouille-toi pour que cette passion se concentre chez lui sur le désir qu'il aura de parfaire tes connaissances intellectuelles... Pour le reste, trouve-toi un nouveau motard dont nous pourrons facilement nous débarrasser ensuite ! Mais avec ton prof, s'il mordait à l'hameçon de ta féminité, tout deviendrait impossible ! Il saurait se défendre et il t'aurait !

— Tais-toi, je l'aime déjà.

— Tu es folle ?

— Pas plus que toi quand tu me disais que tu pourrais faire l'amour avec moi ! Et puis, laisse-moi tranquille : ces leçons d'histoire m'ont ouvert des horizons insoupçonnés... Bonsoir.

Deux mois plus tard, je couchais avec mon professeur, ayant la conviction absolue d'être devenue sa maîtresse... La rentrée des classes avait eu lieu aussi bien pour lui que pour son épouse que je n'avais pas revue et qui était retournée à sa gymnastique.

Mes répétitions particulières continuaient aux *Lilas Blancs*, surveillées de loin par un Paco persuadé que ma dernière lubie amoureuse, tout aussi brève que les autres, n'avait pas fait long feu. Il en était satisfait, se montrant de plus en plus aimable à l'égard de celui qui voulait bien me faire profiter de son savoir pour un tarif dérisoire ! Un soir même, après son départ, toujours à bicyclette, Paco me dit en sablant le champagne sur la terrasse :

— Je bois à tes progrès, ma chérie... M. Pernaud vient de me confier, pendant que je le raccompagnais jusqu'à la grille, que tu étais de loin l'élève la plus brillante qu'il eût jamais rencontrée.

— Il a dit cela ?

— Oui. Ne crois-tu pas qu'entendre ce genre de compliment fait plaisir à ton aîné ? Mais c'est tout bonnement formidable ! Avant on m'avait tout dit sur toi : que tu étais la plus belle, la plus élégante, la plus désirable, la plus démoniaque aussi, mais jamais la plus intelligente ! Les Homir peuvent être fiers de leur descendante, et je me félicite d'avoir été un tout petit peu l'artisan d'une telle ascension ! Si je n'avais pas eu l'idée de bavarder un après-midi avec l'intérimaire de la banque préposé aux renseignements et de pressentir qu'il pourrait peut-être se révéler très utile pour toi, rien ne se serait produit ! Tu en serais restée au stade de celles qui ignorent encore que ce ne sont pas les Anglais qui ont crié à la bataille de Fontenoy : « *Tirez les premiers, messieurs les Français !* » et que c'est un aristocrate, le marquis de Mirabeau, qui a dit en pleine Chambre des députés : « *Je ne sortirai d'ici que par la force des baïonnettes !* » Tout cela, c'est important de le savoir pour étoffer une conversation, quand on est une aussi jolie femme que toi.

Pauvre Paco ! Décidément, lui ne progressait guère et mon admiration pour lui se transformait en une sorte de sentiment de pitié attendrie. Ce n'était plus Paco mon vrai maître, mais Gilles, et personne ne le savait !

Où s'étaient concrétisées nos amours ? Certainement

pas dans une garçonnière de la Croisette ! Tout simplement dans un petit hôtel accueillant et discret, niché dans le vieux Cannes, au-dessus du port, où personne n'avait idée de qui nous étions : la milliardaire et son prof ! Nous y arrivions séparément et à pied, ayant laissé assez loin nos moyens de locomotion respectifs (la Jaguar et la bicyclette), vêtus, moi d'un tailleur très strict et lui de l'un de ses costumes de confection, portant aussi chacun nos lunettes, les miennes, teintées et les siennes, ordinaires. Cela en respectant une alternance de nos retrouvailles qui s'était imposée très naturellement : les mardi, jeudi et samedi étaient *les jours pairs* réservés à l'amour, alors que les lundi, mercredi et vendredi devenaient *les jours impairs* où nous nous retrouvions aux *Lilas Blancs* pour les leçons. Au fond, mon éducation était assez complète, faisant alterner les cours pratiques avec les épreuves théoriques ! Pour la théorie, Gilles était incontestablement le maître, mais pour la pratique, il reconnaissait volontiers ma longue expérience de femme. C'était l'accord parfait qu'il m'avoua n'avoir jamais connu avec sa gymnaste et que j'avais vainement recherché auprès de tous ses prédécesseurs ! Pour moi il était le plus tendre des « cinq-à-sept » et pour lui je devenais sa seule « récréation ». L'éternelle histoire de *Claudine à l'école* recommençait, mais cette fois, Claudine s'appelait Sabine.

Gilles poussait la délicatesse jusqu'à payer à chaque fois le montant de la chambre réservée par lui à l'avance, après m'avoir dit une fois pour toutes le premier jour : « Je ne suis pas et je ne serai jamais un homme à se faire entretenir par une femme ! »

Au début, cette attitude m'avait un peu perturbée, ayant pris depuis tellement longtemps — par la faute de cette damnée fortune dont j'avais hérité ! — la déplorable habitude de toujours payer pour mes partenaires. Avec, derrière la tête, la certitude de pouvoir me débarrasser d'eux en arrêtant les frais dès que j'en aurais assez ! Tandis qu'avec Gilles, c'était tout autre chose !

N'ayant absolument pas l'intention de me séparer de lui, parce qu'il m'était devenu indispensable, aussi bien moralement que physiquement, je le laissais payer la chambre ainsi que les jus d'orange qu'il faisait monter par la soubrette de l'hôtel, à laquelle il ne manquait jamais, en homme respectueux de la pauvreté des autres, de glisser un petit pourboire. Cette attention me laissait croire que, s'il en avait eu la possibilité, il se serait montré beaucoup plus généreux ! C'était un homme de cœur, sachant avoir la beauté du geste et qui ne cherchait pas à épater ou à acheter les gens comme le faisait Kelmann... Grâce à ces modestes dépenses j'éprouvais pour la première fois de ma vie la sensation d'être entretenue, moi la milliardaire, par un homme ayant très peu d'argent ! N'était-ce pas la preuve irréfutable qu'il m'aimait sincèrement ? N'était-ce pas amusant aussi de penser que, si Joseph s'était donné tant de mal pour me donner le goût de son champagne préféré, mon « prof » m'avait très vite convertie aux jus de fruits ? Il est vrai qu'à chaque fois que j'en buvais, c'était après avoir goûté à l'élixir de l'amour...

Au bout de six mois de cette liaison aussi vertigineuse que discrète, le seul être humain à compter vraiment pour moi était maintenant Gilles. Bien sûr, je continuais à aimer Paco, mais je réalisais que sa présence auprès de moi ne me suffisait plus. Il me fallait mon prof... Rien d'autre ne comptait désormais : la grande villa, les belles voitures, les somptueux manteaux de fourrure, les domestiques stylés, les réceptions où je n'avais plus envie de me montrer, les bijoux mêmes que je ne voulais plus porter, à l'exception cependant des boucles d'oreilles de perles que je ressortais de leur cachette, non pas pour séduire mon amant — sachant que c'était fait depuis longtemps — mais pour accrocher ces porte-bonheur à mes oreilles, la nuit, dans le secret de ma chambre.

Chaque soir, après m'être abandonnée pendant l'après-midi aux caresses de celui qui m'aimait et que j'aimais, je me parais de mes talismans qui continuaient pendant mon sommeil à envahir mes rêves de femme comblée.

Pendant ce temps, Gilles était rentré chez lui, aussi enamouré que je l'étais. Il y avait retrouvé celle qui ne pouvait plus être « sa » Clarisse, mais une bourgeoise cocufiée comme tant d'autres ! Peut-être se plongeait-il dans l'un de ses chers manuels d'histoire dont la lecture ravivait en lui le souvenir de nos tendres leçons données dans mon boudoir. Et le lendemain, jour impair, quand nous nous retrouvions aux *Lilas Blancs*, il m'avouait entre deux révélations historiques :

— Je ne peux plus la supporter ! Depuis que nous sommes devenus amants, toi et moi — cela par ta faute, chérie, mais je ne te le reproche pas ! —, j'ai pu mesurer à quel point elle m'empoisonne l'existence, avec sa gymnastique ! C'est son seul sujet de conversation alors qu'avec toi nous parlons d'amour, et surtout nous le faisons ! Quelle merveilleuse détente pour moi, après mes cours au collège ! Ah, si tous mes élèves étaient comme toi !

— D'abord ce sont des garçons, et dis-toi bien, si nous vivions complètement ensemble et si tu continuais à enseigner, que je t'interdirais formellement de prodiguer ton savoir dans un cours de filles ! Je les connais : ce sont toutes des petites garces ! C'est bien simple : aujourd'hui elles sont pires que je ne l'étais moi-même quand j'avais leur âge... Mais nous deux, qu'allons-nous devenir ?

— Nous en parlerons demain à l'hôtel des Myosotis... Pour le moment redevenons sérieux et reprenons la leçon... Tu as bien compris ce que je t'ai expliqué avant-hier sur le Traité de Vienne où régnait ce personnage qui semble te passionner : Talleyrand ?

— Et comment ! Par contre je n'aime pas du tout Metternich ! C'était un Autrichien...

— Enchaînons, chérie...

Ce cirque d'amour — n'en était-ce pas un ? — dura encore pendant un bon mois, au bout duquel, ne pouvant plus garder mon merveilleux secret — comme toute femme qui connaît enfin le vrai bonheur et qui a besoin de le proclamer —, je ne pus m'empêcher de le livrer à quelqu'un... Ce quelqu'un ne pouvait être que Paco. Je ne voulais pas continuer à cacher la vérité à mon confident de toujours, et d'ailleurs cette situation ne pouvait pas s'éterniser.

C'était un dimanche, le seul jour de la semaine où je ne voyais pas mon amant, qui le consacrait à son épouse pour respecter les dernières convenances. Le jour du Seigneur n'est-il pas celui des maris ? Selon notre habitude, nous nous trouvions, Paco et moi, sur la terrasse.

— Tu ne bois donc plus de champagne ? demanda Paco. Te serais-tu adonnée au jus d'orange, comme ce brave Pernaud ?

— N'est-il pas indiqué d'avoir les mêmes goûts que son professeur ? Mais toi, je te conseille de rester fidèle au champagne et même d'en absorber quelques gouttes avant d'entendre ce que je vais te dire...

— Tu ne vas pas encore m'annoncer que tu as supprimé un amant ? Mais, au fait, en as-tu seulement un en ce moment ? Il semblerait que tu ne t'intéresses plus qu'à tes leçons d'histoire ! Un miracle se serait-il produit ? La sémillante madame Kelmann aurait-elle décidé de se ranger des voitures et des mondanités ? Aurait-elle renoncé à Satan, à ses pompes et à ses œuvres ? Je reconnais que tu as assisté scrupuleusement à toutes tes leçons et même fait les devoirs qui t'ont été imposés, ceci sans te plaindre et sans recourir à mon aide, ce qui est très bien. A chaque fois que j'ai pu bavarder avec lui, ton professeur m'a dit qu'il estimait t'avoir enseigné assez de rudiments d'histoire pour que tu puisses très bien te débrouiller à l'avenir en société et te brancher maintenant sur la littérature classique. C'est vrai ?

— Exact.

— Tu as bien mordu à l'histoire mais ne crains-tu pas que les classiques t'ennuient ?

— Pas plus que l'histoire ! La seule chose que je ne pourrais plus supporter est le monde de parias où j'évoluais.

— Depuis que tu t'es lancée dans une activité intellectuelle, nous n'en avons plus vu beaucoup, chérie ! Ce que je trouve également parfait, comme l'aurait dit ce vieux Joseph ! D'où il est maintenant, s'il parvient à te voir depuis le temps qu'il s'est éloigné de nous, sans doute est-il, lui aussi, très satisfait de constater que sa jolie femme a décidé de continuer à porter le plus dignement possible son nom ! Nul ne sait de son vivant ce que sa veuve deviendra ! Le plus miraculeux dans l'affaire, c'est que tu m'as paru beaucoup moins t'ennuyer que quand tu bourlinguais à l'aveuglette, selon tes humeurs passagères, en compagnie de partenaires plus ou moins intéressants... Nous le devons à tes études. Donc un bon point pour le professeur !

— Et toi, tu ne t'ennuies pas, Paco ?

— La gestion de tes biens est déjà pour moi une très saine occupation. Reconnais que pendant cette bonne vingtaine d'années je ne m'en suis pas trop mal tiré ?

— Tu as été un champion !

— Comme le dirait la femme de Pernaud, qui n'avait que ce mot-là à la bouche ! A propos, que devient-elle, celle-là ? Il te parle quelquefois d'elle ?

— Rarement ! Je crois avoir compris que ça ne marche plus très bien dans leur ménage.

— Dommage ! La seule fois que nous les avons reçus ici ils donnaient cependant l'impression de très bien s'entendre. Elle n'est pas mal du tout, cette femme ! Peut-être devrais-tu, en remerciement des progrès que t'a fait accomplir son mari, les inviter à nouveau à dîner ? Une fois tous les sept mois, ce n'est pas trop, je pense ?

— Pas question ! C'est précisément d'eux que je voulais te parler tout à l'heure. Voilà : Gilles et moi nous nous aimons...

— Pas possible ? C'est sérieux ? Note bien qu'il arrive souvent qu'une élève tombe amoureuse de son professeur... Seulement tu n'es plus une petite jeune fille, Sabine !

— Justement : c'est la raison pour laquelle j'estime qu'il est grand temps pour moi de songer à me remarier...

— Quoi ? Pas avec ce fauché ?

— Il ne l'est pas du tout intellectuellement. Et comme je ne manque de rien financièrement, je suis persuadée que nous nous compléterons...

— Ah, çà ! Redeviens-tu encore plus folle que quand tu te croyais destinée à un Ange Noir ?

— Je crois au contraire devenir raisonnable : je n'aurais jamais épousé ce motard, qui n'était qu'un passe-temps, tandis que Gilles est l'homme qui me convient.

— Et toi la femme qu'il lui faut pour l'aider à boucler ses fins de mois !

— Ne sois pas méchant, Paco ! Ça ne te va pas... Et Gilles n'est pas ainsi : il ne m'a jamais demandé un centime et je ne lui ai fait aucun cadeau !

— Ne crois-tu pas que c'est un peu inquiétant à notre époque, un homme aussi désintéressé ? Je n'ai jamais eu grande confiance dans les gens qui se méfient des cadeaux... Toi non plus d'ailleurs, jusqu'à ce que tu aies rencontré celui-là ! La preuve en est que tu as préféré entretenir tous les autres — à l'exception de Joseph bien entendu ! — pour pouvoir ensuite te débarrasser d'eux ! Comment t'y prendras-tu avec un partenaire que tu n'auras pas payé pour ses bons offices ? S'il continue à t'avoir aux sentiments, tu ne parviendras jamais à le liquider ! Je te l'ai déjà dit : méfie-toi d'un intellectuel en amour ! Ce genre d'homme est retors !

— Je ne veux tellement pas me méfier de lui que je ne demande qu'à m'associer pleinement à son existence d'enseignant tout en améliorant un peu son confort.

— Un peu ? De plus en plus folle !

— C'est un homme courageux qui mérite mon appui.

— Tu ne veux vraiment pas une coupe de champagne, plutôt qu'un jus d'orange, pour modifier ta nouvelle façon de voir les choses ?

— Je ne boirai plus jamais de champagne !

— Mais, ma parole, te voilà déjà en train d'entrer au couvent ! Et ta voiture, ton chauffeur, ta femme de chambre, ta cuisinière, tes fourrures, tes bijoux, tu n'en veux plus non plus ?

— On peut très bien vivre sans tout cela ! Les seuls bijoux que je conserverai seront les boucles d'oreilles qui représentent pour moi beaucoup de chose...

— Attention, chérie ! Elles m'appartiennent à moi aussi, par moitié, ne l'oublie pas. Et *Les Lilas Blancs* ?

— Je les garde : il faudra bien que nous habitions quelque part, avec Gilles.

— Et moi ?

— Toi aussi. Tu resteras auprès de moi.

— En somme, nous reconstituerions un nouveau trio ? Pourtant tu me paraissais tellement contente après la mort de Joseph quand nous nous étions retrouvés tous les deux ici ! Seulement, à moi, ça ne me conviendra pas ! Le trio avec un professeur d'histoire paumé, non !

— Tu pourras toujours t'en aller, comme tu me l'avais déjà proposé sans succès au temps de Thierry. Mais, de toute façon, comme je détiens la fortune, ce sera moi seule qui déciderai...

— Ma parole, tu es amoureuse à ce point-là ?

— Oui. Ça devrait plutôt te rendre heureux puisque tu n'as cessé de me répéter depuis des années que tu ne voulais que le bonheur de ta petite sœur ? Un bonheur que j'ai fini par trouver !

— Enfin, il reste un détail d'importance auquel tu ne sembles pas avoir pensé... Ton partenaire a déjà une épouse.

— Il ne veut plus d'elle.

— Il te l'a vraiment dit ?

— Je n'ai même pas eu à le lui demander : c'est un homme trop honnête pour accepter de partager son existence entre une épouse et une maîtresse. Et comme j'ai décidé d'être sa femme...

— Il devra divorcer ?

— C'est là que je vais sûrement avoir une nouvelle fois besoin de tes services... D'abord, parce que je crains que sa femme ne refuse le divorce. Je la comprends d'autant plus que lorsqu'on a la chance d'être mariée avec un homme pareil, on le garde ! Ensuite, parce que Gilles m'a laissé entendre à plusieurs reprises qu'il répugnait au divorce et que j'avais beaucoup de chance d'être veuve !

— Grâce à qui ?

— Tais-toi, Paco ! Comme je comprends très bien qu'il ait de bons principes, il ne reste qu'une solution : c'est qu'il devienne veuf à son tour. Malheureusement sa gymnaste, solide comme elle l'est, donne l'impression d'avoir une sacrée santé !

— Elle risque même de l'enterrer et de mourir centenaire grâce aux bienfaits de la culture physique.

— A moins qu'on ne la fasse rapidement disparaître !

— Tu voudrais...

— Je le veux... Et ce sera toi qui t'en chargeras.

— Ah, non ! Une fois déjà, ça suffit !

— Mais elle n'est rien pour nous, cette bonne femme ! Ni notre sœur, ni notre cousine et encore moins ton épouse, bien qu'elle ne m'ait pas semblé tellement te déplaire et que tu ne m'aies pas paru indifférent quand elle t'a expliqué que, si tu perdais quelques kilos, tu pourrais retrouver une forme de jeune premier... Tu te souviens ? Évidemment, si tu voulais bien te donner un peu de mal pour la séduire, peut-être deviendrait-elle amoureuse de toi ? Et si elle consentait à un divorce à l'amiable pour pouvoir t'épouser, ça arrangerait drôlement les choses ! Je pourrais alors me remarier sans difficulté... Ce serait même très drôle si ça se réalisait : tout en restant toujours mon demi-frère tu deviendrais le remplaçant de Gilles tandis qu'elle serait ma belle-sœur ! Ne serait-ce pas formidable ?

— Tu as déjà mijoté tout cela ! J'ai l'impression que ça ne tourne plus très rond dans ta petite tête !

— N'est-ce pas normal quand on est amoureuse ?

— Eh bien, je regrette de te décevoir, ma Sabine, mais je maintiens ma décision de ne pas me marier !

— Même si cela arrangeait les affaires de cœur de ta sœur bien-aimée ?

— Nous divaguons !

— Il faudra donc que Gilles devienne veuf... Débarrasse-moi d'elle, mon chéri !

Il y eut un silence... L'un de ces longs silences où la difficulté de répondre pour le dernier interrogé se mêlait au désir intense de ne pas rompre une tendresse viscérale. Enfin il parla :

— Et quand ce serait fait, tu épouserais ton prof sans remords ?

— Je l'aime, Paco ! Pour la seconde fois de ta vie, tu serais mon témoin de mariage !

— Il a une religion, ton nouvel élu ?

— Je m'en fiche ! Je ne le lui ai même pas demandé ! Pour lui et moi il n'y aura plus qu'une seule religion : celle de l'amour... C'est la plus durable !

— Crois-tu ? Te connaissant, permets-moi d'en douter... Tout ça c'est très joli en paroles, seulement dans la réalité... L'exécution d'un tel projet ne sera pas aussi facile à réaliser que tu le penses ! Comment m'y prendre ?

— Rien de plus simple, mon Paco ! Ce que tu viens de dire prouve que tu n'es pas tout à fait contre mon idée. J'en suis bien contente... Tiens, donne-moi un peu de champagne ! Je vais m'y remettre pour fêter ça...

Après en avoir bu une pleine coupe, je dus reconnaître :

— Dans les moments difficiles, le champagne c'est quand même autre chose que le jus d'orange pour vous revigorer ! Maintenant, écoute bien ta sœur... Gilles m'a annoncé que vers la fin de ce mois, sa femme s'absenterait pendant une dizaine de jours à l'occasion des vacances de Pâques, devant accompagner une nouvelle fois ses élèves du cours Sainte-Marie qui partent faire de l'alpinisme dans les Hautes-Alpes, du côté de Gap, je crois. Je vais me renseigner le plus innocemment possible auprès de lui pour qu'il me dise l'endroit exact. Tu n'auras qu'à te débrouiller et tu iras là-bas le temps qu'il faudra pour bien préparer ton coup et l'exécuter... Pendant ce temps j'occuperai Gilles ici, à seule fin qu'il ne se doute de rien et qu'il ne puisse pas être plus impliqué dans l'affaire que je ne l'ai été moi-même dans la liquidation de Joseph à bord du yacht, puisqu'il sera loin de l'endroit où ça se produira... Les accidents de montagne sont aussi fréquents que ceux qui se produisent en mer, surtout dans les colonies de vacances qui ne sont pas toujours très bien surveillées ! Je connais ton habileté, Paco... Tout ira bien. On la retrouvera au fond d'un ravin comme cela s'est produit pour mon motard du côté de Grasse... Peut-être même seront-ce ses jeunes élèves, par lesquelles tu auras pris bien soin de ne pas te faire repérer, qui donneront l'alerte. Toi, tu seras rentré tranquillement me rejoindre ici avec ta voiture et nous fêterons l'événement au champagne... Peut-être qu'entre-temps, avant même que tu ne sois de retour aux *Lilas Blancs*, j'aurai reçu une communication téléphonique de Gilles qui, averti par la gendarmerie, m'annoncera que sa chère Clarisse vient de connaître une horrible fin ! Pauvre Gilles ! Comme c'est un homme très sensible, il aura sûrement des sanglots plein la voix... Mais ça ne durera pas : compte sur moi pour le consoler et pour lui faire comprendre qu'étant enfin aussi libre que moi, rien ne l'empêche plus de convoler à nouveau... Et le mariage sera dans la poche ! Nous choisirons une mairie très discrète, loin de la Côte, et peut-être même en Italie ou en Suisse. Ensuite nous partirons en voyage de noces.

— Sur un paquebot ? Pour que je puisse te faire de nouveaux adieux au bout d'un quai et venir vous rechercher à votre retour ?

— Exactement. Le tour sera joué et nous pourrions même dire que la boucle sera bouclée ! Ce n'est pas trop mal non plus comme plan... Qu'en penses-tu, mon Paco ?

— Que l'étude de l'histoire n'a changé en rien ta mentalité ! Sais-tu que tu es irrémédiablement monstrueuse ? Il y a aussi quelque chose qui me gêne dans ton plan...

— Que vas-tu encore chercher ?

— Ce serait plutôt une constatation... N'ayant jamais pratiqué l'alpinisme, je serais totalement incapable de me dissimuler derrière un rocher ou dans une anfractuosité pour préparer mon coup !

— Étais-tu tellement familiarisé que ça avec la navigation quand tu as réussi à nous débarrasser de Joseph ?

— Mais pourquoi, puisque tu as su faire preuve d'une belle maîtrise en envoyant une Harley-Davidson vers un monde meilleur, n'opérerais-tu pas toi-même ?

— Tu veux ma condamnation ? Je suis une femme beaucoup trop voyante ! On me repérerait tout de suite dans cette région qui doit être assez sauvage !

— Pourtant, chérie, avec une perruque noire, des lunettes teintées et une petite robe banale ?

— Et puis ma place ne devra pas être là, mais à Cannes en compagnie de Gilles, pour donner le change s'il y avait une enquête.

— Et moi ? Qu'arriverait-il si on m'identifiait sur un chemin de montagne ?

— Toi ? Tu es un caméléon... Tu passes avec une facilité déconcertante du rôle de barman à celui de régisseur ou d'administrateur de biens ! Et puis tu as la chance de ne pas t'appeler Kelmann, comme moi.

— Parce qu'à ton avis cela n'a été pour toi qu'une malchance ?

— Pas toujours, je le reconnais... Mais enfin cela m'a parfois gênée... Particulièrement quand, déguisée en Ange Noir, je passais en moto sur la Croisette, cramponnée à la taille d'un voyou !

— C'est toi qui l'as voulu ! Mais moi je ne veux pas faire mourir une femme qui ne m'a rien fait !

— Alors, épouse-la ou couche avec elle pour qu'elle prenne goût à un autre genre d'aventure qu'une ridicule escalade en montagne !

— Ce n'est pas pour autant qu'elle divorcera ! Les femmes s'habituent très bien à la duplicité amoureuse... N'en es-tu pas une preuve vivante ?

— Et tu me fais ce reproche ? Toi qui m'as toujours poussée dans les bras d'amants qui te convenaient, alors que j'étais mariée ? Seulement, Gilles ne te plaît pas parce que celui-là aussi je l'ai trouvé sans ton concours ! Tu es bien méprisable, mon pauvre Paco ! Si je comprends, tu refuses de m'aider ?

— Je ne sais pas... Tu es insupportable ! Ce remariage serait la plus grande idiotie que tu pourrais faire !

— Il se fera quand même, sans ton avis ! S'il le faut, je trouverai un autre exécuteur... J'en ai les moyens.

— Exécuteur de tes hautes œuvres ? Dangereux ce truc-là, chérie ! Non seulement ces gens-là se font payer cher, mais ensuite ils parlent ! Il te fera chanter, ton exécuteur ! Et périodiquement, pour qu'il se taise, tu seras contrainte de les aligner...

— Tandis qu'avec toi ce serait gratuit ? Combien veux-tu ?

— Ma sœur me payant pour supprimer une rivale ? Grotesque ! Je vais réfléchir... Allons nous coucher.

Une semaine passa pendant laquelle nous ne reparlâmes plus de ça. Quand nous nous trouvions en tête à tête nous n'avions rien à nous dire. C'était sinistre. Chacun restait sur ses positions : de plus en plus je rêvais de refaire ma vie avec mon prof et Paco ne voulait pas entendre parler de lui. Gilles continuait à venir me donner régulièrement ses leçons mais, connaissant son émotivité, je me gardai bien de lui faire part de la conversation que nous avions eue, mon frère et moi ! Il aurait été horrifié !

Lorsqu'il l'apercevait à la villa, non seulement Paco ne lui disait pas bonjour mais il s'esquivait, voulant éviter tout contact. Heureusement, Gilles, qui était d'un naturel assez distrait, ne parut pas remarquer cette volonté délibérée de fuite. Et quand nous nous retrouvions dans l'intimité de l'hôtel des Myosotis les jours pairs, je le faisais parler de la nouvelle expédition montagnarde qui se préparait pour Clarisse et pour ses élèves. Sur l'oreiller, les femmes parviennent à apprendre tant de choses ! Maintenant j'étais parfaitement renseignée, prête à tout relater à Paco dès qu'il consentirait à s'arracher à ses réflexions hésitantes ! Je n'avais plus qu'à attendre ce moment propice qui se faisait malheureusement désirer, mon protecteur étant toujours farouchement braqué dans sa décision de ne pas se mêler de cette nouvelle « affaire » pour le moins délicate.

Le dimanche venu, Paco me dit :

— J'ai longuement réfléchi... Puisque c'est ton désir — tu sais que je ne t'ai jamais rien refusé —, je ne suis pas contre l'idée de commettre un nouveau crime... Seulement, ce ne sera pas la femme que je tuerai, mais lui.

— Que dis-tu ? Tu parles de Gilles ?

— Lui-même !

— Mais c'est toi qui es devenu fou, Paco !

— Pas tant que ça... Comme je te l'ai déjà dit, sa femme ne m'a porté aucun préjudice tandis que lui...

— Qu'est-ce qu'il t'a fait ?

— Il t'a volée à mon affection. Ne crois-tu pas que c'est déjà amplement suffisant pour qu'il ait droit à un châtiment ? Ce pion de lycée, qui n'a pas un centime, ne s'est pas gêné pour te rendre tellement amoureuse de lui que tu n'as même plus le temps de penser à ton frère ! Ça, je ne peux pas le supporter, après toutes nos années de vie commune uniquement orientées vers ton bonheur et alors que je n'ai jamais pris le temps de penser à moi ! M'étant sacrifié à ce point pour ma cadette, je n'admets pas qu'elle me laisse brusquement tomber pour un personnage sans envergure. Même si j'ai très bien compris que cette fois il ne s'agissait pas chez toi d'un simple caprice et que tu l'aimais vraiment !

— Tu sais très bien que je ne t'ai jamais menti et qu'à chaque fois que j'ai exprimé ma volonté de prendre un amant je l'ai fait, que cela t'ait plu ou pas ! Aujourd'hui il ne s'agit plus d'amours passagères ! Je veux vivre le grand amour légal !

— Tu ne le vivras pas avec ce bonhomme ! Je te jure qu'il aura disparu avant qu'il n'ait eu le temps de divorcer au cas, assez peu probable selon moi, où il s'y résignerait... C'est même insensé que tu puisses continuer à croire que ce type-là t'aime ! Quand on aime une femme et qu'on veut vraiment l'épouser, on n'hésite pas à divorcer de celle qui empêche cette union et dont on ne veut plus !

— Je t'interdis de mettre en doute les sentiments que Gilles nourrit à mon égard. Il m'aime, je l'aime, c'est tout ! Plutôt que de t'entendre dire du mal de lui, je préfère ne plus jamais te revoir, Paco ! Entre toi et lui, c'est Gilles que j'ai choisi une fois pour toutes ! Je ne reviendrai pas sur ce sujet, estimant qu'une aussi pénible conversation n'a que trop duré... Grâce à mes libéralités, tu as pu mettre suffisamment d'argent de côté pour très bien vivre. Tu ne mourras pas de faim, donc tu peux partir pour de bon. Je ne veux plus te revoir.

Il s'éloigna de la terrasse, silencieux, le visage fermé, ayant retrouvé cette pâleur mortelle que je détestais chez lui et qui annonçait de noirs projets. J'étais sûre maintenant qu'il allait essayer de tuer celui qui était devenu l'homme de ma vie. Comment s'y prendrait-il, je n'en savais rien, mais Paco était comme moi : quand il avait pris une décision, je la savais irrévocable ! Je savais aussi qu'il était démoniaque. Un vrai Homir ! Un quart d'heure plus tard, j'entendis sa voiture franchir la grille du parc. Et j'eus peur pour mon amour... Heureusement, ce soir-là Gilles devait certainement être chez lui auprès de sa femme. Paco, malgré ses menaces qu'il fallait quand même prendre maintenant au sérieux, était trop lâche pour s'attaquer de front à un couple et je savais que la vigueur de la monitrice d'éducation physique l'avait impressionné. Mais s'il se trouvait face à un Gilles solitaire et confiant dans une amitié qu'il croyait encore sincère entre eux deux, il pouvait être capable du pire ! Oui, j'avais peur, très peur même, pour Gilles...

Angoissée, enfermée dans ma chambre, je ne dormis pas de la nuit, imaginant tout... Que se passerait-il demain, jour impair, quand Gilles arriverait ici pour me donner sa leçon ? Paco, qui possédait depuis longtemps un revolver destiné, disait-il, à assurer la sécurité des *Lilas Blancs*, n'allait-il pas le décharger sur lui ? Ce serait un drame stupide, tout juste bon à défrayer la chronique des faits divers, avec un titre à réjouir la curiosité morbide des gens ! Le vrai scoop : « *Crime sensationnel à la villa "Les Lilas Blancs"... Un professeur tué par le régisseur du domaine.* » Il fallait éviter ce scandale à tout prix ! « *Malheur à celui par qui le scandale arrive !* » Aussi était-ce à moi d'agir immédiatement avant qu'il ne soit trop tard... La toute première chose à faire était de prévenir Gilles pour qu'il ne monte pas à la villa l'après-midi. Mais comment le joindre ? En téléphonant à la première heure chez lui ? Difficile, car je risquais de tomber sur sa femme qui serait là, épiant, écoutant peut-être tout ce qui lui serait dit au téléphone. Je ne voyais qu'une solution : me lever tôt, ce que je détestais, et me rendre au collège où il enseignait pour l'attendre : devant l'entrée, dans la Jaguar, embusquée comme je l'avais déjà fait des années plus tôt pour surveiller, à proximité de la vitrine d'une parfumerie de Grasse, l'arrivée d'une Harley-Davidson... Mais cette fois ce serait une bicyclette. Je serais seule dans ma voiture, sans Otto et telle que j'étais, sans perruque et sans lunettes teintées, en femme décidée qui n'a pas à se cacher quand elle vient rejoindre celui qui est devenu tout pour elle. Peut-être nous enfuirions-nous tout de suite loin de cette ville où on ne nous voulait que du mal ! Peu importait que Gilles ne puisse pas faire son cours, le matin, ni un autre jour, ni plus tard, ni jamais ! N'avais-je pas suffisamment de quoi lui assurer une vie exempte de soucis et uniquement axée sur notre amour réciproque ? Je resterais sans cesse à ses côtés pour le protéger et pour le cajoler comme je n'avais encore jamais pu le faire avec aucun homme.

Au petit jour, sans avoir prévenu personne, je me rendis au garage pour y prendre la Jaguar. Le cabriolet de Paco n'était toujours pas rentré. Je démarrai très vite, de plus en plus inquiète.

L'attente devant le collège me parut interminable. Peu à peu je vis s'engouffrer sous le portail assez vétuste de l'établissement beaucoup d'hommes qui, à leur allure, devaient être des professeurs, des surveillants ou des employés... Ensuite arrivèrent les élèves, jeunes gens de tous âges, entre douze et dix-huit ans, qui regardaient avec curiosité cette belle voiture immobile dont on distinguait mal la silhouette de la conductrice. Mes vitres étaient spécialement fumées pour me permettre de voir tout ce qui se passait dans la rue sans que l'on puisse m'identifier. Ainsi, ma féminité n'en serait que plus éblouissante lorsque je sortirais de la voiture...

Enfin Gilles parut, sans sa bicyclette, à pied comme tous ses confrères, semblant détendu, marchant d'un pas alerte, distrait selon son habitude, absorbé dans ses pensées qui devaient errer vers le cours d'histoire ou de lettres qu'il allait donner, et ne prêtant aucune attention à ce qu'il y avait dans la rue autour de lui... Au moment où il frôla la voiture, qu'il n'avait même pas remarquée, je le hélai par la vitre entrouverte:

— Gilles!

— Toi! s'écria-t-il, ahuri, comme s'il sortait d'un rêve éveillé. Que fais-tu là?

— Monte vite!

— Je ne peux pas... Mon cours commence dans un quart d'heure!

— Viens quand même! Ce ne sera pas long.

Et pendant que je lui ouvrais la portière de droite:

— J'ai quelque chose de très grave à t'annoncer...

Dès qu'il fut assis, je démarrai en ajoutant:

— Nous allons juste un peu plus loin pour que tes confrères ou tes élèves, qui vont continuer à arriver, ne te repèrent pas!

Arrêtée à deux cents mètres, je poursuivis:

— Il ne faut pas que tu reviennes à la villa! Paco veut te tuer...

— Moi? Pourquoi?

— Parce qu'il te hait et que je lui ai annoncé hier que j'étais décidée à t'épouser.

— Il ne fallait pas dire cela! C'est trop tôt...

— Rien n'est trop tôt quand on s'aime... Tu m'aimes, n'est-ce pas?

— Bien sûr, chérie.

— Alors je t'enlève pour te mettre à l'abri.

— Mais tu es folle! Mon cours...

— On s'en fiche ! Oui, je suis folle... Paco me l'a déjà dit avant toi... Une folle d'amour qui veut te garder pour elle toute seule alors que lui, je te le répète, ne pense qu'à t'abattre ! Je le connais suffisamment pour savoir qu'il ira jusqu'au bout ! Tu comprends ? On part !

— Mais où va-t-on ?

— N'importe où ! J'ai de l'argent.

— Et Clarisse ?

— Elle ne sera plus jamais ta femme... Ce sera moi !

— Ne parle pas comme ça ! Légalement, Clarisse est encore ma femme. Toi, tu as la chance, je te l'ai déjà dit, de ne plus avoir de mari, mais moi je ne suis pas encore parvenu à faire entrer dans l'esprit de Clarisse l'idée de divorce...

— Si elle ne veut rien comprendre, alors tu n'as qu'à la tuer !

— Je suis très inquiet : tu deviens de plus en plus agressive ! N'ayant pas l'âme d'un assassin, je ne commencerai certainement pas par tuer mon épouse !

— Je sais que tu n'as rien d'un criminel, mon amour, mais si tu continues à parler ainsi, je vais finir par me demander si tu es aussi intelligent que je le pensais. Sois un peu logique, pour un professeur ! Si Clarisse n'était plus là, il n'y aurait aucune difficulté pour que notre union ait lieu... Alors fais preuve d'un peu de courage en la supprimant ! Ce ne sera pas si difficile... J'ai là, dans mon sac, une boîte de comprimés qui se dissolvent immédiatement dès que tu les mets dans un liquide, auquel ils ne donnent aucun goût ! Celui ou celle qui boit ce liquide ne s'aperçoit de rien et tombe foudroyé sans avoir même eu le temps de s'en rendre compte... Je dirais qu'il meurt en beauté ! N'est-ce pas le rêve ? L'avantage de ces comprimés, fabriqués à base d'arsenic, est qu'ils ne laissent aucune trace dans l'organisme du disparu au cas où l'on procéderait à une autopsie... Nul ne peut se douter, pas même les experts, qu'il s'agit d'un empoisonnement et les médecins délivrent des certificats de décès en bonne et due forme en attribuant la mort à une crise cardiaque.

— Et tu te promènes avec ça dans ton sac ?

— Oh ! Il y a très longtemps que j'ai ces comprimés miraculeux... Je les avais achetés à prix d'or à un chimiste, ami de mon ex-mari, qui gagnait le plus clair de ses revenus comme conseiller technique d'une officine de traitement de drogue.

— Joseph Kelmann avait de drôles de relations !

— Il connaissait beaucoup de gens, mais c'était un homme aussi honnête que toi ! C'est seulement le lendemain de sa mort que j'ai téléphoné à cet ami assez spécial pour prendre rendez-vous et pour lui acheter les comprimés...

— Tu voulais donc déjà tuer quelqu'un ou te supprimer ?

— Je craignais que la police ne m'arrête pour complicité dans la mort de mon mari et je préférais me suicider plutôt que de passer en cour d'assises ! Moi, Sabine Kelmann, être jugée par ces petites gens médiocres que l'on appelle des jurés ? Jamais !

— Pourquoi ne m'as-tu pas parlé de ça ?

— Nous avions beaucoup de choses plus passionnantes à nous raconter ! C'était du passé, ça ne te regardait pas, et comme la police n'a pas bougé, concluant à un véritable accident... Alors ? Tu emportes un de ces comprimés pour l'expérimenter dès ce soir dans le breuvage préféré de Clarisse ? Qu'est-ce qu'elle boit, des jus d'orange, comme toi ?

— En sportive qu'elle est, elle ne boit que de l'eau.

— Ça se dissout aussi très bien dans l'eau... Le chimiste m'a garanti que cela ne laissait aucun goût ! Que risques-tu à essayer ?

— Moi rien, mais Clarisse ?

— C'est tellement rapide ! Voilà la boîte de comprimés : un seul suffit... Tu l'emportes ?

— Je m'en vais ! Et malgré notre liaison si merveilleuse, je ne veux plus jamais te revoir, tu entends ? Sabine, tu es monstrueuse !

— Paco me l'a déjà dit avant toi !

Après avoir ouvert la portière, il partit en courant vers son collège. Je ne sais pas s'il m'entendit lui crier :

— Toi, un amant ? Tu n'es qu'un lâche... Fous le camp, petit prof !

Non plus folle d'amour, mais de rage, je repartis à toute vitesse vers *Les Lilas Blancs*.

Quand j'y arrivai, le cabriolet de Paco n'était toujours pas revenu. Où pouvait-il bien être ? Que manigançait-il ? Sûrement l'assassinat de Gilles ! Je devinais sa détermination... Étant à peu près assuré, cette fois, de me perdre pour toujours, il jouerait le tout pour le tout ! Même si Gilles ne revenait plus me donner ses leçons, ayant appris le danger qui le menaçait — et surtout se refusant à devenir lui aussi un criminel —, mon aîné parviendrait à le retrouver, soit chez lui, soit dans une rue, soit peut-être devant l'entrée du collège, pour lui régler son compte. Je ne le voulais pas ! Malgré la lâcheté dont il venait de faire preuve à mon égard, Gilles restait toujours mon seul amour.

En dépit de la dispute que nous venions d'avoir, j'étais persuadée de retrouver très vite mon amant et qu'il me reviendrait ! Bien sûr, quand il serait là, je ne lui proposerais plus jamais de tuer sa Clarisse. Je m'en chargerais moi-même, à son insu, sans qu'il puisse se douter que j'étais la coupable. Et nous pourrions enfin vivre ensemble, très heureux ! Mais avant il était urgent d'éliminer Paco, le vrai danger... Et pourquoi ne pas utiliser l'arme absolue, ces comprimés qui se trouvaient encore dans mon sac ? Rien ne serait plus facile. Quand Paco rentrerait — il ne pouvait pas ne pas revenir : il aimait trop le confort des *Lilas Blancs*, sans parler de moi ! —, je lui jouerais une fois de plus la comédie de la réconciliation. Sur la terrasse, devant une bouteille de Veuve Clicquot rosé, et sans jus d'orange.

Mes mots seraient très gentils, pleins de contrition pour la méchanceté de paroles qu'il devait oublier et empreints de la sérénité optimiste des Homir pour l'avenir... Il tomberait dans le panneau et nous lèverions nos coupes à notre indéfectible affection familiale... Mais, dans la sienne, j'aurais jeté discrètement un de ces petits comprimés dont le venin mortel s'amalgamerait à la joie de vivre qu'apporte le breuvage pétillant ! Comme mon époux Joseph, et sans pousser un cri, mon frère Paco disparaîtrait dans les bulles du Veuve Clicquot rosé...

Il me fallut attendre une semaine avant de pouvoir retourner devant l'entrée du collège épier l'arrivée matinale de Gilles. Ce ne fut pas dans la Jaguar, trop repérable, mais dans la plus banale des Renault que j'avais pu louer. Quand Gilles arriva, je l'appelai à nouveau :

— Cette fois, j'ai une bonne nouvelle à t'annoncer... Monte vite dans la voiture et nous stationnerons un peu plus loin comme la dernière fois... Je crois que ton cours t'attend. Je te promets que ça ne sera pas trop long.

Après une nette hésitation, il se résigna à monter et, dès que nous fûmes à une centaine de mètres, je lui dis dans la voiture :

— C'est encore plus simple que la dernière fois... Les ennuis sont terminés pour nous, mon chéri ! Paco ne pourra plus s'opposer à notre mariage : il est mort mardi dernier.

— Mort ? Je n'ai fait que l'apercevoir de loin ces derniers temps mais il me donnait l'impression d'être en excellente santé... Il paraissait même très solide. Je me souviens qu'après avoir fait sa connaissance, quand tu nous avais invités à dîner, ma femme m'a confié qu'il faisait sensiblement plus jeune que son âge.

— C'était un très bel homme... Pauvre Paco !

— C'est tout ce que tu as à dire sur lui ?

— Que veux-tu que j'ajoute ? Son corps part demain dans un fourgon automobile spécial pour Vienne où j'ai jugé normal de le faire inhumer dans le cimetière où se trouve déjà la tombe de nos parents. Naturellement, pour qu'il ne se sente pas trop abandonné — il ne pouvait pas supporter de vivre sans moi —, je l'accompagnerai pour ce dernier voyage.

— Mort, mais de quoi ?

— Brusquement, devant moi, alors que nous nous trouvions tous les deux sur la terrasse.

— Une crise cardiaque, sans doute ?

Et comme je demeurais muette, il reprit :

— Tu as une telle façon de m'annoncer cette nouvelle que j'en viens à tout me demander ! Et ce ton détaché... Tu donnes l'impression de ne même pas avoir de peine ? C'était pourtant, comme tu me l'as dit, ton unique frère et le dernier membre vivant de ta famille !

Mon silence se poursuivant, il continua, véhément :

— C'est pourtant épouvantable, une disparition aussi brutale ! Même si tu ne t'entendais plus très bien avec lui depuis quelque temps, comme tu me l'avais fait comprendre... Personnellement, je le trouvais plutôt sympathique... Il s'est toujours montré aimable avec moi... Comment est-ce arrivé exactement ?

— Comme ça devait fatalement se produire... Il avait l'intention de te tuer, alors j'ai préféré que ce soit lui qui disparaisse...

— Tu ne l'as pas... ?

— Mais si, mon amour ! Je l'ai tué. C'est pour te sauver toi, que j'ai fait ça...

— Comment cela ?

— Grâce à l'un de ces petits comprimés dont tu n'as pas voulu pour Clarisse. Oui, j'ai pensé que « ce serait parfait », comme disait mon premier mari. Paco m'avait souvent répété souhaiter mourir brusquement plutôt qu'endurer l'agonie d'une longue maladie... Maintenant, cessons de parler de tout cela, puisque je sais que ton temps est compté. Je te libère pour que tes jeunes élèves puissent récupérer leur cher professeur... Et tu sais, je ne t'en veux pas du tout de m'avoir dit l'autre jour que tu ne voulais plus jamais me revoir ! Ce sont de ces paroles qu'on lance en l'air sous l'emprise d'une colère passagère et qu'on oublie très vite ou qu'on regrette... Je ne déteste pas ta Clarisse autant que tu pourrais le croire, et je ne lui veux aucun mal ! La preuve en est que j'ai commencé par élaguer le chemin de notre bonheur en supprimant le seul obstacle qui paraissait insurmontable : Paco... Dès que je reviendrai de Vienne, dans une dizaine de jours, je te ferai signe ! Et nous serons bien tranquilles puisque Clarisse ne sera pas là, accaparée par les vacances de Pâques en montagne avec ses élèves. Nous aurons tout le temps de voir, à tête reposée, comment les choses pourraient enfin s'arranger... Ne crois-tu pas que si je faisais un gros cadeau à Clarisse, ça lui plairait ? Un cadeau qui lui permettrait d'acquérir ou de faire construire un gymnase privé ou même un très beau stade moderne doté de tous les équipements nécessaires et dont elle serait l'unique patronne ? Bien sûr, ce serait elle qui choisirait la ville et l'emplacement... Ne serait-ce pas pour elle l'aboutissement d'un vieux rêve ?

— Tu es terrible, Sabine !

— Je le sais. C'est pour cela que tu m'aimes... Réfléchis à cette idée. N'hésite pas non plus à en parler à Clarisse... Tu sais, un divorce à l'amiable envisagé sous cet angle n'est pas très compliqué. Embrasse-moi vite ! Bravo ! Et pense un peu à ta petite Sabine quand elle sera là-bas, écrasée par tous ses malheurs... Je file, et toi, retourne vite à l'école, mon doux professeur !

Revenue aux *Lilas Blancs* après m'être débarrassée de la Renault de location, je me précipitai dans le grand salon donnant directement sur la terrasse et que j'avais transformé en une sorte de chapelle ardente pour mon Paco. Mais pas une chapelle pour bigotes avec des candélabres, des bougies, du buis que l'on trempe dans une eau prétendument bénite et tout ce que je me permets d'appeler le saint-frusquin ! Paco n'aurait pas du tout aimé cela ! N'ayant jamais cru au paradis ni à l'enfer, il s'était quand même interrogé, comme moi, sur l'au-delà. Et, tel que je croyais l'avoir compris, pour lui l'autre monde ne pouvait être qu'un genre de bar d'un luxe inouï. Ceux qui avaient le droit d'en profiter — « les Élus » disent beaucoup de religions — étaient accueillis par une sorte de super-barman vêtu de blanc, au sourire séraphique et qui versait avec un geste grandiose dans des coupes du plus pur cristal le contenu de magnums et même de mathusalems de Veuve Clicquot rosé aux hommes qui n'avaient échoué dans ce lieu enchanté que parce qu'ils avaient une soif inextinguible pouvant durer toute l'Éternité...

Le salon de mes *Lilas Blancs*, transformé par mes soins avec l'aide d'Otto et d'Amalia, évoquait ce bar païen dont Joseph lui-même, qui s'était cependant révélé être très pieux dans ses pratiques judaïques, n'aurait pas détesté être un client assidu. Tout autour des murs nous avions disposé des étagères improvisées croulant presque sous le poids des bouteilles de champagne. Un vrai régal visuel ! On trouvait aussi quelques hauts tabourets répartis en cercle autour du cercueil. J'avais voulu ce dernier aussi simple que les goûts de Paco et dépourvu de ces dorures ridicules destinées à faire comprendre aux vivants que le défunt possédait des richesses ! Les larges baies communiquant avec la terrasse étaient grandes ouvertes, car je savais que Paco chérissait particulièrement cette terrasse qui était pour lui la passerelle de commandement de la propriété. Les portes avaient également été ouvertes pour faciliter l'entrée d'éventuels visiteurs désireux de se recueillir devant le corps de Paco... Mais, en dehors de moi et des domestiques qui venaient de temps en temps quand ils n'étaient pas accaparés par leur service, il n'y eut personne ! C'est vrai que ce pauvre Paco, qui était d'un naturel plutôt renfermé, ne comptait pas beaucoup d'amis et n'avait jamais rien fait pour en acquérir, préférant rester dans mon ombre.

Je me sentais d'ailleurs heureuse d'être seule avec lui dans ce bar funéraire, comme cela nous était déjà tant de fois arrivé sur la terrasse voisine, pour pouvoir poursuivre cet interminable dialogue familial que même la disparition de l'un de nous deux n'interrompait pas. Juchée sur l'un des tabourets comme si moi aussi j'étais une habituée du bar insolite, je pus confier à Paco tout ce que j'avais sur le cœur... Il ne pouvait plus me poser de questions, mais je savais très bien qu'il m'écoutait, allongé dans le cercueil, et qu'il m'approuvait de l'avoir obligé à quitter ce monde où il aurait perdu sa place privilégiée auprès de sa petite sœur, remariée avec un homme qu'elle adorait !

Je me souviens très bien, aujourd'hui encore, des paroles que j'ai murmurées à voix basse dans le silence de cette nuit funèbre. D'ailleurs ce n'est pas si lointain puisque cela s'est produit il y a moins d'un an... Le temps ne passe pas aussi vite qu'on veut bien le dire quand on a du chagrin.

« Paco chéri, tu n'as pas le droit de m'en vouloir de t'avoir empoisonné... Connaissant l'amour très particulier que tu as toujours eu pour moi dans le secret de ton cœur, je crois que tu dois même te féliciter de mon geste que d'aucuns, s'ils apprenaient la vérité, traiteraient à tort d'homicide alors qu'il ne fut que libérateur... Mon devoir était d'empêcher par tous les moyens, même les plus répréhensibles, que le trio constitué avec Joseph au cours de mon premier mariage ne se reforme avec Gilles. Tôt ou tard, aiguillonné par tes irrépressibles sentiments à mon égard et obsédé par l'idée qu'il pouvait exister maintenant un homme capable de me posséder physiquement tout en ayant plus d'ascendant moral sur moi que toi, tu aurais tué ce juste, comme tu as tué Joseph. Emporté par une colère aveugle, tu aurais agi n'importe où et sans même te préoccuper des conséquences! Et, cette fois, tu n'aurais pas eu la chance de t'en tirer... On t'aurait jugé, puis condamné à une lourde peine d'emprisonnement. Et moi, que serais-je devenue pendant ce temps? Imagines-tu la belle madame Kelmann descendant de sa jolie voiture devant la porte d'une maison d'arrêt pour apporter des oranges ou des cigarettes à son régisseur? Alors que nous étions à peu près parvenus à cacher à la plupart des gens — à l'exception de Joseph et de quelques autres que nous avions bien été obligés de mettre dans notre secret — que nous étions demi-frère et sœur, cette information aurait forcément éclaté au grand jour au moment du procès, me rendant presque méprisable! Est-ce cela que tu aurais voulu, toi qui as toujours tout fait pour que ta Sabine écrase de sa personnalité et de sa beauté le monde qui l'entourait avec tant d'envie?

« Demain matin, mon Paco, nous partirons de bonne heure pour le dernier voyage que nous ferons ensemble. Après toutes nos pérégrinations de jeunesse, nous retournerons dans cette ville de Vienne d'où nous sommes venus. Je suis sûre que tu seras heureux de retrouver nos parents, qui ignorent peut-être encore la chance que nous avons connue tous les deux et auxquels tu pourras tout raconter puisque je paierai ce qu'il faudra pour que tu sois enterré à proximité de leur tombe... Je me souviens que, pendant le trajet jusqu'à leur dernière demeure, tu pleurais parce que tu as toujours été un être très sensible, alors que moi je ne sais pas pleurer devant ce qu'on appelle le malheur, que ce soit celui des autres ou le mien. Je ne sais pleurer que de rage, quand les événements ne se présentent pas pour moi comme je le désire.

« Naturellement, je ferai placer sur vos tombes respectives un monceau de fleurs. Pour les parents ce seront des roses rouges et pour toi des hortensias mêlés de quelques lys blancs. Ainsi tu auras l'impression de te retrouver en pays de connaissance... Peut-être, si cela ne présente pas trop de difficultés pour passer la frontière, irai-je ensuite me recueillir à Budapest devant la tombe de la pseudo- « Maria Vortha » qui est en réalité cette généreuse comtesse Malphy à laquelle nos parents et nous avons dû de pouvoir vivre décemment à Vienne et sommes encore redevables aujourd'hui des boucles d'oreilles qui furent un talisman d'espoir pour nous deux. Selon le serment mutuel que nous avons fait, je te promets, Paco, de ne jamais me séparer de ces perles jusqu'à ma mort, et de ne les porter que dans des circonstances exceptionnelles... Peut-être le jour où j'épouserai Gilles ? Mais je te jure également que si je le fais, ce ne sera qu'en pensant à toi et en me disant qu'ayant pardonné mon geste criminel, tu viens de me faire ce magnifique cadeau pour un remariage que tu approuves !

« Je pense n'avoir plus rien à te dire de très important, Paco, et j'embrasse ce cercueil comme je t'aurais embrassé sur les deux joues... Maintenant je vais être dans l'obligation de te quitter pour rejoindre ma chambre où j'essaierai de prendre un peu de repos avant de me préparer pour le voyage de demain, celui qui nous emportera comme si nous partions pour le plus chaste et le plus désespéré des voyages de noces. »

Étendue sur mon lit, impossible de trouver le sommeil. Sans cesse me revenait en mémoire la vision des derniers moments de mon frère. Avant de reparaître aux *Lilas Blancs*, ce cher bandit m'avait fait attendre quarante-huit heures pendant lesquelles j'étais passée par toutes les angoisses au sujet de mon Gilles. Aussi étais-je très inquiète quand je le vis enfin revenir, silencieux. Cela ne signifiait-il pas que pour mon amant tout était consommé ? Ne pouvant pas supporter son mutisme, je lui demandai :

« — D'où viens-tu ?

« — Je te répondrai comme tu me l'as si souvent fait : ça ne te regarde pas ! Il y a trois jours, tu m'as pratiquement congédié. C'est pourquoi je reviens seulement pour reprendre mes affaires personnelles.

« — Tu déménages pour de bon ?

« — Ça t'étonne ?

« — Et où vas-tu ?

« — Je t'ai déjà dit l'autre jour que j'avais un compte à régler... Ensuite, je verrai si je reste en France ou si je file me mettre à l'abri sous d'autres cieux. Comme tu me l'as judicieusement rappelé, grâce à toi j'ai de l'argent...

« — Tu vas partir parce que tu auras commis un autre crime ? C'est insensé. Peut-être est-ce déjà fait ?

« — Pas encore, mais ça ne va pas tarder ! Il fallait d'abord préparer intelligemment ma fuite... Rassure-toi, le prof ne perd rien pour attendre ! Pour réussir aussi bien sa disparition que celle de Joseph ou celle — dont tu as tout le mérite — du motard, il faut prendre certaines précautions... Ce n'est pas si facile, ce genre d'exploit ! Te souviens-tu qu'après la liquidation de la Harley-Davidson et de son bouillant propriétaire, tu m'as demandé avec une certaine insolence : « *A quand la belle ?* » et que je t'ai répondu : « *Le jour où la lubie te prendra de vouloir te remarier !* » Ce jour-là est arrivé, Sabine, et comme tu es une entêtée qui ne veut plus m'écouter, c'est ton partenaire que je vais supprimer. Cela me paraît être la meilleure façon, et la plus radicale, pour que l'irréparable ne puisse pas se produire... Quand ce bougre-là ne sera plus de ce monde, tu pourras toujours penser à lui... Ça ne fait de mal à personne, les souvenirs ! J'ai même la conviction que tu le regretteras beaucoup plus que le cher

Kelmann ou l'Ange Noir... Mais qu'importe ! L'essentiel, c'est que notre longue et courageuse marche pour nous rapprocher de la fortune ne soit pas anéantie par la faute d'un tout petit mot prononcé par tes lèvres exquises dans n'importe quelle mairie : *Oui*... Eh bien non, Sabine, ce mot-là tu ne le diras plus jamais ! Grâce au bon sens et, peut-être aussi, à l'amour de ton Paco ! Maintenant je monte chercher mes vêtements dans le charmant grenier que tu as bien voulu me réserver depuis que nous vivons ici. Ensuite, je partirai. »

Ce fut l'instant où Otto, sans doute enchanté que les choses paraissent s'arranger entre les patrons de la demeure, apparut, portant le plateau d'argent sur lequel se trouvait l'impérissable témoin muet de toutes nos disputes, la bouteille de Veuve Clicquot rosé... Mon sac — dont je ne m'étais plus séparée dans l'attente du retour de Paco — était là sur la table, tout proche du seau à champagne déposé par Otto. Ce fut un jeu d'enfant de glisser furtivement la main dans ce sac, d'y saisir l'un des comprimés dans la petite boîte, de le jeter dans l'une des coupes déjà remplies et de dire à Paco :

« — Je comprends très bien que tu partes... C'est ton droit le plus absolu puisque tu n'es plus heureux auprès de moi, mais je n'admets pas que nous nous disions adieu dans d'aussi tristes conditions ! Buvons au moins ensemble le dernier verre de l'affection familiale !

« — Si ça peut te faire plaisir... »

Ce furent ses dernières paroles. Et je réalise seulement aujourd'hui qu'une fois de plus il n'avait pensé qu'à me faire plaisir, mon Paco !

Il s'écroula, les yeux grands ouverts, regardant fixement la vie qui n'est qu'une tromperie permanente. Ayant gagné « la belle », je n'eus plus qu'à sonner Otto pour demander une aide qui, je le savais, ne servirait à rien... Et quand le médecin, mandé d'urgence, arriva, il diagnostiqua la crise cardiaque providentielle et ne fit aucune difficulté pour délivrer le permis d'inhumer. N'aurait-il pas été de très mauvais goût de poser certaines questions à la richissime Mme Kelmann ?

Pendant que nous attendions le fourgon, Otto, toujours dévoué, m'offrit de m'accompagner en disant :

— Y étant né, je connais très bien Vienne. Peut-être pourrais-je être utile à Madame là-bas ?

— Votre offre me touche infiniment mais ne vous inquiétez pas ! L'agence des pompes funèbres de Cannes s'est occupée de tout. « Nous » sommes attendus à Vienne et il n'y aura aucun problème. Je préfère de beaucoup que vous restiez ici avec Amalia pour garder la villa. Vous savez très bien que, comme mon cher mari et moi, M. Paco avait une immense confiance en vous. Depuis le temps que vous êtes à notre service, vous faites pratiquement partie de notre famille. Voici le nom, l'adresse et le numéro de téléphone de l'hôtel où j'ai fait réserver un appartement à Vienne. Vous devez sans doute le connaître puisque c'est l'un des plus anciens et des plus réputés de la ville. Bien entendu vous ne laissez entrer personne ici, et vous n'hésitez pas à me téléphoner s'il le faut. Moi-même, je vous enverrai un télégramme au moment de mon retour, que je ferai par avion, en vous précisant le numéro du vol et l'heure d'arrivée à l'aéroport de Nice où vous viendrez m'attendre avec la voiture. ... Ah ! Voici le fourgon : ils ont eu l'intelligence de le peindre en gris, ça fait moins lugubre... C'est égal, si on pouvait lui demander son avis, mon pauvre Paco n'aimerait certainement pas du tout se déplacer là-dedans !

Après que le corps eut été hissé dans le fourgon, j'ordonnai à Otto et à Amalia qui venaient d'assister, consternés et en pleurs, à ce sinistre transport (le personnel qui s'est attaché à une maison a toujours la larme très facile !) :

— Remettez le salon en ordre et enlevez toutes ces bouteilles de champagne qui n'auront plus jamais de raison d'être là après le départ de celui qui savait les manipuler avec tant de savoir-faire et de délicatesse...

Le chauffeur du fourgon était accompagné de l'un de ses ordonnateurs des pompes funèbres, très compassé, vêtu de tant de noir qu'on avait l'impression qu'il s'était mis en deuil de lui-même et dont le visage reflétait toute l'affliction de commande exigée dans sa profession. Il s'assit heureusement à l'avant, à la droite du chauffeur, alors que je m'installais sur l'un des sièges prévus à l'arrière pour la famille, qui se réduisait à moi. Au moment du départ je demandai au chauffeur :

— Monsieur, ayez l'obligeance de rouler très lentement jusqu'à ce que nous franchissions la grille d'entrée pour que ce cher défunt puisse profiter une dernière fois de ce parc dont il s'est occupé pendant des années : les massifs d'hortensias qui bordent ces allées, la piscine que vous apercevez en contrebas, le banc qui est installé devant, tout cela, c'était presque plus son domaine que le mien.

Sans doute les deux fonctionnaires blasés, qui avaient déjà transporté tant de morts un peu partout, me prirent-ils pour une femme rendue démente par sa douleur, mais cela m'indifférait ! Je voulais faire ce tout dernier petit plaisir à mon Paco pour ses adieux aux *Lilas Blancs.*

Le trajet en corbillard entre Cannes et l'Autriche en compagnie de ces deux personnages hermétiques, avec lesquels il n'y avait aucune conversation possible, fut pour moi un véritable calvaire ! Il me permit cependant, alors que mon frère se trouvait pour la dernière fois à mes côtés, de revivre en souvenir les différentes étapes de notre existence commune, depuis la misérable banlieue de Budapest jusqu'au confort des *Lilas Blancs*, en passant par Vienne et les collèges où nous avions été externes; le voyage clandestin en avion de Vienne à Nice; le court séjour à Cagnes-sur-Mer suivi d'un plus long à Beausoleil dans le deux pièces où nous avions caché nos perles miraculeuses; nos emplois subalternes à la S.B.M.; mes couchailleries avec ses amis les maîtres d'hôtel italiens; ma présentation à Joseph Kelmann dans le cabaret du Casino de Monte-Carlo; mon mariage soudain; le voyage de noces sur le paquebot; la prise de possession de ma villa puis de mon yacht; la disparition de mon mari et tout ce qui s'ensuivit, entrecoupé par les discussions sur le banc de la piscine qui tournaient presque à des scènes de ménage entre mon aîné et moi; mes fugues répétées; mes retours déçus; nos brouilles et nos réconciliations; mon aventure motocycliste qui s'était terminée pour moi par un meurtre dont mon frère avait été le seul averti; l'arrivée imprévue dans ma vie de ce professeur marié dont je ne pouvais plus me passer et finalement la mort de celui qui avait été mon unique confident...

Tout cela était affolant et atroce. Pendant des heures, je vis tourner dans ma mémoire un horrible kaléidoscope où se mêlaient l'orgueil, l'ambition, la luxure et cette jalousie latente de mon frère envers tous ceux qui avaient cherché à s'approcher de moi, attirés par ma beauté, ma féminité et ma fortune... Et tout cela je le devais à Paco! J'aurais pu lui être entièrement reconnaissante de ma réussite s'il ne s'était pas farouchement dressé contre ma passion dévorante pour un autre homme que lui! Ayant compris qu'il ne cesserait pas de me harceler pour briser ce vrai bonheur enfin trouvé, j'avais été dans l'obligation de le faire disparaître. Avais-je bien ou mal agi par ce geste fratricide ? A vrai dire, alors que nous nous rapprochions de sa dernière demeure dans cette Vienne d'où nous étions partis vingt-six années plus tôt, je n'étais même pas capable de mesurer ma culpabilité... J'étais triste d'avoir perdu mon demi-frère mais, une fois de plus, j'étais incapable de pleurer! Son départ me laissait des regrets mais pas de remords, comme si c'était une autre que moi qui avait agi ! Je n'avais pas de raison de me laisser aller au désespoir puisque je savais que, dès mon retour à Cannes, je retrouverais celui qui devait être en train de m'attendre fébrilement après l'éclatante preuve d'amour que je venais de lui donner en supprimant le seul être qui pouvait empêcher notre union. Gilles m'était destiné de toute éternité. Qui ne sait que toute femme, malgré ses aventures, n'a qu'un seul homme dans sa vie ? Paco ne comptait plus.

Dix jours plus tard, Otto vint m'attendre avec la voiture à l'aéroport de Nice. Aux *Lilas Blancs*, Amalia m'accueillit en me remettant une lettre :

— Elle est arrivée hier matin, juste après l'appel téléphonique de Madame nous annonçant son retour aujourd'hui... Je n'ose demander à Madame si tout s'est bien passé ?

— Bien passé, ce serait beaucoup dire ! Enfin, j'ai rempli mon devoir pour M. Paco et j'ai pu aller fleurir deux autres tombes, l'une à Vienne et l'autre à Budapest... Et ici, aucun problème ? Pas d'autre appel téléphonique que le mien ?

— Le silence complet, madame. Nous sommes bien heureux que Madame soit revenue parce que sans elle et sans M. Paco, la villa nous a semblé bien vide ! C'est triste, tout cela... Peut-être Madame désire-t-elle, pour se réconforter d'un voyage aussi éprouvant, prendre un peu de champagne sur la terrasse ?

— Pas de champagne aujourd'hui, Amalia !

— Un jus d'orange peut-être ?

— Un jus d'orange... Ça me paraît plus indiqué, maintenant que ma vie va changer. Mais je monte d'abord dans ma chambre. Je ne redescendrai sur la terrasse que vers vingt heures, juste avant le dîner.

J'étais très pressée d'ouvrir l'enveloppe qui venait de m'être remise et sur laquelle j'avais reconnu la belle écriture de Gilles.

Assise comme aujourd'hui devant cette petite table du boudoir où je continue à raconter mes souvenirs, j'ouvris l'enveloppe adressée très protocolairement à « Madame Sabine Kelmann ». La lettre n'était pas très longue mais suffisamment explicite pour me faire défaillir de stupeur si je n'avais pas eu la force que m'enviait Paco de son vivant.

*Chère Madame,*

*Mon épouse et moi ne voulons pas attendre davantage avant de vous prier de bien vouloir accepter nos condoléances les plus émues pour le grand deuil qui vous frappe. Nous savons ce que la présence continuelle de M. Paco pouvait représenter pour vous et nous souhaitons ardemment, vous sachant une femme courageuse, que vous puissiez parvenir à trouver au plus vite le ressort indispensable vous permettant d'amenuiser peu à peu les tristes conséquences d'une perte aussi cruelle.*

*Ayant appris que vous êtes absente du Cannet pour quelques jours, nous espérons que cette lettre parviendra à compenser le fait que nous serons, à votre retour, dans l'impossibilité de vous présenter de vive voix nos condoléances. En effet, après une longue attente à la suite d'une demande que nous avions adressée à la direction du personnel de l'Éducation nationale, nous venons enfin d'être informés par une dépêche ministérielle que ma femme et moi étions nommés au titre de la coopération au lycée français de Bogota, dont l'importance est considérable pour l'expansion de la culture française en Amérique latine.*

*La même dépêche précisait que nous devions, à la suite de la brusque défaillance d'autres enseignants initialement prévus, quitter par avion la France dans les trois jours pour aller occuper de toute urgence les postes convenant à nos disciplines respectives : l'éducation physique pour ma femme, l'histoire et les lettres pour moi. C'est vous dire quelle est notre fierté mais aussi notre tristesse d'être contraints de nous séparer aussi rapidement d'une amie de votre qualité !*

*Clarisse se joint à moi pour vous dire que nos cœurs s'unissent pour souhaiter à une femme aussi expérimentée sur les problèmes de la vie de pouvoir continuer à mener triomphalement et pour très longtemps sa barque éblouissante comme elle a su si bien le faire jusqu'ici. Nous vous en savons capable.*

*Personnellement, avant de terminer cette lettre, je tiens à vous dire que j'ai été très fier de pouvoir participer, selon mes modestes possibilités, à l'épanouissement de la culture générale de l'élève très douée et surtout très attentive que vous avez su être.*

*Et je vous demande, Chère Madame, de bien vouloir accepter les hommages attristés de celui qui devient votre ancien professeur, ajoutés à la reconnaissance de mon épouse qui conservera toujours le souvenir de la merveilleuse soirée que nous avons passée aux* Lilas Blancs *en votre aimable compagnie et en celle du cher M. Paco.*

*Votre dévoué, Gilles Pernaud.*

C'était là une lettre que j'aurais pu faire encadrer et conserver précieusement comme modèle d'hypocrisie, de duplicité et de veulerie... Hypocrisie du signataire qui jouait les affligés pour la disparition d'un Paco dont il se moquait éperdument ! Duplicité, car sa femme devait certainement être au courant de notre liaison. Veulerie enfin d'un lâche qui avait dû trouver très amusant, ayant réussi à faire complètement ma conquête, de jouer les amoureux à mon égard en prenant cependant la précaution de ne jamais trop s'avancer quand je parlais divorce, sous prétexte que sa Clarisse s'y refuserait toujours !

Finalement cette lettre, que j'ai gardée et recopiée intégralement pour l'insérer dans ces souvenirs, sinon le lecteur pourrait croire que je l'ai inventée tellement elle transpire la médiocrité, je n'ai plus désormais aucune raison de la conserver... Je vais la déchirer en petits morceaux et la jeter au panier: les misérables restes de la seule missive que m'ait jamais adressée celui que j'ai cru sincèrement être l'homme de ma vie ! Dans les quelques lignes sans âme de cet adieu sans amour, ce mufle a trouvé le moyen de s'exprimer par des « nous » en parlant au nom de son ménage, et même de citer le prénom de sa femme ! Quel manque de savoir-vivre et surtout de classe pour un professeur de lettres !

J'étais dépitée, déçue, écœurée... Pour la première fois de ma vie, ce n'était pas moi qui avais « mené la barque », selon l'expression utilisée dans l'ignoble lettre, mais lui... Ah ! celui-là, si je pouvais le tuer lui aussi ! Malheureusement, il devait déjà être loin...

Je n'eus pas le courage de descendre dîner à la salle à manger, ni celui de goûter au jus d'orange que je me faisais presque une fête de déguster en pensant à l'homme incomparable qui avait réussi, uniquement parce que j'étais devenue folle de lui, à me dégoûter du champagne !

La nuit suivante fut certainement la plus pénible que j'eusse jamais connue. Dominée par les idées de vengeance que je nourrissais envers celui qui n'était plus maintenant qu'un infâme « petit prof », je réalisai que moi, la belle Sabine Kelmann, je m'étais conduite comme la pire des imbéciles. Et, ce qui était beaucoup plus grave encore, cela m'avait entraînée à supprimer ce pauvre Paco dont la présence m'aurait été bien salutaire maintenant que je me retrouvais entièrement seule, sans amant, sans mari... Dire que c'était parce que je le croyais nécessaire pour pouvoir conserver l'homme le plus méprisable de tous, que j'avais commis ce nouveau crime inutile ! Il y avait de quoi céder au désespoir en me supprimant moi-même...

Mais il fallait d'abord faire une ultime vérification, espérant secrètement qu'une lettre aussi dévastatrice ne serait qu'une sinistre plaisanterie et que tout ce qui s'y trouvait dit serait faux ! Aussi, dès le lendemain matin, je me fis conduire par Otto — plus besoin de me camoufler dans des taxis ou des voitures louées ! — jusqu'au collège. Contrairement aux précédentes fois où je m'y étais rendue, il n'y avait aucune animation devant l'entrée : ni enseignants ni élèves. Je sonnai. Ce fut une sorte de concierge, tenant plus du cuistre que du gardien, qui entrouvrit le portail en demandant d'une voix avinée :

— Qu'est-ce que c'est ?

— Je désirerais parler à M. Pernaud...

— D'abord, l'établissement est fermé jusqu'à mardi prochain : ce sont les vacances de Pâques... Et votre M. Pernaud a déguerpi.

— Comment cela, déguerpi ?

— Parti, ma bonne dame, pour les Amériques avec sa femme, à ce qu'on dit... Le proviseur m'a informé qu'on ne le reverrait plus ! On ne sait pas trop ce qui lui a pris ! Pourtant il paraissait content ici, et il était très apprécié par tout le monde. Peut-être voudriez-vous avoir sa nouvelle adresse ? Eh bien, c'est le cas de le dire : parti sans la laisser ! Vous avez besoin d'un autre renseignement ?

— Non merci, monsieur. Vous êtes très aimable.

Pendant qu'Otto me ramenait aux *Lilas Blancs*, je ne fis que me répéter mentalement : « Sa lettre était donc vraie ! C'est sans doute la première fois où il ne m'ait pas menti... »

Arrivée à la villa, j'ordonnai à Otto :

— Vous pouvez rentrer la voiture au garage. Je ne ressortirai certainement pas ces jours-ci... Et montez dans mon boudoir un magnum de Veuve Clicquot rosé.

— Un magnum ? Et pas sur la terrasse ?
— Ça vous étonne ?
— Rien ne me surprend plus, madame Kelmann.

D'autres magnums se succédèrent, apportés dans le boudoir alternativement par Otto ou par Amalia. Et moi, titubant de mon lit à la table-bureau où j'essayais de relire de plus en plus mal la lettre maudite, je n'ai pas dessoûlé pendant trois jours ! N'était-ce pas la meilleure méthode pour oublier ?

Quand j'émergeai de ma soûlographie, je tenais une abominable gueule de bois mais j'étais devenue une autre femme. L'excès de Veuve Clicquot m'avait transformée et l'amère leçon que je venais de recevoir du professeur m'avait guérie à jamais de l'envie de faire des conquêtes. En me regardant dans le miroir de ma coiffeuse, je compris aussi que j'avais changé physiquement en quelques jours. Mon visage était ravagé. Mes traits, affreusement tirés, n'étaient plus ceux de la belle Mme Kelmann ! Ni Joseph, ni Paco, ni Thierry, ni aucun de tous ceux que j'avais éblouis n'aurait pu me reconnaître ! C'était affreux ! Peut-on vieillir aussi brusquement à quarante-trois ans ? Et pourtant, malgré toutes les déceptions et toutes les disparitions dont j'étais l'unique responsable, il restait quand même un dernier capital humain que je pouvais, que je devais sauver : mon éclatante beauté ! C'était le seul bien auquel je tenais vraiment, le reste (l'argent compris) ne comptant plus... C'était à cette tâche que j'allais m'atteler avec cet entêtement que l'on m'avait souvent reproché, mais qui était probablement ma plus grande et sans doute ma seule qualité.

Peut-être aussi me restait-il une autre occupation susceptible de meubler une solitude devenue immense ? Pourquoi ne pas profiter de cette dernière chance en racontant, si je le pouvais, tout ce que j'avais vu depuis mon enfance hongroise, les quelques fausses joies que j'avais connues, toutes les déceptions dont mon ambition et ma soif effrénée de trop bien vivre avaient été les vraies responsables ? Le professeur ne m'avait-il pas dit, après avoir pris connaissance des premiers devoirs qu'il m'avait donnés à faire que, si je voulais persévérer, je pourrais avoir un joli brin de plume ? A moins qu'il n'eût commencé dès ce jour-là à se moquer de moi, ayant tout de suite compris que je n'étais qu'une prétentieuse à qui une vie trop facile avait fait croire qu'elle était capable de réussir dans tous les rôles, y compris dans celui de femme savante.

Pourquoi ne pas tout de même tenter cette nouvelle forme d'aventure, comme l'avaient fait avant moi tant d'autres femmes qui avaient eu la conviction que le monde se passionnerait pour leurs états d'âme ?... Quand on écrit, c'est moins le style qui compte que ce qu'on raconte. Et si l'on a réussi à se faire épouser par un milliardaire, pourquoi ne pas trouver quelques lectrices curieuses de savoir comment on s'y est pris, et de savoir ensuite ce que l'on a fait de sa fortune ? Là, peut-être, m'ayant lu, seront-elles déçues.

Ma fortune ? Je sais déjà à quelle œuvre je la léguerai, puisque je n'ai pas le moindre héritier, ce dont je me félicite ! Dès que j'aurai retrouvé figure humaine — c'est-à-dire quand toute ma beauté aura réapparu grâce aux miracles de l'esthétique et à une existence calme menée dans ma thébaïde du Cannet —, je téléphonerai au notaire auquel j'ai déjà eu affaire après la mort de ce bon Joseph.

Mais, à la réflexion, est-il très indiqué de m'adresser à un notaire de cette Côte d'Azur où l'on m'a trop vue et trop connue ? Je crois qu'avec son grand bon sens, s'il était encore là, Paco me le déconseillerait. Pourquoi n'irais-je pas dans une étude parisienne où les testaments, noyés dans la masse, doivent être conservés avec beaucoup plus de discrétion ? Mais avant ma rencontre avec cet officier de la loi, il est indispensable que j'aie terminé la rédaction de mes souvenirs... Ce sera également à lui que je confierai le manuscrit, à condition qu'une disposition spéciale du testament, à laquelle je commence à penser, soit scrupuleusement respectée.

Ainsi tous les vautours — qui ne vont pas cesser de continuer de graviter autour de moi dans l'espoir de récolter quelques miettes de ma fortune et que je ne veux plus voir, préférant rester cloîtrée ici, aux *Lilas Blancs* — en seront pour leurs frais. S'ils veulent savoir comment j'ai vécu ces derniers temps et ce que j'ai fait de mes milliards, ils n'auront qu'à lire mon livre, si je parviens à l'écrire et s'il est édité, ce qui n'est pas certain !

Voilà déjà près d'une année que je me suis mise au travail dans mon boudoir. Et souvent, levant ma plume, je me suis demandé si Joseph et Paco n'étaient pas tous deux en train de m'observer et de découvrir avec surprise le nouveau comportement de leur petite Sabine chérie...

Dès que j'aurai achevé ce manuscrit, je l'emporterai à Paris avec le testament et je remettrai le tout au tabellion que j'aurai choisi. Ensuite, je reviendrai ici, toujours aussi belle mais n'ayant plus rien à faire sur cette terre où je commence à m'ennuyer prodigieusement. Et, quand j'estimerai que mon heure est venue, j'avalerai sans aucune hésitation l'un de ces petits comprimés que j'ai conservés avec soin et qui peuvent rendre de si grands services !

Avant d'accomplir ce tout dernier geste, je prendrai soin d'accrocher à mes oreilles les deux perles sublimes et de passer à mon annulaire gauche le diamant de fiançailles offert par Joseph. J'aurai exigé au préalable, dans un pré-testament, placé bien en évidence sur cette table et que trouvera soit Otto, soit Amalia, d'être inhumée ainsi parée. Ce qui fera de moi la plus attirante des défuntes ! Qui sait ? Des cambrioleurs, mieux informés qu'un Thierry qui n'y connaissait rien en bijoux, tenteront peut-être de violer ma tombe pour s'approprier les joyaux ? Ce serait une sorte d'hommage posthume à celle qui a su si bien créer l'envie autour d'elle ! Mais ils n'y parviendront pas, car cette tombe — où ma place a été réservée depuis longtemps par la volonté de celui qui a finalement réussi à devenir et à rester mon seul mari — a été payée avec son argent. Et son argent, c'était du solide !

Je pense en avoir assez dit et je n'attendrai plus longtemps avant d'aller rejoindre — comme il l'avait prévu — mon milliardaire qui, en bon calculateur qu'il avait su être, s'était toujours un peu méfié de l'aventure...

# Épilogue

Il sera court. Que pourrais-je ajouter à tout ce que Sabine Kelmann vient de nous révéler avec tant de franchise ? Ai-je eu tort ou raison de livrer ses souvenirs pour le moins surprenants ? Seul le lecteur sera juge.

En toute sincérité, je crois que c'eût été un crime — encore un ! — de ne pas laisser cette femme s'exprimer comme elle l'avait souhaité. Quel enseignement pouvons-nous en tirer, sinon que le seul péché capital, comme cela nous a été enseigné dans l'Ancien et le Nouveau Testament, est l'orgueil ? Ne régit-il pas tous les autres, puisqu'il ne respecte rien et ne fait grâce à personne ?

La beauté, elle, me paraît être l'une des qualités naturelles les plus fascinantes de la femme. Mais la difficulté est de savoir s'en servir avec modestie et sans paraître, pour celles qui ont la chance de la posséder, y attacher trop d'importance.

Avant que ce livre ne soit publié, j'ai eu la curiosité de me rendre au cimetière de Cannes devant la tombe du couple disparu. C'est une tombe d'une extrême simplicité, se réduisant à une pierre unique sur laquelle sont gravés deux noms :

*Sabine et Joseph KELMANN*

suivis chacun de leurs dates de naissance et de mort respectives. Je trouvai également, gravée un peu plus bas et en petits caractères, cette pensée qui n'a pas de limites :

J'étais persuadé que c'était Sabine qui l'avait demandé. Ce qui semblerait indiquer que, même si elle a su en profiter à sa manière, elle a eu l'intelligence de ne pas attacher à l'existence plus d'importance qu'elle n'en a. C'était finalement plutôt sympathique.

Quant à Paco, le demi-frère adoré, la tombe n'en parle pas. Il est vrai qu'il n'est pas là, oublié très loin dans quelque cimetière de Vienne...

G.C.

TABLE

3320

Achevé d'imprimer en Europe (France)
par Maury-Eurolivres - 45300 Manchecourt
le 5 octobre 1999
Dépôt légal : octobre 1999. ISBN 2-277-23320-X
1er dépôt légal dans la collection : juillet 1997

Éditions J'ai lu
84, rue de Grenelle, 75007 Paris
*Diffusion France et étranger : Flammarion*